DUMONT

Die zurückhaltende Moa, die in einem Stockholmer Auktionshaus arbeitet, hat allerhand Probleme: Ihr Freund interessiert sich nur für seine Karriere, ihre Mutter lebt nicht mehr und das Verhältnis zum Vater ist angespannt. Dann verstirbt ihre Großmutter Elsa und hinterlässt ihr einen trauernden Hund sowie eine renovierungsbedürftige Wohnung. Nach und nach jedoch entwickelt sich diese Wohnung zu Moas Zuflucht. Sie stürzt sich in das Renovierungsprojekt und erhält unterdessen immer wieder Briefe, die ihre Großmutter vor ihrem Tod an sie geschrieben hat. In diesen Briefen erteilt Elsa ihr kleine Aufträge – und lässt ihre Enkelin endlich teilhaben an ihrer dramatischen Lebensgeschichte. Indem sie sich mit den Geheimnissen ihrer Großmutter auseinandersetzt, erkennt Moa, dass die Beziehung, die sie führt, in Wirklichkeit nur darauf ausgerichtet ist, sich ihrem Freund anzupassen. Sie beginnt, sich endlich ein eigenes Leben aufzubauen, fernab von den Ansprüchen anderer.

Jenny Fagerlund wurde 1979 geboren und lebt mit ihrem Ehemann und vier Kindern in Stockholm. Sie arbeitet als freie Journalistin und hat bereits fünf Romane veröffentlicht, bei DuMont erschien zuletzt ›24 gute Taten‹ (2020).

Alina Becker studierte Anglistik, Skandinavistik und Literaturübersetzen. Sie übersetzt Romane und Sachbücher aus dem Englischen, Schwedischen und Dänischen, u. a. von Karl Eidem, Jale Poljarevius und Sharon Falsetto.

JENNY FAGERLUND

Briefe an Moa

Roman

Aus dem Schwedischen
von Alina Becker

DUMONT

Von Jenny Fagerlund ist bei DuMont außerdem erschienen:

24 gute Taten

Dieses Buch wurde klimaneutral produziert.

Mai 2023
DuMont Buchverlag, Köln
Alle Rechte vorbehalten
© Jenny Fagerlund 2020 by agreement with Enberg Agency
Die schwedische Originalausgabe erschien 2020 unter dem Titel
›Mitt hemliga liv‹ bei Norstedts, Stockholm.
© 2022 für die deutsche Ausgabe: DuMont Buchverlag, Köln
Übersetzung: Alina Becker
Umschlaggestaltung: Lübbeke Naumann Thoben, Köln
Umschlagabbildung: © Katinka Reinke
Satz: Angelika Kudella, Köln
Gesetzt aus der Minion Pro
Druck und Verarbeitung: CPI books GmbH, Leck
Gedruckt auf säurefreiem und chlorfrei gebleichtem Papier
Printed in Germany
ISBN 978-3-8321- 6676-2

www.dumont-buchverlag.de

Für Edith

KAPITEL 1

Der Schlüssel klemmte ein wenig und Moa musste einige Male ruckeln, bis sie ihn vollständig drehen konnte. Wie seltsam es sich anfühlte, wieder hier zu sein, vor der Tür zu stehen und zu wissen, dass niemand auf den Flur hinaustreten und sie in Empfang nehmen würde. Die Wohnung gehörte jetzt ihr, so überraschend die Erbschaft auch gewesen war. Natürlich hatte sie gehofft, ein paar Andenken an ihre Großmutter zu ergattern, aber mit einer komplett möblierten Wohnung in Södermalm, mitten in der Stockholmer Innenstadt, hatte sie nicht gerechnet.

Moa zögerte einen Moment, bevor sie die Türklinke hinunterdrückte. Der Lavendelduft, der ihr entgegenschlug, war so vertraut, dass ihr die Tränen in die Augen stiegen. Vorsichtig zog sie sich die Schuhe aus. Sie landeten neben einem Paar wohlbekannter gestreifter Pantoffeln. Alles war genau, wie sie es in Erinnerung hatte. Einfach alles. Großmutters dünne rote Windjacke, die sie immer beim Spazierengehen mit ihrer Hündin Iris getragen hatte, hing an einem Kleiderhaken. Auf der Garderobe lagen mehrere Hüte. Sie unterschieden sich in Form und Material, waren aber alle gleichermaßen elegant und zeugten vom guten Geschmack ihrer Oma.

Ihr erster Gang führte Moa in die Küche. Auch hier war alles an seinem Platz. Die Teekanne stand auf dem Herd, als wartete sie darauf, dass jemand sie mit Wasser befüllte. Ein paar gespülte und längst getrocknete Tassen lagen im Abtropf-gestell. Moa strich mit der Hand über die rot geblümte Wachs-decke auf dem Küchentisch. Als sie die Augen schloss, meinte sie, ihre Großmutter in der Küche herumwirtschaften zu hö-ren: wie sie mit tiefer Stimme ein Lied summte, mit den Teetas-sen klapperte und den Kühlschrank öffnete und wieder schloss. Erst ein Klopfen an der Wohnungstür verdrängte die Erinne-rungen, und Moa ging wieder zurück in den Flur.

»Tut mir leid, dass es länger gedauert hat, aber bei der Arbeit ist einiges liegen geblieben.« Ruben gab Moa einen flüchtigen Kuss auf den Mund. »Wie kommst du voran?«

»Ich bin gerade erst gekommen und hatte noch keine Zeit, mit irgendetwas anzufangen.« Moa wartete, während Ruben seine lederne Aktentasche abstellte und sich die Schuhe aus-zog.

»Möchtest du eine Tasse Tee?«

»Nein, danke.« Ruben sah sich um und schnaufte vernehm-lich. »Deine Großmutter hatte wirklich viele Möbel.«

»Ja, mehr hätte nicht mehr hineingepasst«, antwortete Moa. »Aber ich finde es hier trotzdem ziemlich gemütlich.«

Ruben hob eine Vase mit getrockneten Blumen vom Kon-solentisch. »Trotzdem solltest du ein bisschen was ausmisten, bevor wir die Wohnung zum Verkauf anbieten.«

Moa lachte auf. »Die macht wirklich nicht besonders viel her.« Sie nahm ihm die Vase ab und berührte die zarten Blu-men. Sie fielen sofort auseinander und bröselten auf die klei-ne Bank, auf der ihre Oma immer gesessen hatte, um sich die Schuhe anzuziehen. Moa schluckte. Es war alles viel zu schnell gegangen. Eigentlich war Elsa doch immer so fit gewesen, trotz ihres hohen Alters.

Ruben betrat das Wohnzimmer, und Moa folgte ihm. Mit den wuchtigen Polstermöbeln und dem Nippes, den ihre Oma hier und dort verteilt hatte, wirkte es ebenfalls ziemlich vollgestopft. Auf dem Kaminsims standen etliche gerahmte Fotos, das wusste Moa, ohne hinzusehen. Neben Aufnahmen, die ihre Großmutter in jungen Jahren und Moas Vater als Kind, Jugendlichen und jungen Erwachsenen zeigten, drängten sich dort das Hochzeitsbild von Moas Eltern und mehrere Fotos, auf denen Moa selbst zu sehen war.

»Der Ausblick auf die Bucht ist fantastisch. Dafür würde manch einer eine Menge Geld hinblättern.« Ruben öffnete die Balkontür und trat auf die Holzdielen hinaus.

Moa stellte sich neben ihn und stützte sich mit den Ellbogen auf dem Balkongeländer ab. Von hier aus konnte man bis nach Kastellholmen und Djurgården schauen. Ruben hatte recht, was die Aussicht betraf. Jetzt im Spätsommer, mit all dem Grün und dem Sonnenlicht, das sich auf dem Wasser spiegelte, war sie wirklich atemberaubend.

»Ich kann immer noch nicht glauben, dass ich die Wohnung geerbt habe. Das fühlt sich irgendwie nicht richtig an.«

»Wieso nicht?«

»Papa hätte sie bekommen sollen, nicht ich.«

»Aber er hat doch das Sommerhaus in Mölle und die ganzen Aktien geerbt.« Ruben streichelte Moas Arm. »Schon unglaublich, dass deine Großmutter so ein Börsenhai war, oder?«

»Börsenhai ist vielleicht etwas übertrieben.«

»Ich finde, das trifft es ziemlich gut. Immerhin konnte sie dank ihrer Investitionen diese Wohnung hier kaufen, ohne einen Kredit aufnehmen zu müssen.«

»Auch wieder wahr.« Moa schaute über das Wasser hinweg und seufzte. »Ich brauche einfach Zeit, bis ich mich daran gewöhnt habe, dass sie nicht mehr da ist.«

»Deine Großmutter hatte ein langes und schönes Leben, vergiss das nicht.«

Sie antwortete nicht. Ja, ihre Oma hatte ein gutes Alter erreicht, aber dennoch fiel es Moa schwer, sich ein Leben ohne sie vorzustellen. Ein Leben, in dem sie nicht mehr einfach zum Telefonhörer greifen konnte, um sich zu unterhalten. In dem es keine spontanen Besuche mit Gebäck und stundenlangem Kaffeeklatsch in der Küche gab.

»Hast du schon einen Makler kontaktiert?«

Moas Gedanken kehrten in die Gegenwart zurück und sie warf Ruben einen Blick zu. »Hatte noch keine Zeit.«

»Du solltest dich so schnell wie möglich darum kümmern. Zwei Wohnungen gehen auf Dauer ganz schön ins Geld.«

Er hatte recht. Den Unterhalt dieser Wohnung zusammen mit ihrem Anteil an den monatlichen Kosten für Rubens Apartment würde sie sich auf lange Sicht nicht leisten können. »Ich weiß, aber ich habe noch so viel anderes im Kopf.«

»Entschuldige bitte.« Ruben schloss sie in die Arme. »Ich wollte nicht unsensibel sein.«

Moa barg das Gesicht an seiner Brust. Er roch leicht nach Schweiß und Aftershave. Sie liebte diesen vertrauten Duft.

»Morgen rufe ich den Makler an, und am Wochenende fange ich an, die Wohnung aufzuräumen.« Moa schaute auf. »Hast du Lust, mir zu helfen?«

»Ich würde ja gern, aber ich muss am Donnerstag nach Mailand. Am Freitag zwischen zehn und vier haben wir ein wichtiges Meeting, und am Montag treffen wir den CEO, also bleibe ich wahrscheinlich übers Wochenende dort. Ich dachte, das hätte ich dir gesagt.«

Das war durchaus möglich. Moa war nach dem Tod ihrer Großmutter nicht ganz auf der Höhe gewesen und hatte außerdem viel mit der Beerdigung zu tun gehabt. Jede Menge Arbeit, auch wenn die Beisetzung nur im kleinen Kreis stattfand. Vielleicht hatte sie einfach nur nicht hingehört. Ruben war oft beruflich unterwegs, und Moa wusste, welche Bedeutung der Deal in Mailand für ihn hatte. Er war Teilhaber einer Beratungsfirma, und wenn er es schaffte, den Auftrag an Land zu ziehen, winkte ein großzügiger Bonus.

»Ich kann dir helfen, wenn ich wieder zu Hause bin.« Ruben presste seine Lippen auf Moas. »Wenn du die Wohnung los bist, sollten wir darüber nachdenken, uns zusammen eine neue zu kaufen.«

Eine gemeinsame Wohnung. Moa spürte ein Kribbeln im Magen. »Das klingt wunderbar«, murmelte sie an seinem Mund.

Ruben trat einen Schritt zurück und streichelte ihr über das Haar. »Ich muss noch ganz kurz jemanden anrufen, aber wenn ich fertig bin, können wir zusammen nach Hause spazieren.«

Moa blieb auf dem Balkon stehen, während Ruben in der Wohnung verschwand. Sie schaute zum Himmel hinauf und holte tief Luft. Vor ihr lagen einige anstrengende Wochen, keine Frage.

KAPITEL 2

Sie sollte die Pressemitteilung überarbeiten. Noch einmal. Moa starrte auf ihren Bildschirm. Susanne hatte sie damit beauftragt, den Text über Stopalo Antik zu schreiben, da Paula, die sich für gewöhnlich um die Öffentlichkeitsarbeit kümmerte, mittwochs frei hatte. Eigentlich fiel so etwas nicht in Moas Zuständigkeitsbereich als Susannes Assistentin, aber seit sie ihre Stelle beim Auktionshaus Sundblad & Ström angetreten hatte, wurde sie mit allen möglichen Aufgaben überhäuft und musste immer dort einspringen, wo es gerade brannte. Moa ging den Text mit Susannes Kommentaren durch. Wenn sie die knappen Ansagen ihrer Chefin richtig interpretierte, musste der Kauf von Stopalo Antik ein wahrer Glücksgriff gewesen sein.

Moa hatte der Name des Unternehmens nichts gesagt, sie hatte ihn googeln müssen, ehe sie den ersten Entwurf für die Pressemitteilung aufsetzte. Stopalo stand für Stockholm-Paris-London, und das Unternehmen schien auf eine lange Geschichte im weltweiten Handel mit Antiquitäten aus unterschiedlichen Epochen zurückblicken zu können. In der Pressemitteilung sollte sie sich auf Stopalos Spezialgebiet konzentrieren: den Verleih von Möbeln und anderen Gegenständen an die Filmindustrie. Einige Stopalo-Stücke waren in Filmen und Serien wie *Fanny und Alexander* oder *Die besten Absichten* als Requisiten genutzt worden.

»Und, wie läuft's?« Moas Kollege Artur betrat das Büro. Er trug seinen hellen Fedorahut und sah aus wie aus dem Ei gepellt. Selbst an einem warmen Tag wie diesem, mit Temperaturen über zwanzig Grad, trug er Bügelfaltenhose, weißes Hemd, Sakko, Schlips und italienische Lederschuhe. Er schien immer ein bisschen aus der Zeit gefallen, so, als gehörte er eigentlich in das frühe zwanzigste Jahrhundert.

»Ganz gut. Ich arbeite gerade an der Pressemitteilung über Stopalo.«

Artur ließ sich auf einem der Besuchersessel nieder, setzte den Hut ab und legte ihn auf seinen Schoß. »Ich für meinen Teil habe gerade einen Sessel von Nanna Ditzel an einen vollkommen begeisterten Herrn verkauft, der das gute Stück unbedingt für sein Sommerhaus haben wollte.«

»Das klingt doch toll!« Moa hatte keine Ahnung, wer Nanna Ditzel war, aber so glücklich, wie Artur aussah, konnte es sich dabei nur um eine berühmte Möbeldesignerin handeln.

»Der Kunde hat auf jeden Fall einen guten Fang gemacht.« Artur tippte mit dem Finger auf seine Armbanduhr. »Zeit für die Mittagspause.«

»Ich habe gerade erst ein Brot gegessen«, antwortete Moa und zeigte ihm den leeren Teller auf ihrem Schreibtisch.

»Das ist doch kein vernünftiges Mittagessen! Gönn dir mal eine Pause.«

»Halb so wild. Ich finde es ganz angenehm, wenn im Büro nicht so viel los ist. Dann schaffe ich mehr.« Das war nicht gelogen. Außerhalb der Bürozeiten oder während der Mittagspause, wenn niemand da war und sie ihre Ruhe hatte, ging Moa die Arbeit wesentlich leichter von der Hand.

»Ich hoffe, Susanne bezahlt dir die vielen Überstunden.«

Artur musterte Moa mit besorgtem Blick. »Mir ist aufgefallen, dass du manchmal bis spät am Abend hierbleibst.«

Moa drehte sich auf ihrem Stuhl hin und her. »Ich hatte doch im Sommer ein paar Tage frei.«

»Ja, für die Beerdigung deiner Großmutter. Echter Urlaub sieht anders aus.«

»Das war unbezahlter Urlaub. Ich bin doch noch in der Probezeit.«

»Wenn man bedenkt, wie viel du arbeitest, hättest du auch Überstunden abfeiern können.«

Moa wusste nicht, was sie darauf erwidern sollte. Artur hatte recht: Sie arbeitete sehr viel. Aber zurzeit war im Büro die Hölle los, und Moa wollte die Aufgaben, die man ihr auftrug, ordentlich erledigen. In den drei Monaten, die sie jetzt bei Sundblad & Ström arbeitete, hatten sich zwar viele Überstunden angehäuft, aber ihr Job gefiel ihr. Auch wenn sie sich manchmal fragte, ob sie die Abläufe im Auktionshaus jemals verstehen würde. Jeden Tag wechselten unzählige Objekte den Besitzer: Gemälde, Möbel, Schmuck, Spielzeug, Porzellanfiguren, Lampen und viele andere Dinge trieben so lange in einem schier unaufhörlichen Strom von Gegenständen dahin, bis sie von einem begeisterten Kunden aufgestöbert wurden.

»Bist du denn gut mit deinem Text vorangekommen?«, fragte Artur.

»Halbwegs. Ich habe noch ein bisschen zu tun, bis er Susannes Urteil standhalten kann.«

Artur nickte und schien einen Augenblick lang nachzudenken, bevor er Moa fragte, ob sie sich die Stopalo-Objekte überhaupt schon angesehen hatte.

»Susanne braucht die fertige Pressemitteilung so schnell wie möglich, deswegen hatte ich leider noch keine Zeit.«

»Ach was. Wie willst du denn unsere Stücke anpreisen, wenn du gar kein Gespür für sie hast? Komm, wir gehen mal runter und schauen sie uns an.« Artur machte sich auf den Weg zur Tür und nach kurzem Zögern schloss Moa sich ihm an. *Nur zu Recherchezwecken.* Obwohl sie nicht viel Ahnung von Antiquitäten hatte, spürte sie, dass es hier um etwas Besonderes ging. Wenn ein Besuch in der Ausstellungshalle ihrem Text zu mehr Tiefe verhalf, sollte sie sich die Zeit nehmen.

*

Im Ausstellungsbereich war nichts los. Artur bahnte sich zielstrebig den Weg durch die Möbel und Gemälde und blieb erst vor dem Eingang zu einem separaten Raum stehen, der bis unter die Decke mit Möbeln, Kronleuchtern und Skulpturen vollgestopft war.

»Wow, das ist ja viel Zeug.« Moa stellte sich vor einen großen Spiegel mit vergoldetem Rahmen.

»Stopalo wurde in den Fünfzigerjahren gegründet. Da hat sich im Laufe der Zeit eine ganze Menge angesammelt.«

»Meinst du, hier sind auch ehemalige Filmrequisiten dabei?«

»Bestimmt. Aber Stopalo war nicht nur für die Leute vom Film interessant. Ich kenne auch viele Einrichtungsexperten, die gern in den Lagern herumgestöbert haben.«

»Du auch?« Moa strich mit der Hand über einen Mahagonitisch. Er hatte ein paar Kratzer, aber das war nicht schlimm. Die Schrammen zeigten lediglich, dass der Tisch eine Geschichte hatte.

»Natürlich. Wenn ich in einer der Niederlassungen war, kam es mir immer vor, als würde ich ein Zauberreich betreten. Da gab es ausgestopfte Tiere, dicht an dicht gedrängt mit Skulpturen, Möbeln und Silberzeug.« Die Erinnerung entlockte Artur ein Lächeln. »Es ist traurig, dass Stopalo Antik nicht weitergeführt wird. Damit geht eine Ära zu Ende.«

Moa konnte sein Bedauern gut nachempfinden. Sie hatte gelesen, dass die beiden Söhne des Gründers, die das Unternehmen von ihrem Vater übernommen hatten, vor einigen Jahren verstorben waren.

Artur führte sie weiter durch den Raum, und während er ihr einige spezielle Stücke zeigte, wurde Moa wieder bewusst, warum sie die Aushilfsstelle als Susannes Assistentin angenommen hatte: der Duft, all die überwältigenden Eindrücke und das Gefühl, dass sich hinter jedem Stück eine Geschichte verbarg. In welchen Häusern hatten die Möbel gestanden? Hatte man sie geliebt? Gehasst? Als notwendiges Übel betrachtet? Was hatten sie durchgemacht, gesehen und gehört? Streit, Sorgen, Liebe und Schwärmerei, Kindergeschrei und Kinderlachen? Moa blieb neben einem Puppenhaus stehen. Jedes einzelne Zimmer war mit Liebe zum Detail gestaltet, und es schien, als schaute man in jemandes Zuhause hinein. Wie praktisch es wäre, auch die eigene Wohnung, das eigene Leben von außen betrachten und Dinge einfach ändern zu können, wenn man wollte.

»Wir werden mehrere Auktionen durchführen. Hast du Lust, mal dabei zuzusehen, wie diese Stücke hier unter den Hammer kommen?«

Moa blickte vom Puppenhaus auf.

»Sehr gern«, sagte sie. »Das klingt nach viel Spaß.«

Sie warf Artur einen Blick zu. Schon an ihrem ersten Tag im Auktionshaus hatte er sie unter seine Fittiche genommen, hatte sie herumgeführt und ihr alles erklärt. Von Susanne wusste sie, dass er schon seit über fünfzig Jahren für Sundblad & Ström arbeitete und es keine Frage bezüglich des Unternehmens gab, auf die er keine Antwort fand. Allerdings hatte Moa nach wie vor keine Ahnung, welche Position Artur in der Firma konkret innehatte. Er schien immer dort einzuspringen, wo Not am Mann war. Manchmal sah sie ihn bei einem stundenlangen Kundengespräch, dann wiederum half er bei Fotoaufnahmen für die Unternehmenswebsite. Man wusste nie genau, wo Artur als Nächstes auftauchte, aber Moa hatte das Gefühl, dass er von den meisten Mitarbeitern geschätzt wurde. Einmal hatte sie jedoch gehört, wie einige der jüngeren Mädchen, die sich um die Warenausgabe kümmerten, sich flüsternd darüber ausließen, dass er viel zu lange für seine Beratungen brauche und nur bleiben dürfe, weil Susanne große Stücke auf ihn hielt. Moa sah das anders: Artur war vielleicht nicht der effizienteste Mitarbeiter, aber eindeutig der sympathischste. Sie selbst war über ihre Freundin Sofia, die vor einigen Jahren einen Sommer lang bei Sundblad & Ström gearbeitet hatte, an die Stelle im Auktionshaus gekommen, nachdem sie ihren alten Job als Grafikdesignerin bei einer Werbeagentur nach einer Kündigungswelle verloren hatte. Eigentlich hätte sie kaum einen Job finden können, für den sie weniger qualifiziert war, aber als Sofia ihr gesagt hatte, dass das Unternehmen dringend Aushilfskräfte benötigte, hatte sich das für Moa wie eine gute Zwischenlösung angehört. Sie war gern in der Agentur gewesen, hatte aber unter starkem Druck und oft bis in die Abendstunden an verschiedenen Kampagnen arbeiten müssen.

Verglichen damit kam ihr der Job bei Sundblad & Ström wie Urlaub vor, obwohl es natürlich auch hier mitunter stressig werden konnte. Allerdings würde sie vermutlich nicht allzu lange auf diesem Posten bleiben, schließlich hatte sie seit ihrem Examen immer in der Werbebranche gearbeitet.

Ein Handyklingeln ertönte, und sowohl Artur als auch Moa griffen reflexartig zu ihren Geräten. Es war Arturs Telefon: Er entschuldigte sich und nahm den eingehenden Anruf an.

»Eine unserer Stammkundinnen, Christina Hammarlund, hat einen Sekretär hergebracht«, sagte er, nachdem er aufgelegt hatte.

»Die Arbeit ruft. Ich sollte vermutlich auch wieder zurück ins Büro und die Pressemitteilung fertig schreiben.«

»Kann das nicht noch ein bisschen warten? Ich könnte etwas Hilfe gebrauchen, wenn ich den Sekretär ins Lager schaffen muss.«

Moa warf einen Blick auf ihre Uhr. »Ein bisschen Zeit habe ich noch.«

Draußen wurden sie von einer Frau in den Fünfzigern erwartet. Artur begrüßte sie mit ein paar Wangenküssen und tauschte einige Worte mit ihr aus, bevor er Moa vorstellte.

»Gut, dass Sie da sind. Der Fahrer hat mir dabei geholfen, den Sekretär auszuladen, aber dann musste er auch schon wieder los.« Christina Hammarlund gestikulierte mit der Hand, an der eine dünne goldene Armbanduhr baumelte.

»Wir bringen ihn rein«, sagte Artur.

»Danke. Der Sekretär stand im Haus meiner Mutter, so lange ich denken kann. Ich glaube, er ist aus der Zeit um die Jahrhundertwende.«

»Ein schönes Stück.« Artur sah sich den Sekretär an, öffnete die Klappe und brachte mehrere Fächer und Regalböden zum Vorschein. »Ist in gutem Zustand«, kommentierte er.

»Es war keine leichte Entscheidung, ihn hierherzubringen. Aber meine Mutter zieht am Wochenende in ein Pflegeheim um, und dort ist kein Platz für den Sekretär«, erklärte Christina, und ein Schatten fiel über ihr Gesicht. »Ich habe den ganzen Raum ausgemessen, aber das Bett, das Sofa und der kleine Esstisch mussten schließlich auch hineinpassen.«

»Sich von seinen Besitztümern zu trennen ist nie einfach«, sagte Artur. »Vor allem nicht, wenn sie so einen hohen Liebhaberwert haben.«

»Es ist schrecklich. So ein ganzes Haus leer zu räumen und nur ein paar Dinge herauszupicken. Ich möchte am liebsten, dass meine Mutter all ihre Sachen um sich hat, aber das geht leider nicht. Zu Hause bleiben kann sie auch nicht. Sie ist mehrmals gestürzt und sollte beaufsichtigt werden.«

»Manchmal muss man Prioritäten setzen.« Artur tätschelte Christinas Arm. »Es ist doch das Wichtigste, ein sicheres Zuhause für Ihre Mutter zu finden.«

»Manchmal fühlt es sich so an, als würde ich alles falsch machen. Meine Mutter hat geweint, als wir den Sekretär abgeholt haben.« Christina schluckte schwer. »Ach, verdammt, reden wir nicht mehr drüber. Können Sie mir telefonisch Bescheid geben, wenn Sie den Sekretär zum Verkauf anbieten?«

»Selbstverständlich, machen Sie sich keine Sorgen.«

»Danke, Artur. Ich weiß Ihre Hilfe wirklich zu schätzen. Meine Mutter auch. Sie spricht oft von Ihnen und erzählt gern davon, wie Sie ihr und Vater immer geholfen haben.« Christina schenkte ihnen ein fahriges Lächeln und verschwand dann von der Laderampe.

Artur sah ihr gedankenversunken nach. »Christinas Mutter war ebenfalls eine Stammkundin. Ich war schon einige Male bei ihr zu Hause, um verschiedene Objekte zu schätzen.«

»Hat sie viel über uns verkauft?«, fragte Moa.

»Eine ganze Menge, aber einige besondere Stücke hat sie behalten. Viele Möbel haben einen hohen emotionalen Wert. Das darf man nicht unterschätzen.«

»Ich kann verstehen, dass man an Dingen festhält, die so voller Erinnerungen stecken.«

»Aber manchmal hat man eben keine Wahl.«

Artur hatte recht, egal, wie traurig es war, sich von Dingen zu trennen, die einem viel bedeuteten. Moa musste an all das denken, was vor ihr lag. Von wie vielen der Möbelstücke und Gegenstände, die ein Teil von ihrer Großmutter und Moas eigener Vergangenheit gewesen waren, würde sie sich verabschieden müssen?

»Wie sieht's aus? Wollen wir uns an die Arbeit machen?«, meldete sich Artur zu Wort.

»Bieten wir den Sekretär wirklich zum Verkauf an?«, fragte Moa, während sie Artur half, das Möbelstück mithilfe eines Rollbretts ins Lager zu schaffen. »Vielleicht kann Christina das Problem mit dem Platzmangel ja irgendwie lösen.«

»Wir müssen ihn nicht sofort auf der Website präsentieren. Manchmal ist es das Beste, die Dinge ruhig angehen zu lassen.«

*

Ein paar Stunden später betrat Moa die Wohnung in Östermalm, ganz in der Nähe des Olympiastadions, die sie gemeinsam mit Ruben bewohnte. Sie war so zügig von der Arbeit nach

Hause gegangen, dass sie ins Schwitzen gekommen war, aber nach einem langen Tag im Büro brauchte sie die Bewegung, um sich zu entspannen. Nach ein wenig Hin und Her war die Pressemitteilung fertig geworden, und Moa hatte noch Zeit gehabt, für eine Kollegin in der Warenausgabe einzuspringen, deren Kinder plötzlich erkrankt waren. Moa gähnte laut und massierte sich den Nacken. Die Arbeit in der Warenausgabe hatte Spaß gemacht. Den Ansturm an Kunden zu bewältigen, die ihre ersteigerten Stücke abholen wollten, war zwar anstrengend gewesen, aber Moa hatte es gefallen, mitten ins Geschehen einzutauchen. Sie sammelte ihre Post vom Flurboden auf, legte sie auf der Küchenarbeitsplatte ab und ging dann ins Schlafzimmer. Auf der Schwelle blieb sie stehen und betrachtete Ruben, der dort über seinen Laptop gebeugt saß. Er sah hoch konzentriert aus mit seinen hochgekrempelten Hemdsärmeln und der tiefen Falte, die sich zwischen seine Augenbrauen grub.

»Hey.«

Ruben zuckte zusammen und drehte sich um. »Bist du schon zu Hause?«

»Es ist halb acht«, antwortete Moa und grinste. »Ich bin spät dran.«

»Oh, wirklich?« Ruben streckte sich. »Hast du Hunger?«

»Ich könnte jetzt ein Abendessen vertragen.« Moa gab ihm einen Kuss auf die Wange. »Was machst du gerade?«, fragte sie und spähte über seine Schulter.

»Ich bereite die Präsentation vor, die ich am Freitag in Mailand halte.« Ruben warf einen Blick auf den Bildschirm. »Gib mir noch zehn Minuten, dann können wir irgendwo essen gehen.«

»In Ordnung. Ich setze mich so lange auf den Balkon.« An

der Tür drehte Moa sich noch einmal um. »Ich habe heute übrigens mit einem Makler telefoniert. Er kommt in zwei Wochen.«

»Perfekt, dann hast du vorher noch Zeit zu putzen und einige Möbel loszuwerden.« Ruben schenkte Moa ein flüchtiges Lächeln. »Zehn Minuten, dann gehöre ich ganz dir.«

Moa öffnete die Balkontür und trat auf den nackten Betonboden. Dieses Jahr hatte ihr die Zeit dazu gefehlt, den Balkon ordentlich zu begrünen. Sie ließ sich auf einen der Stühle sinken und wandte das Gesicht zur Sonne. Das hier war ihr Lieblingsplatz in der Wohnung. Sie liebte es, auf dem Balkon zu sitzen, an den Blumen herumzuwerkeln (sofern denn welche da waren) oder ein Buch zu lesen – am liebsten irgendeinen leichten Liebesroman.

Moa runzelte die Stirn. Hatte sie nicht letzte Woche eine Laterne mit einer Kerze auf den Tisch gestellt? Sie hatte sie auf einem Flohmarkt gefunden, eine runde Leuchte mit kleinen Glasscheiben in verschiedenen Farben, die für ein wunderschön schimmerndes Licht sorgten. Bevor Moa sich auf die Suche machen konnte, klingelte ihr Handy. Es war ihr Vater. Einen kurzen Moment zog sie in Erwägung, einfach nicht ans Telefon zu gehen, aber dann überlegte sie es sich und nahm das Gespräch an. Wenn sie ihn ignorierte, würde er nur immer wieder anrufen, also konnte sie ebenso gut sofort in Erfahrung bringen, was er von ihr wollte.

»Hallo Moa, wie geht es dir?«

»Ganz gut, bin gerade von der Arbeit nach Hause gekommen.« Moa rubbelte einen Fleck vom Tisch.

»So spät erst?«

»Wir hatten viel zu tun. Und, was macht ihr so?« Warum

fühlte sich jedes Gespräch mit ihrem Vater so förmlich an? Als wären sie zwei Fremde, die höflich versuchten, Konversation zu betreiben.

»Ich habe gerade die Pferde gefüttert, und Astrid ist draußen in der Gärtnerei. Jetzt im August haben wir eine Menge Gemüse zu ernten.«

Moa konnte es geradezu vor sich sehen. Ihr Vater und seine Frau Astrid führten mit großer Begeisterung einen Gartenbetrieb, in dem sie sowohl Gemüse als auch Blumen anbauten und der schon seit mehreren Generationen im Familienbesitz war. Darüber hinaus besaßen sie noch ein Reitunternehmen.

»Willst du nicht zum Erntedankfest kommen?«

»Sehr gerne, aber ich glaube nicht, dass ich die Zeit dazu finde«, antwortete Moa vage. Sie hatte es schon seit Jahren nicht mehr geschafft. Als Kind hatte sie es geliebt, das Fest mit Nachbarn und Freunden zu begehen – aber das war lange her. Heute war alles anders.

»Du musst jetzt auch noch nicht fest zusagen.«

»Und sonst? Hast du schon entschieden, was du mit Omas Haus machen willst?«, fragte Moa, um nicht länger über das Erntedankfest sprechen zu müssen.

Ihr Vater zögerte die Antwort hinaus. »Wir haben im Moment so viel mit dem Hof und der Gärtnerei zu tun, dass ich mit der endgültigen Entscheidung noch eine Weile warte.«

»Das ist doch gut.« Moa spürte, wie sich ihre Schultern etwas entspannten. So lange sie denken konnte, war das Haus im Besitz der Familie, ihr Vater war sogar dort aufgewachsen. Obwohl ihr klar war, dass es wahrscheinlich verkauft werden würde, hoffte sie, dass sich doch noch eine andere Lösung finden ließ.

»Warst du schon in Omas Wohnung?«

»Ich war gestern kurz dort und wollte am Wochenende noch mal hin. Da muss einiges aufgeräumt werden.«

»Das glaube ich.« Moas Vater raschelte im Hintergrund mit irgendetwas herum. »Sag Bescheid, wenn du Hilfe brauchst.«

»Selbstverständlich.« Moa würde einen Teufel tun und ihren Vater oder Astrid um Hilfe bitten. Sie wusste, wie hart die beiden arbeiteten, und hatte nicht vor, ihnen zur Last zu fallen.

»Ich habe eigentlich angerufen, um dich um einen Gefallen zu bitten.«

»Okay.« Wenn ihr Vater sie um einen Gefallen bat, konnte es sich um alles Mögliche handeln: kreuz und quer durch die Stadt zu laufen, um etwas ganz Bestimmtes zu besorgen, oder irgendeinen unbekannten Verwandten zweiten Grades zu grüßen, von dem sie noch nie gehört hatte.

»Wir müssen Iris aus der Hundepension holen. Der Besitzer hat mich heute Morgen angerufen und gesagt, dass sie ihren Laden dichtmachen.«

Iris! Seit sie in der Wohnung gewesen war, hatte Moa nicht mehr an das Tier gedacht. Aber ihr Vater wollte doch wohl nicht darauf hinaus, dass sie sich um den riesigen Königspudel ihrer Großmutter kümmern sollte? Mal ganz abgesehen davon, dass Ruben eine Abneigung gegen Haustiere hegte: Sie hatte weder die Zeit noch die Kapazitäten, sich um einen Hund zu kümmern.

»Also willst du, dass ...« Moa räusperte sich und beschloss, den Elefanten im Raum einfach anzusprechen. »Willst du, dass ich sie zu mir nehme?«

»Würde das denn gehen?«

Nein!, dachte Moa. »Na ja, ich weiß nicht, wir haben eigentlich keinen Platz und …«

»Nur vorübergehend. Astrid und ich können sie in ein paar Wochen bei uns aufnehmen, aber solange Fanny trächtig ist, können wir ihr nicht zumuten, sich mit einem fremden Hund auseinanderzusetzen.«

Moas Vater hatte natürlich recht. Gerade jetzt einen riesigen Königspudel bei sich einzuquartieren wäre nicht fair gegenüber Fanny, ihrer vier Jahre alten Labradorhündin, die gerade ihren ersten Wurf Welpen erwartete.

»Ich würde ja gerne helfen, aber meinst du, das ist eine gute Idee? Was soll ich mit ihr machen, während ich arbeite?«

»Sie kann bestimmt ein paar Stunden allein zu Hause bleiben.« Im Hintergrund war Gemurmel zu hören. »Astrid meint, wir könnten im Notfall auch eine Hundetagesstätte bezahlen.« Moa merkte, wie ihr Vater ungeduldig wurde.

»Hier in der Stadt gibt es wahrscheinlich endlos lange Wartelisten.« Wie kam Moa aus dieser Geschichte wieder heraus? Nicht, dass sie selbst keine Hunde mochte, aber Ruben würde sich gegen ein Tier in der Wohnung sträuben. Und erst recht gegen ein derart großes Exemplar. Herrje, nicht einmal ihre Freunde durften in Hundebegleitung zu Besuch kommen! Moa schloss die Balkontür, damit Ruben sie nicht hörte.

»Es ist ja nicht für die Ewigkeit«, fuhr ihr Vater fort. »Ich habe mit dem Betreiber der Hundepension abgemacht, dass du Iris am Freitag abholst.«

»Ich glaube aber wirklich nicht, dass …«

»Bitte, Moa! Ich verstehe ja, dass du viel um die Ohren hast, aber wir würden uns wirklich sehr über deine Hilfe freuen. Alternativ müssen wir Iris an eine Hundevermittlung geben.«

Moa seufzte. Ihr Vater versuchte ganz bewusst, sie zu erpressen.

»Ist ja gut, ich hole sie ab. Aber ich habe wirklich lange Arbeitszeiten, da brauche ich jemanden, der sich tagsüber um sie kümmert. Oder wenigstens mit ihr spazieren geht.«

»Danke, ich wusste ja, dass du eine Lösung findest. Ich schicke dir die Kontaktdaten der Hundepension, dann kannst du selbst klären, um wie viel Uhr du Iris abholst.«

»Was war los?«, fragte Ruben, der just in dem Moment auf den Balkon trat, als Moa das Handy weglegte.

»Das war mein Vater. Es ging um Omas Pudel, Iris. Sie lebt gerade in einer Hundepension, bis Papa sie mit nach Mölle nehmen kann. Aber die Pension wird geschlossen, und jetzt kann sie nicht länger dortbleiben.«

»Traurige Geschichte.«

»Ja, sie war immer mal wieder da, und ich weiß, dass es ihr dort gut ging«, antwortete Moa. »Es ist nicht einfach, für so einen großen Königspudel kurzfristig eine neue Unterbringung zu organisieren.«

»Das kann ich mir vorstellen. Mein Kollege hat gerade einen Welpen adoptiert. Jetzt bekommt er nachts kaum noch Schlaf, weil er ständig mit dem Hund raus muss. Ganz zu schweigen davon, wie gebunden man durch ein Haustier ist.«

»Ja, es ist schon anstrengend.«

»Total. Und von den ganzen Haaren und dem Sabber will ich gar nicht erst anfangen.« Ruben erschauderte.

»Um ehrlich zu sein, hat Papa gefragt, ob wir uns vorstellen könnten …«

»Aber du hast doch wohl nicht angeboten, dich um Iris zu kümmern, oder?«, fragte Ruben.

Moa ließ den Blick unruhig umherschweifen. »Natürlich nicht.« Sie rang sich ein Lächeln ab und hoffte, dass es ungekünstelt herüberkam. »Bist du fertig mit der Arbeit?«

»Ich muss noch ein paar E-Mails beantworten, aber das hat Zeit, bis wir wieder zu Hause sind.« Ruben streckte sich. »Lassen wir es nicht zu spät werden, ja? Mein Flug geht schon um sieben Uhr morgen früh.«

Während er sein Smartphone und seine Brieftasche holte, versuchte Moa, ihre Gedanken zu sortieren. Auf der einen Seite wollte sie ihren Vater nicht im Stich lassen, auf der anderen Seite aber auch Ruben nicht verärgern. Wie sollte sie sich aus dieser Zwickmühle nur wieder befreien?

KAPITEL 3

Mit dem Koffer in der einen und einem Coffee-to-go-Becher in der anderen Hand versuchte Moa, die Haustür zu öffnen. Sie hatte vorzeitig Feierabend gemacht, und jetzt blieb ihr noch eine halbe Stunde, bis sie Iris abholen musste. In der Zeit wollte sie rasch nach der Wohnung ihrer Großmutter sehen. Was für ein Stress! Außerdem hatte sie noch keine Ahnung, wie sie Ruben erklären sollte, dass sie versprochen hatte, sich um den Hund zu kümmern. Irgendeine Lösung musste es doch geben, dachte Moa, während sie sich mit dem Rücken gegen die Tür stemmte, bis sie endlich aufschwang. Solange Ruben in Mailand war, würde sie mit Iris in der Wohnung ihrer Großmutter bleiben. Das verschaffte ihr immerhin etwas Zeit.

»Vorsicht!«

Doch es war zu spät: Sie stieß mit dem Kopf gegen einen der Pfeiler im Treppenaufgang und kippte sich dabei den Kaffee über die Brust.

»Autsch!«, stieß sie aus und fasste sich an die Stirn, während sich die heiße Flüssigkeit auf ihrer Bluse verteilte. »Ach, Mist!« Sie trat einen Schritt zurück und befühlte den Stoff. Er war völlig durchnässt, und auf dem Steinboden lag der leere Becher neben dem umgefallenen Koffer.

»Geht es dir gut?« Jemand berührte sie an der Schulter, und Moa schaute hinauf in ein Paar freundliche dunkelblaue Augen.

»Alles in Ordnung«, murmelte sie verlegen. Sie war so in Gedanken versunken gewesen, dass sie den großen Pfeilern im Eingangsbereich keine Aufmerksamkeit geschenkt hatte.

»Sicher?« Der junge Mann, der vor ihr stand, sah sie besorgt an. »Das sah übel aus.«

»Ganz sicher.« Moa zupfte am Seidenstoff ihres Oberteils. Ob die Flecken sich wieder auswaschen ließen? Ersetzen ließ es sich sicher nicht, sie hatte die Bluse zu einem Spottpreis im Schlussverkauf erstanden. »Ich sollte jetzt hinauf in die Wohnung gehen.« Sie versuchte zu lächeln, brachte aber nicht mehr als eine Grimasse zustande.

»Brauchst du Hilfe?«

»Es geht schon. Ich muss nur ...« Moa machte einen Schritt nach vorn. Im letzten Moment bemerkte sie den Koffer zu ihren Füßen, und hätte der Typ nicht reflexartig ihre Oberarme festgehalten, wäre sie bestimmt erneut umgefallen. Stattdessen prallte sie gegen seine Brust. Als sie ihr Gleichgewicht wiedergefunden hatte, starrte sie entsetzt auf sein weißes T-Shirt.

»Oh, das tut mir leid!«, sagte sie peinlich berührt. »Jetzt habe ich dein Oberteil auch noch ruiniert.«

»Macht nichts, das kann man waschen.«

Ihre Blicke trafen sich. »Ich kann es waschen! Sag einfach Bescheid, wenn ...«

»Immer mit der Ruhe.« Er lächelte. »Ich komme darauf zurück.«

Moa hob den zerdrückten Becher und ihren Koffer auf. »Ich komme sofort wieder runter und wische das hier auf«, sagte sie und deutete auf die Kaffeelache am Boden.

»In der Waschküche gibt es einen Wischmopp für die Treppe, den kannst du benutzen.«

»Danke, ich kümmere mich gleich darum. Ich muss nur erst noch meinen Hund abholen.« *Meinen Hund.* Die Worte fühlten sich seltsam an. Aber so war es doch, oder nicht? Iris war jetzt ihr Hund. Jedenfalls für ein paar Wochen.

»Ich kann das hier gern übernehmen«, bot sich Moas Gegenüber an.

»Nein, nein, das musst du nicht.«

»Das ist kein Problem, mein Taxi kommt erst in einer Viertelstunde, und du solltest dich erst einmal um deinen Kopf kümmern und dich umziehen.«

Moa schaute hinunter auf ihre Bluse und lachte. »Danke dir! Wirklich. Ich weiß nicht, wie ich diesen Pfeiler übersehen konnte.«

»Das kann passieren. Aber pass in Zukunft ein bisschen besser auf dich auf.« Der Typ hob die Hand, und Moa, mit einem Fuß bereits im Fahrstuhl, erwiderte seinen Gruß. Während der Fahrt hinauf zur Wohnung ihrer Großmutter warf sie einen Blick auf ihre Armbanduhr. Sie war nicht allzu spät dran, und wenn sie sich beeilte, blieb ihr noch genügend Zeit, sich zu waschen, bevor sie Iris abholen musste.

*

Ein paar Stunden später stand Moa an der Anrichte in der Küche und schnippelte Lauch und Kartoffeln, während ihre Freundin Sofia den Tisch deckte. Iris lag in ihrem Hundebett, den Kopf auf die Vorderpfoten gebettet, und beobachtete jede ihrer Bewegungen.

»Wie lange willst du dich um Iris kümmern?« Sofia kraulte das weiche Fell des Pudels.

»Keine Ahnung. Ein paar Wochen.« Moa briet den Lauch

in einem gusseisernen Topf an. »Obwohl ich nicht weiß, wie ich das Hundesitting und meinen Job unter einen Hut kriegen soll.«

»Kannst du sie nicht mit zur Arbeit nehmen?«

»Ich glaube nicht, dass das Auktionshaus der ideale Ort für einen Hund ist.«

»Auch wieder wahr.«

»Du hättest sie mal sehen sollen, als sie wieder hier ankam. Sie war erst überglücklich und dann furchtbar geknickt, als sie Oma nirgends gefunden hat.« Moa hockte sich neben Iris. »Du vermisst dein Frauchen, oder?« Sie streichelte den Kopf der Hündin.

»Bestimmt versteht sie nicht, warum Elsa nicht hier ist.«

»Ich weiß. Sie tut mir so leid.« Moa hörte ein brutzelndes Geräusch vom Herd, sprang auf, eilte zum Topf und schaltete die Herdplatte herunter. Sie rührte den angeschwitzten Porree um, gab Safran, Kartoffeln, gehackte Tomaten, Fischbrühe und Sahne hinzu und ließ alles aufkochen.

»Wie gut das duftet.« Sofia schnupperte begeistert.

»Das ist Fischsuppe nach Omas Rezept. Sie hat immer gerne gekocht und war der Meinung, dass man jedes Problem mit gutem Essen und einer Tasse kräftigem Tee lösen kann. So seltsam es klingt, aber irgendwie schien mir wirklich alles einfacher, wenn wir zusammen am Küchentisch gegessen oder Kaffee getrunken haben.« Moa stellte den Küchenwecker ein. »Mal was anderes: Wie geht es mit dem Buchcover voran?«

»Ich hoffe, dass der Verlag mit den Entwürfen zufrieden ist. Sie geben mir Bescheid, wenn sie sich beraten haben.«

Moa lächelte stolz. Als freiberufliche Illustratorin arbeitete

Sofia an vielen unterschiedlichen Projekten, aber ein Buchcover entwarf sie zum ersten Mal.

»Sie werden bestimmt megabegeistert sein.« Moa meinte, was sie sagte. Sofia war unglaublich talentiert und hatte schon mehrere Preise für ihre Illustrationen gewonnen. Die beiden hatten sich auf Beckmans Hochschule für Design kennengelernt und schnell angefreundet. Als Sofia vor einigen Jahren eine komplizierte Trennung durchmachte, war Moa an ihrer Seite, und als Moa zu Beginn des Sommers ihren Job verlor und Ruben keine Zeit hatte, sich um sie zu kümmern, rückte Sofia mit Gebäck von der Tössebageriet bei ihr an, um bis spät in die Nacht Pläne für die Zukunft zu schmieden.

»Meine Großmutter war übrigens ganz begeistert von den Aquarellbildern, die du ihr zum Geburtstag geschenkt hast.«

»Ja, das hat sie gesagt.«

»Wirklich? Wann?«

»Ach, sie hat mir einen Brief geschrieben und sich dafür bedankt.« Sofia durchstöberte die Küchenschränke, bis sie in einem davon eine Karaffe fand. »Ich kann verstehen, warum Elsa sich hier so wohlgefühlt hat. Die Wohnung ist wirklich gemütlich.«

»Aber es ist noch viel zu tun. Die Schranktüren müssten zum Beispiel neu lackiert werden.«

»Mir gefallen sie so. Und den Kamin finde ich auch toll.«

»Ja, der ist klasse. Ich bezweifle aber, dass man ihn anzünden kann.« Moa schnitt Kabeljau und Lachs in Stücke. »Eigentlich müsste man ihn reparieren.«

»Das ist bestimmt kein Problem. Weißt du, mir gefallen auch die hohen Decken, die Zimmer wirken dadurch so schön geräumig. Wie viele Quadratmeter hat die Wohnung?«

»Fünfundachtzig. Und ja, du hast recht, durch die hohen Decken kommt einem alles sehr groß vor. Die Raumaufteilung ist auch gut.«

»Das stimmt. Offene Wohnungen sind nicht so mein Ding, ich mag es ein bisschen verwinkelt.«

»Geht mir genauso.« Moa setzte den Deckel auf den Topf und schaute sich in der Küche um. Obwohl ihre Großmutter nur zwölf Jahre in dieser Wohnung gelebt hatte, hatte sie so viele Erinnerungen an die Zeit mit ihr hier. Meistens hatten sie in der Küche gesessen, Tee getrunken, Schokolade gegessen und sich stundenlang unterhalten.

»Erde an Moa!«

»Entschuldige, da sind gerade ein paar Erinnerungen hochgekommen.«

»Du vermisst sie, nicht wahr?«

»Total.« Moa merkte, wie ihre Stimme brach. »Sie war mein Anker.«

Sofia umarmte Moa. »Ich weiß.«

»Als meine Mutter …« Moa sah aus dem Fenster. »Oma hat für mich das Normale verkörpert. Das Leben, das weitergeht.«

»Jeder braucht so einen Menschen.«

Moa nickte. Nach dem Tod ihrer Mutter war ihre Großmutter für sie da gewesen. Wer sonst hatte ihr zugehört, mit ihr geredet und sie unterstützt? Ihr Vater hatte es zwar versucht, war aber so mit seiner eigenen Trauer beschäftigt gewesen, dass er sich voll und ganz in seine Arbeit mit den Pferden und der Gärtnerei gekniet hatte. Und dann war Astrid in seinem Leben aufgetaucht. Dass ihre Großmutter nur ein paar Häuser entfernt gewohnt hatte, war Moas Rettung gewesen. »Am meisten bereue ich, dass ich in den letzten Monaten nicht so oft hier war.«

»Was meinst du damit?«

»Ich hätte sie häufiger besuchen sollen, auch wenn wir uns zuletzt nicht in allem einig waren. Aber obwohl Oma schon ziemlich alt war, habe ich irgendwie immer gedacht, wir hätten noch genügend Zeit miteinander.«

»Mach dir keine Vorwürfe.«

»Das ist schwierig.« Moa verstummte. »Aber die Wohnung ist jedenfalls toll«, sagte sie dann. »Wer auch immer sie kauft, macht einen guten Fang.«

»Kannst du nicht mit Ruben hier einziehen?«

»Du kennst ihn doch. Bei ihm muss alles neu sein und …«

»… weiß und frisch«, ergänzte Sofia.

»Und möglichst keine Kissen oder gar Pflanzen«, fuhr Moa grinsend fort.

»Puh, aber du kannst noch froh sein, dass er nicht so übertreibt wie Jessicas Freund. Der schiebt ständig Panik, nicht hip genug zu sein, und glaubt, jedem neuen Trend nachlaufen zu müssen.«

»Ist Jessica nicht auch ein bisschen so?«

»Ja, schon, aber ich glaube, dass sie ohne Anders viel entspannter wäre.«

»Das glaube ich auch.«

»Also, was willst du hier in der Wohnung vor den Besichtigungsterminen verändern?«, fragte Sofia und richtete ein paar Baguettescheiben auf einer Servierplatte an.

»Ich muss aufräumen und ausmisten. Vielleicht auch streichen. Oma hat mir ein bisschen Geld hinterlassen, das ich in die Wohnung investieren will.« Sie freute sich sogar ein wenig auf die Renovierung. Schon ein neuer Anstrich für die Decken und Wände würde einen großen Unterschied bewirken.

»Welche Räume willst du streichen?«

»Das weiß ich noch nicht genau. Eigentlich alle.« Moa holte ein frisches Schneidebrett und fing an, den Dill zu hacken.

»Aber die Tapeten im Schlafzimmer deiner Großmutter gefallen mir schon gut.«

»Mir auch. Oma hat sie bei ihrem Einzug ausgewählt. Sie meinte, mindestens ein Raum müsse eine Tapete mit Blumenmuster haben.«

»Verständlich. Irgendwie mag ich deine Großmutter immer mehr«, antwortete Sofia lächelnd. »Und welche Wandfarben hast du im Sinn?«

»Ruben hat vorgeschlagen, alles weiß zu streichen.«

»Wieso das?«

»Er glaubt, dass sich eine Wohnung in neutralen Farben besser verkaufen lässt.«

»Da könnte er recht haben. Aber wie gesagt, es wäre schade um die schönen Tapeten.«

»Ich weiß. Die Tapeten im Wohnzimmer und hier in der Küche sind allerdings so abgewetzt, dass sie wirklich erneuert werden müssen.« Vielleicht war es ja möglich, die Tapete im Schlafzimmer zu erhalten, überlegte Moa. Dort waren die Wände noch besser in Schuss als in den anderen Räumen.

»Und was hast du mit den ganzen Möbeln vor?«

»Wahrscheinlich versuche ich, sie im Auktionshaus zu versteigern. Was übrig bleibt, wird gespendet. Aber zuerst muss ich mich noch um einige andere Dinge kümmern. Ich habe einfach unglaublich viel zu tun.« Das war eigentlich untertrieben. Die Wohnung aufzuräumen und zu putzen, um sie verkaufen und leer räumen zu können, würde in den nächsten Wochen ihre gesamte Zeit in Anspruch nehmen.

»Aber ein bisschen Luft hast du ja noch.«

»Das stimmt«, gab Moa zu. Der Termin mit dem Makler war erst in vierzehn Tagen. »Ich weiß nur einfach nicht, wo ich anfangen soll.«

»Sag Bescheid, wenn du Hilfe brauchst.«

»Du willst mir helfen?«

»Ich habe am Wochenende nichts vor. Zusammen schaffen wir sicher eine Menge.«

»Das wäre wirklich schön.« Moa trug den Topf mit der Fischsuppe zum Küchentisch. »Aber was sagt Daniel dazu, wenn du das ganze Wochenende hier verbringst?«

»Gar nichts. Der hat anderes im Kopf«, antwortete Sofia und hob den Topfdeckel an. »Mmh, das riecht herrlich! Falls du doch nicht wieder zurück in die Werbebranche willst, kannst du auch einfach ein Restaurant eröffnen.«

Moa lachte. »Ich glaube, das ist nicht mein Ding.«

»Und ich glaube, das würde sich richtig lohnen. Wie läuft es übrigens bei Sundblad & Ström? Hast du dich mittlerweile an den Job gewöhnt?«

»Es wird, aber ich muss noch viel lernen. Ich merke immer wieder, wie wenig ich über Möbel und Kunst weiß.« Moa wartete, bis Sofia sich von der Suppe genommen hatte, und bediente sich dann selbst.

»Das Wichtigste kriegst du ziemlich schnell mit. Mir hat Artur damals oft unter die Arme gegriffen. Ist er noch da?«

»Ja, und mir hat er auch schon viel geholfen.«

»Er ist wirklich ein Schatz. Wusstest du, dass auch sein Vater schon dort im Auktionshaus gearbeitet hat? Offenbar hat sein Großvater die Firma gegründet, aber nach dem Zweiten Weltkrieg ist irgendetwas passiert und Arturs Vater hat alles an Marcus Sundblad und dessen Schwiegersohn Viktor Ström verkauft.«

»Oh, nein, das wusste ich nicht.«

»Susanne hat mir das mal erzählt. Ehrlich gesagt glaube ich nicht, dass allzu viele Leute davon wissen.«

»Aber die Familie ist nach dem Verkauf in der Firma geblieben?«

»Das war wohl ein Teil des Deals. Artur muss buchstäblich in der Firma aufgewachsen sein. Er hat schon als Kind dort ausgeholfen, später in den Ferien dort gearbeitet und wurde dann nach dem Schulabschluss fest eingestellt.«

»Dann ist mir klar, woher er sein ganzes Wissen hat. Er ist eine wandelnde Enzyklopädie. Hast du eine Ahnung, wie alt er ist?«

»Ich schätze mal, so um die fünfundsiebzig?«

»Hat er denn gar nicht vor, in Rente zu gehen?«

»Ich glaube, er hat sich mal für eine Weile aus der Firma zurückgezogen, ist aber nach ungefähr einem Jahr wieder zurückgekehrt.«

»Warum?«, fragte Moa interessiert.

Sofia bestrich eine Brotscheibe mit Butter. »Puh, keine Ahnung. Ganz so ins Detail ist Susanne nicht gegangen.«

Moa lächelte. »Entschuldige, ich bin nur neugierig.«

Sie wechselten das Thema und unterhielten sich wieder über die Wohnung und das, was sie an diesem Wochenende erledigen wollten. Ihr Plan war, wenigstens das Gästezimmer und das Wohnzimmer aufzuräumen. Das sollte doch wohl zu schaffen sein.

KAPITEL 4

Es sah aus, als wäre ein Tornado durch das Gästezimmer gefegt. Moa stemmte die Hände in den Rücken und ließ sich vor einer Schublade voller Tischdecken, Gardinen und anderer Textilien nieder.

»Das wird ewig dauern.« Sie nahm einen weiteren gehäkelten Untersetzer heraus und musterte die filigrane Handarbeit. »Ich verstehe nicht, wieso Oma so viel aufbewahrt hat.«

»Ist das nicht total normal? Alles aufzuheben, was noch zu irgendetwas gut sein könnte?« Sofia zog die letzte Schublade aus dem Kleiderschrank und wischte den Staub weg, der sich auf der Kante angesammelt hatte. »Wie wollen wir es machen? Vielleicht je ein Stapel mit dem, was du behalten, verschenken und wegwerfen willst?«

»Gute Idee.« Moa sah sich um. »Und wir sollten ein paar Möbel ausmustern, damit der Raum luftiger wird. Den IKEA-Schrank könnten wir doch im Internet verkaufen.«

»Aber diese tolle Kommode hier musst du behalten.« Sofia deutete auf ein Möbelstück aus gebeiztem Holz.

»Die stand in Omas und Opas Diele in Mölle.«

»Hat deine Großmutter viele Möbel von dort mitgebracht?«

»Viel zu viele. Mein Vater hatte gehofft, sie würde beim Umzug die Gelegenheit nutzen und richtig ausmisten, aber ich glaube nicht, dass mehr als zwei große Müllsäcke dabei zusammengekommen sind.«

»Ich bin genauso. Als Daniel und ich zusammengezogen sind, hatten wir Mühe, alles in die Wohnung zu bekommen.«

»Ich erinnere mich daran«, erwiderte Moa. »Ich hatte kaum was dabei, als ich bei Ruben eingezogen bin.« Im Nachhinein war sie doch etwas verblüfft, wie wenig sie bei ihrem Einzug in Rubens Wohnung mitgebracht hatte. Aber er hatte ja alles Notwendige bereits besessen.

»Und daran kann ich mich noch gut erinnern.« Sofia lachte. »Daniel meint immer noch, ich hätte mir ein Beispiel an dir nehmen sollen.«

»Andererseits hatte ich auch gar nicht die Gelegenheit, mir viel Kram anzuschaffen. Wenn man jahrelang immer nur zur Untermiete wohnt, ist man mit ziemlich leichtem Gepäck unterwegs.«

»Ja, das stimmt. Aber wenn ihr jetzt eine gemeinsame Eigentumswohnung kauft, solltet ihr die Gelegenheit nutzen und ein paar Sachen zusammen anschaffen.«

»Mhm.« Moa stopfte ein weiteres Paar gehäkelter Untersetzer in den Müllsack mit den Sachen, die verschenkt werden sollten. Die Besitztümer ihrer Großmutter durchzugehen hatte eine seltsam beruhigende Wirkung. Moa fühlte sich ihr dabei extrem nah, und außerdem ließ ihr die viele Arbeit keine Zeit, sich über andere Dinge den Kopf zu zerbrechen. Darüber, ob sie wohl irgendwann einen Job finden würde, der mehr mit ihrer Ausbildung zu tun hatte, zum Beispiel. Oder darüber, dass die Verantwortung für einen Hund auf ihren Schultern lastete.

»Das hier ist ja hübsch!« Sofia hielt ein Kissen mit besticktem Bezug hoch.

»Das habe ich ja seit Ewigkeiten nicht mehr gesehen. Ich habe es in der sechsten Klasse für Oma gemacht.« Moa streckte die Hand nach dem Kissen aus und nahm den gestickten Topf mit Blumen in verschiedenen Formen und Farben in Augenschein. »Meine Lehrerin meinte damals, ich müsse mich mal ein bisschen anstrengen, um eine richtig gute Note zu bekommen, also habe ich mehrere Wochen lang jeden Abend mit Sticken verbracht.« Moa lächelte, als sie sich daran erinnerte, wie sie mit dem Muster gekämpft hatte.

»Und, was hast du bekommen?«

»Volle Punktzahl.« Moa legte das Kissen zu den Dingen, die weggegeben werden sollten.

»Warte, willst du das nicht behalten?«

»Das hat doch keinen Sinn. Was soll ich damit anfangen?« Moa stand auf und klopfte sich den Staub von der Hose. »Ich glaube, ich brauche eine kurze Pause. Möchtest du eine Tasse Tee?«

»Gerne, ich packe nur schnell diese Handtücher hier zusammen.«

Während Moa in der Küche das Teewasser aufsetzte und nach Teebeuteln und Milch suchte, fiel ihr Blick auf Iris. Seit ihrer Rückkehr hatte die riesige Hündin das Körbchen nur für ein paar kurze Spaziergänge verlassen. War das normal? Moa streichelte Iris über das Fell.

»Ich vermisse Oma doch auch«, sagte sie und legte die Wange an Iris' Locken. »In den nächsten Wochen müssen wir uns wohl ein bisschen umeinander kümmern.«

KAPITEL 5

Der Aufzug war kaputt, und so spurtete Moa die Treppe hinauf. Einen Hund zu besitzen bedeutete nun mal Verantwortung, und sie hatte keine Ahnung, ob sie großes Chaos erwartete oder Iris es doch geschafft hatte, in den zwei Stunden, die Moa im Malerfachgeschäft verbracht hatte, friedlich allein in der Wohnung zu bleiben.

»Hoppla, Sie haben aber ein Tempo drauf!« Die Worte kamen von einer bestimmt achtzig Jahre alten Frau, die sich auf halber Höhe der Treppe gegen das dunkle Geländer lehnte. Sie krallte sich am Handlauf fest und musterte Moa aufmerksam.

»Ich hab es ein bisschen eilig«, antwortete Moa und blieb stehen. »Brauchen Sie Hilfe mit Ihren Taschen?«

»Danke, es geht schon. Ich musste mich nur kurz ausruhen.«

Die Frau lockerte ihren Griff und betastete ihr dunkles, wohlfrisiertes Haar. Ein paar Schweißperlen glänzten auf ihrer Stirn. »Wenn ich so darüber nachdenke, wäre es vielleicht doch ganz gut, wenn Sie mir mit den Taschen helfen würden. Es ist dumm, Nein zu sagen, wenn man Hilfe angeboten bekommt.«

Moa hob die Taschen hoch. Sie waren recht schwer, kein Wunder, dass die Dame eine Pause gebraucht hatte.

»Ich hätte es schon selbst geschafft, wenn Sie nicht im richtigen Moment vorbeigekommen wären.«

»Das glaube ich ja. Aber wie Sie selbst sagten: Es ist dumm,

Hilfe abzulehnen«, antwortete Moa gut gelaunt und schloss sich der Frau an, die sich jetzt langsam in Bewegung setzte. Obwohl die Dame nichts mehr tragen musste, ging es nur langsam voran, und sie blieb mehrmals stehen, um wieder zu Atem zu kommen.

»Was glauben Sie, wann der Aufzug repariert wird?«, fragte Moa.

»Weiß der Himmel. Seit heute Morgen funktioniert er nicht mehr, und mir kommt es so vor, als hätte ich den halben Tag damit verbracht, diese Treppe erst runter und dann wieder rauf zu stiefeln. Außerdem habe ich mich gerade erst von einem Infekt erholt, deshalb fällt mir das Treppensteigen so schwer. Ich fühle mich wie nach einem Marathonlauf.«

»Ich kann später bei der Hausverwaltung anrufen und mal nachfragen. Zuerst muss ich aber eine Runde mit dem Hund gehen.«

»Sind Sie gerade neu eingezogen? Sie und Ihr Hund?«

»Hund und Wohnung haben meiner Großmutter gehört. Ich kümmere mich nur eine Weile lang um alles.«

Die Frau blieb stehen. »Dann bist du Elsas Enkelin? Moa?«

»Ja, Elsa war meine Großmutter.« Moa warf ihrer neuen Nachbarin einen neugierigen Blick zu.

»Sie hat mir gesagt, dass du die Wohnung haben sollst.«

»Das hat sie gesagt?«

»Und dass du dich um Iris kümmern wirst.«

»Bitte?«, fragte Moa erstaunt.

»Iris. Ihr Hund. Der in der Wohnung auf dich wartet.«

Moa lächelte. »Ich weiß, wer Iris ist«, sagte sie. »Aber Oma hat mir gegenüber nie den Wunsch geäußert, dass ich mich mal um sie kümmere.«

Die Frau machte eine abwehrende Geste mit der Hand. »Ach, was weiß ich. Vielleicht habe ich mich auch verhört.« Sie blieb wieder stehen und nahm Moa genauer unter die Lupe. »Ihr seid euch sehr ähnlich. Du bist blasser und hast blaue Augen, aber man sieht euch die Verwandtschaft an.« Das klang beinahe überrascht, stellte Moa fest. Aber vielleicht war die alte Dame auch nur müde, nachdem sie sich die ganzen Treppen hinaufgeschleppt hatte.

»Ich heiße Vendela, und ich wohne neben deiner Großmutter. Nein, ich habe neben ihr gewohnt. Jetzt wohne ich wohl neben dir.«

»Ja, obwohl ich nicht …«, setzte Moa an, wurde aber unterbrochen, als sich eine der Wohnungstüren öffnete.

»Bist du wieder da? Ich habe mir Sorgen gemacht«, sagte der ältere Herr, der jetzt ins Treppenhaus trat.

»Das ist Gunnar, mein Mann.« Vendela lächelte. »Er ist ein Schatz, aber er macht sich immer viel zu viele Sorgen um mich.«

»Du warst lange weg. Ich dachte, irgendetwas wäre passiert«, brummte Gunnar.

»Ich bin einundachtzig Jahre alt, nicht hundert. Ich werde ja wohl in der Lage sein, ein bisschen Essen zu kaufen.«

»Aber wenn ich gewusst hätte, dass du so viel holst, wäre ich doch mitgekommen, um dir zu helfen. Bis zum Laden ist es ja schon ein Stück weit zu Fuß.«

»Lass uns nicht deswegen zanken. Das hier ist Elsas Enkelin Moa. Sie wohnt jetzt neben uns.«

»Eigentlich habe ich nicht vor …«

»Schön, dich kennenzulernen«, wurde Moa von Gunnar unterbrochen, der ihr die Hand entgegenstreckte. »Und mein

Beileid zum Verlust deiner Großmutter. Wir hatten Elsa sehr gern, wir beide.« Gunnar hatte einen kräftigen Händedruck, und als er losließ, versuchte Moa vorsichtig und unauffällig, ihre Finger zu bewegen.

»Ich dachte, du wärest schon längst unterwegs, du wolltest doch in dein Jazzlokal«, sagte Vendela zu ihrem Mann.

»Ich bin auf dem Sprung, wollte aber nicht gehen, bevor du wieder zurück bist.«

Moa beobachtete das Paar. Auch während sie sich neckten, sahen sie einander voller Liebe an, und aus Gunnars Blick sprach reine Fürsorglichkeit.

»Du machst dir zu viele Gedanken.« Vendela wandte sich an Moa. »Nur weil ich zwei Jahre älter bin als er, hält er mich für eine zerbrechliche Porzellanfigur. Oder einen Fall fürs Heim.«

»Das stimmt überhaupt nicht, aber letzte Woche bist du fast die Treppe hinuntergefallen.«

»Ich bin gestolpert, das war ein Unfall.«

Gunnar sah zwar aus, als wollte er widersprechen, aber er behielt seine Worte für sich und lächelte seine Frau an. »Nun ja, ich will mich nicht weiter mit dir streiten. Soll ich auf dem Heimweg irgendetwas mitbringen?«

»Ich habe alles besorgt, was wir brauchen«, antwortete Vendela und deutete auf die Taschen.

Gunnar küsste seine Frau auf die Wange, verabschiedete sich mit einem »Tschüss!« von Moa und verschwand dann eine fröhliche Melodie vor sich hin pfeifend die Treppe hinunter.

Vendela schüttelte den Kopf. »Er ist immer so besorgt. Als würde ich beim kleinsten Lufthauch umfallen.«

Moa betrachtete Vendela verstohlen. Sie wirkte immer noch

müde nach ihrem Treppenaufstieg. Und sah sie nicht auch ein bisschen blass aus? Vielleicht hatte Gunnar gar nicht unrecht.

»Es war schön, dich mal kennengelernt zu haben, Moa. Jetzt muss ich aber die Einkäufe wegräumen, damit mir das Essen nicht verdirbt.«

»Soll ich Ihnen dabei helfen?«

»Sag ruhig du zu mir. Und danke, aber das ist nicht nötig.«

»Gut, aber wenn doch etwas sein sollte, lässt du es mich wissen, ja? Ich gehe jetzt eine Runde mit Iris spazieren, aber danach bin ich zu Hause.«

»Dann sehen wir uns vielleicht gleich im Park. Ich sollte noch kurz mit Krümel an die frische Luft«, sagte Vendela. »Das ist unser Westie. Sie ist nicht mehr die Jüngste und hört schlecht, aber ist nach wie vor putzmunter und zufrieden. Krümel und Iris sind gute Freunde und spielen gerne zusammen im Park.«

»Wenn du willst, kann ich Krümel einfach mitnehmen«, bot Moa an. »Dann kannst du in aller Ruhe deine Einkäufe auspacken.«

Vendelas Gesicht hellte sich auf. »Würdest du das wirklich tun? Natürlich könnte ich selbst gehen, aber nach dieser erbärmlichen Erkältung wäre es schon eine Erleichterung, wenn mir ein weiteres Mal Treppensteigen erspart bliebe.«

»Ich schaffe das schon. Wenn du Krümel fertig machst, hole ich schnell Iris.«

»Wenn du wieder da bist, revanchiere ich mich mit einem Kaffee«, sagte Vendela und fuhr mit einem Blick auf Moas unschlüssige Miene gleich fort: »Keine Widerrede. Ein bisschen Kaffee ist das Mindeste, was ich dir als Dankeschön anbieten kann.«

*

Iris war eindeutig schon einmal in der Nachbarwohnung gewesen. Ohne weiter von Krümel Notiz zu nehmen, streckte sie sich vor dem Kamin aus, legte den Kopf auf den Pfoten ab und seufzte vernehmlich.

»Das ist ihr Lieblingsplatz«, sagte Vendela und stupste Krümel an. »Na, du, geh doch auch hinüber und leg dich ein bisschen hin. Da könnt ihr euch von dem Spaziergang erholen.«

Moa schaute sich um. Vendelas Zuhause war hell, luftig und mit Unmengen an Blumen und Zimmerpflanzen dekoriert. Auf dem Kaminsims standen mehrere gerahmte Fotos und in einem maßgefertigten Regal stapelten sich unzählige Bücher.

»Ich liebe es zu lesen«, sagte Vendela, als sie Moas Blick folgte. »Das ist meine Art abzuschalten.«

»Was liest du so?«

»Am liebsten Bücher, die glücklich machen und Hoffnung geben.«

»Ich auch.« Moa nahm *Die Muschelsucher* von Rosamunde Pilcher in die Hand.

»Das habe ich schon ein paarmal gelesen. Elsa hat mir Pilcher empfohlen, kurz nachdem Gunnar und ich hier eingezogen waren.«

»Wo habt ihr denn vorher gewohnt?«

»In Barcelona.« Vendela lächelte, als sie Moas überraschten Gesichtsausdruck bemerkte. »Fast zwanzig Jahre lang. Gunnar bekam dort eine Stelle angeboten und ich bin natürlich mitgezogen. Ich habe dann ein paar Tage in der Woche in einem Café ausgeholfen. Das war das Spannendste, was ich je gemacht habe. Wie viele Menschen ich dabei kennengelernt habe!«

Vendela nahm ein Foto vom Kaminsims. »Das hier war kurz nach unserem Umzug nach Spanien.« Sie reichte Moa das

Bild. »Gunnar und ich hatten den ganzen Tag lang Kartons ausgepackt und sind dann zum ersten Mal in Barcelona ausgegangen.«

Moa schaute sich die Aufnahme an. Sie zeigte Vendela und Gunnar, die in einem Straßencafé draußen auf einem großen Platz saßen.

»Ich liebe dieses Bild. Es erinnert mich daran, wie sehr wir uns darauf gefreut haben, unser neues Leben in Angriff zu nehmen.« Vendela suchte ein weiteres Bild heraus. »Hier habe ich mit Elsa meinen Geburtstag gefeiert. Das war vor fünf Jahren.« Das Foto schien vor dem Restaurant Hasselbacken in Djurgården aufgenommen worden zu sein. Moas Großmutter und Vendela hatten einander untergehakt und lachten sich an, als hätten sie nicht gewusst, dass sie fotografiert wurden. »Elsa war so eine feine Frau. Sie hatte auch ihr Päckchen zu tragen, aber ihr war immer wichtig, dass es allen um sie herum gut ging.«

»Ihr Päckchen?« Moa schaute auf. Vendela schien das weiter ausführen zu wollen, aber dann rief sie aus: »Jetzt habe ich die Kaffeekanne auf dem Herd vergessen! Ich bin gleich wieder da.«

Moa stellte die Bilder zurück auf das Kaminsims, und als eine kühle Brise durch das Wohnzimmer strich, trat sie hinaus auf den Balkon. Nur knapp unterdrückte sie einen Ausruf der Verwunderung, als sie inmitten unzähliger Geranien in verschiedenen Farben landete, die in großen Töpfen auf dem Boden, in Balkonkästen und in Blumenampeln an der Wand wuchsen. Als hätte jemand sie in einen Raum voll Konfetti geschubst. Moa trat ans Geländer. Von hier aus konnte man ins Wohnzimmer ihrer Großmutter schauen. Im Gegensatz zu

Vendelas Balkon sah es nebenan traurig kahl und leer aus. Moa stützte sich mit den Unterarmen auf das Geländer. Sie hatte das Gefühl, als würde sie ihre Großmutter neu kennenlernen. Bis zum heutigen Tag hatte sie keine Ahnung gehabt, dass Vendela und Gunnar überhaupt existierten, geschweige denn, dass sie Omas Freunde gewesen waren. In den letzten Monaten hatte Moa oft mit ihrem schlechten Gewissen gekämpft, weil sie so selten zu Besuch gewesen war. Im Nachhinein war es beruhigend zu wissen, dass Vendela und Gunnar für ihre Großmutter da gewesen waren. Moa ließ den Blick in die Ferne schweifen und beobachtete, wie die Fährboote gemächlich durch das Wasser pflügten.

»Macht es dir etwas aus, wenn wir uns hineinsetzen? Ich bin heute ein bisschen verfroren.« Vendela steckte den Kopf hinaus auf den Balkon und Moa nickte.

Sie folgte Vendela zurück ins Wohnzimmer und deutete auf eines der Regale. »Deine Porzellanfiguren sind übrigens wirklich hübsch.«

»Die habe ich schon als kleines Mädchen gesammelt. Mein Vater musste einmal im Jahr geschäftlich nach England reisen, und dabei hat er mir jedes Mal eine mitgebracht.« Vendelas Blick wanderte in die Ferne. »Er ist schon lange tot, aber beim Anblick der Figuren denke ich immer an ihn.«

»Das ist schön.«

»Ich finde es wichtig, seine Liebsten nicht zu vergessen. Wie sieht es bei dir aus? Hast du gute Erinnerungen an deine Großmutter?«

»So einige.« Moa rührte in ihrem Kaffee herum. Vendelas Service bestand aus kleinen Tassen mit Untertellern, wie Moa sie oft im Auktionshaus sah. Auch Oma hatte aus solchem Porzellan ihren Kaffee getrunken. »In den letzten Monaten haben wir uns aber nur noch selten gesehen. Ich hatte viel bei der Arbeit zu tun, und dann …« Moa fiel keine Ausrede ein. Bei ihrem letzten Treffen hatten sie sich gestritten. Nicht, dass sie sich angebrüllt hätten, aber ihre Großmutter hatte sie in die Ecke gedrängt, und danach hatte Moa sich vor weiteren Besuchen gedrückt. Sie seufzte. Man dachte einfach nie darüber nach, dass die wichtigsten Menschen eines Tages nicht mehr da sein könnten. Sie war davon ausgegangen, dass ihre Oma immer in ihrer Wohnung auf sie warten würde, bereit für eine Tasse Kaffee oder ein Gespräch.

»Ich hätte sie häufiger besuchen sollen.«

»Deine Großmutter wusste, dass du viel zu tun hattest.« Vendela reichte ihr einen Teller mit frisch gebackenen Hefeschnecken. »Nach Elsas Rezept.«

Moa nahm sich ein Gebäckteilchen und biss beherzt hinein. »Sind die lecker!«

»Was hast du erwartet? Wir haben oft Rezepte und Backtipps ausgetauscht. Beim letzten Mal habe ich Elsa gezeigt, wie man eine Biskuitrolle backt, ohne dass sie reißt.«

»Das würde ich auch gerne lernen.«

»Komm einfach irgendwann vorbei, dann zeige ich es dir.« Vendela nippte an ihrem Kaffee. »So, und du arbeitest also in einem Auktionshaus?« Sie lachte beim Anblick von Moas verblüffter Miene. »Das hat mir Elsa erzählt.«

»Ich bin erst seit drei Monaten dort. Vorher habe ich bei einer Werbeagentur gearbeitet, aber ein Teil der Mitarbeiter musste entlassen werden, leider auch ich.«

»Das tut mir wirklich leid. Wie gefällt dir denn deine neue Stelle?«

Moa dachte kurz nach. »Der Job macht Spaß, ist aber vielleicht nicht genau das, was ich mir vorgestellt hatte.«

»Und was hattest du dir vorgestellt?«

»Ich bin gelernte Grafikdesignerin. Und eigentlich will ich in Zukunft wieder irgendetwas in der Richtung machen.« Moa biss noch einmal von ihrer Hefeschnecke ab und genoss den vertrauten Geschmack von Butter, Zucker und Zimt.

»Das kann ich gut verstehen. Kannst du Iris mit zur Arbeit nehmen?«

»Das habe ich noch nicht geklärt. Mal schauen, wie ich das regele. In ein paar Wochen nimmt mein Vater sie mit nach Mölle, aber fürs Erste trage ich die Verantwortung für sie.« Die Sache mit Iris war wirklich ein Problem. Eigentlich sollte sie sich spätestens heute auf die Suche nach einem Hundesitter machen. Am besten online.

»Du kannst sie gerne zu uns bringen.«

»Bitte?«

»Iris und Krümel verstehen sich so gut. Außerdem sind Gunnar und ich die meiste Zeit zu Hause. Und wenn wir mal unterwegs sind, können sie entweder mitkommen oder hier warten.«

»Meinst du das ernst?«, fragte Moa verblüfft.

»Natürlich! Im Gegenzug kannst du dann nach Feierabend mit den Hunden spazieren gehen. Tagsüber kümmern Gunnar und ich uns um die beiden. Davon haben wir alle etwas.«

KAPITEL 6

Am Montagmorgen lieferte Moa Iris bei Vendela ab, bevor sie sich auf den Weg zur Arbeit machte. Das Auktionshaus lag nicht gerade um die Ecke, aber weil sie früh dran und das Wetter traumhaft war, hatte Moa keine Lust, mit dem Bus zu fahren. Als sie die Fjällgatan erreichte und den Ausblick auf die Altstadt, das Wasser und Djurgården genoss, bekam sie einen Anruf von Ruben. Sie hatten das ganze Wochenende über nicht miteinander gesprochen, und erst jetzt wurde ihr bewusst, wie sehr sie ihn vermisst hatte.

»Hi, Schatz, wie geht es dir?«

»Gut soweit. Ich bin gerade aus der Wohnung heraus.« Moa ging weiter den Katarinavägen entlang. »Das Wetter hier ist so schön, eigentlich ein idealer Tag zum Blaumachen.« Sie blinzelte, schirmte das Sonnenlicht mit der Hand ab und schaute über das Wasser. Wie sehr sie es liebte, so früh auf den Beinen zu sein, wenn die Stadt zum Leben erwachte, die Menschen auf dem Weg zur Arbeit waren, ihre Hunde ausführten oder einfach nur einen morgendlichen Spaziergang unternahmen!

»Wir haben hier fast vierzig Grad.«

»Puh, das ist doch sicher kaum auszuhalten.«

»Ja, da versteht man, warum die Italiener alle im August Urlaub machen«, murmelte Ruben.

»Warum findet euer Meeting dann ausgerechnet jetzt statt?«

»Weil es um ein skandinavisches Unternehmen geht und

der CEO eigentlich nie Zeit hat.« Wie auf Knopfdruck änderte Ruben seinen Tonfall. »Aber das ist schon in Ordnung. Der Deal ist wichtig, und wir sind ja meistens in irgendwelchen klimatisierten Innenräumen. Wir sollten dankbar sein, dass der Geschäftsführer sich jetzt Zeit für uns nimmt.«

»Ich hoffe, du hattest am Wochenende trotzdem ein bisschen Freizeit?«

»Ein paar Stunden, aber ehrlich gesagt haben wir die meiste Zeit gearbeitet.« Ruben räusperte sich. »Wie geht es mit der Wohnung voran?«

»Ich habe über das Wochenende ziemlich viel geschafft. Sofia war an beiden Tagen da und wir haben einen großen Teil des Gästezimmers und des Wohnzimmers ausgeräumt.«

»Das ist gut. Und der Makler kommt dann in vierzehn Tagen?«

»Nächsten Montag.« Moa folgte den Markierungen über den Verkehrsknotenpunkt Slussen bis hin zur Skeppsbron und spazierte dann den Kai entlang. Hier lagen mehrere Boote in einer Reihe vor Anker, und in einem der Straßencafés rückten ein Mann und eine Frau Stühle zurecht, während ein paar Touristen die Frühstückskarte studierten. Moa und Ruben unterhielten sich weiter miteinander, bis sie am Strömkajen ankam, wo sich ein Auto hinter dem anderen staute und die Abgase das Atmen erschwerten.

»Ein Glück, dass ich nicht mit dem Auto unterwegs bin«, rief Moa. »Na ja, wir haben ja sowieso keins. Von Södermalm aus wäre hier jedenfalls kein Durchkommen gewesen.«

»Södermalm?«

»Ja …« Moa blieb stehen. »Ich habe in Omas Wohnung übernachtet.«

»Ach so. Warum das?«

»Ich dachte, das wäre am vernünftigsten. In der Wohnung ist noch so viel zu tun …« *Und schließlich musste ich auf Iris aufpassen.* Die Hündin, die immer noch so lustlos und an allem uninteressiert schien. Nicht einmal Krümels Gesellschaft oder Moas Bestechungsversuch mit Leberpastete hatten die Laune des Königspudels heben können. Moa beobachtete die Waxholmsboote, die Reisende zum Stockholmer Schärengarten transportierten. Sie fragte sich, was Ruben sagen würde, wenn er am nächsten Tag nach Hause kam und feststellte, dass sie neuerdings einen Hund besaß. Mit Sicherheit würde er sich nicht vor Freude überschlagen.

»Übrigens habe ich mir am Wochenende ein paar Wohnungsannoncen angesehen«, sagte Ruben. »Da waren einige Objekte bei, die perfekt für uns wären, unter anderem sind wieder zwei von den Apartments in Gärdet auf dem Markt. Du weißt ja, die Aussicht dort ist einmalig, und alles ist nagelneu, also müssten wir uns um fast nichts mehr kümmern.«

Ruben hatte schon häufiger von diesen Wohnungen gesprochen. Sie waren wirklich sehr schön, mit großen Panoramafenstern, durch die man kilometerweit über Gärdet und ganz Stockholm hinausblicken konnte. »Also sind dort doch nicht alle Apartments verkauft?«

»Zwei sind wieder frei«, antwortete Ruben. »Da hat wohl jemand einen Rückzieher gemacht. Wenn du es schaffst, die Wohnung deiner Großmutter in den nächsten Wochen zu verkaufen, könnten wir zuschlagen. So eine Chance bekommt man kein zweites Mal.«

»Wohl wahr.« Moa rettete sich mit einem Sprung zur Seite, als ein Fahrradfahrer in voller Wettkampfmontur an ihr vorbeisauste. Das war jetzt schon der zweite Mann mittleren Alters an diesem Morgen, der, offenbar auf dem Weg zur Arbeit, strampelte, als wollte er die Tour de France bestreiten.

»Wie geht es mit dem Streichen voran?«

»Das habe ich noch nicht in Angriff genommen. Ich hatte so viel anderes zu erledigen.«

»Es wäre gut, wenn du dich diese Woche an die Arbeit machst.«

»Ich will mal schauen, ob ich mir da Hilfe hole. Oma hat mir ja ein bisschen Geld hinterlassen, das will ich dafür nutzen.«

»Das hört sich doch gut an.«

»Und es wird wahrscheinlich viel besser, als wenn ich das Streichen selbst übernehme. Es geht ja auch nur um das Wohnzimmer, den Flur und die Küche. Die Tapeten im Schlafzimmer sind so schön, dass ich sie gerne behalten würde.« Moa hatte sich nach dem Gespräch mit Sofia dazu entschieden. Sie konnte sich nicht mehr vorstellen, die Tapeten herunterzureißen.

»Ich glaube, es ist besser, wenn du alles weiß streichst. Es gibt bestimmt Leute, die auf Tapeten mit großflächigen Blumenmustern abfahren, aber eine neutrale Wohnung lockt mehr Kaufinteressenten an.«

»Meinst du?«

»Bestimmt.« Es knisterte in der Leitung. »Lass uns darüber sprechen, wenn ich wieder zu Hause bin.«

»Kommst du denn nicht morgen zurück?«

Einen Augenblick lang herrschte Stille in der Leitung, dann räusperte Ruben sich. »Hatte ich dir nicht gesagt, dass ich noch ein paar Tage länger hierbleibe?«

»Kann sein, dass du das erwähnt hast«, sagte Moa, obwohl sie sich nicht daran erinnern konnte.

»Und wann kommst du wieder?«

»Am Donnerstag. Wir haben so viel zu tun, und ich dachte, es wäre besser, einfach länger zu bleiben, anstatt hin und her zu fliegen.«

»Ja, das klingt vernünftig.« Moa verspürte heimlich Erleichterung: Immerhin musste sie Ruben auf diese Weise noch nicht am nächsten Tag von der Sache mit Iris erzählen. So blieb ihr noch ein bisschen Zeit, sich zu überlegen, wie sie das Thema am besten ansprach.

»Übrigens war ich neulich abends in einem Möbelgeschäft. Die hatten wirklich schöne Sofas, und ich dachte mir, wir könnten vielleicht eins davon bestellen.«

»Oh, das ist aber …«

»Es hat unsere Lieblingsfarbe. Marineblau.«

»Wow, äh, das klingt ja … phänomenal.« Moa biss sich auf die Lippe. Sie hatte zwar einmal gesagt, dass ihr Marineblau gefiel, aber als ihre Lieblingsfarbe würde sie es nicht bezeichnen. Andererseits hatte Ruben einen guten Geschmack, und welche Rolle spielte es schon, dass er das Sofa allein ausgesucht hatte? Moa konnte sich immer noch um andere Dinge kümmern.

»Ja, oder? Sie hatten auch sehr schöne Sofatische …«

»Wenn du das sagst …«

»Entschuldige, Schatz, aber ich muss jetzt auflegen. Habe noch einen Termin.« Ruben klang plötzlich abwesend, und bevor Moa etwas erwidern konnte, war er schon weg.

Nachdenklich steckte Moa das Handy in ihre Tasche. Also würde es wohl eine dieser neu gebauten Wohnungen werden … Mit dem Geld, das sie beim Verkauf der Wohnung ihrer Großmutter bekommen würde, brauchten sie sich um die

Finanzierung wahrscheinlich keine Sorgen zu machen. Mittlerweile war sie am Auktionshaus in Skeppsholmen angekommen. Moa blieb vor dem Schaufenster der Bäckerei im Erdgeschoss stehen, spähte kurz hinein und betrat dann den Verkaufsraum, wo ihr der Geruch nach frisch gebackenem Brot und Kaffee entgegenschlug. An der Theke bestellte sie einen Milchkaffee und ein belegtes Sauerteigbrot zum Mitnehmen. Während sie auf ihren Kaffee wartete, dachte sie über das Gespräch mit Ruben nach. Wie schnell sich das Leben doch ändern konnte. Lange hatte sie am Existenzminimum gekratzt, und plötzlich besaß sie eine fantastische Wohnung, die ihr so viele Möglichkeiten eröffnete. Die Apartments, die Ruben ins Auge gefasst hatte, waren zwar nicht unbedingt Moas Stil, aber sie wusste, wie gern er dort leben wollte. Seit er gehört hatte, dass sie gebaut wurden, schwärmte er von diesen Wohnungen, und bestimmt machten sie keinen Fehler, wenn sie dafür ein Angebot abgaben. Das Wichtigste, dachte Moa, war doch, dass Ruben und sie zusammen waren.

*

Die Eingangstür des Auktionshauses war bereits offen. Moa hängte ihre Jacke auf. Im Büro und im Lager war noch keine Menschenseele zu sehen, also ging sie in die Ausstellungshalle, hinüber zu den Möbeln. Sie sog den Duft von Holz und Staub auf. Neben einem Esstisch mit sechs Stühlen blieb sie stehen und betrachtete die abgenutzte Platte. Der Tisch war am vergangenen Freitag bei Sundblad & Ström abgegeben worden, und Moa fragte sich, wem er gehört hatte. Was für Mahlzeiten waren auf dem glänzenden Mahagoniserviert worden, welche Geheimnisse enthüllt? Moa schlenderte weiter zwischen den

Ausstellungsstücken herum. Vor Kurzem war ein goldverziertes gustavianisches Wannensofa mit rosarotem Stoffbezug und Halbmondmuster hereingekommen, das Artur sicher begeisterte.

»Gefällt es dir?«, fragte eine Stimme hinter ihr, und Moa drehte sich schnell um.

»Entschuldigung, ich wollte dich nicht erschrecken.« Artur trat zu ihr heran. »Ich hoffe, das Sofa findet ein neues Zuhause, in dem man seine Schönheit zu schätzen weiß.«

»Dann solltest du vielleicht selbst darauf bieten!«

»Ich habe schon zu viele Möbel bei mir zu Hause. Deswegen haben wir leider einen Kaufstopp verhängt.«

»Schade.«

»Man kann nicht alles haben.« Artur kratzte sich am Nacken. »Ich muss zwei Sessel umräumen. Hast du Lust, mir dabei zu helfen?«

»Klar.« Moa folgte Artur ins Lager, wo er einen Lamino-Sessel hochhob. »Die sollen heute abgeholt werden. Kannst du den anderen nehmen?«

»An die kann ich mich erinnern. Sind die nicht von … Yngve Ekström?«

»Ganz genau. Die sind sehr begehrt.« Artur und Moa brachten die Sessel zum Ausgabeschalter. »Diese beiden Stücke hier sind in gutem Zustand. Wer sie mit nach Hause nimmt, hat wirklich Glück.« Artur berührte das Schaffellpolster des Sessels, den er getragen hatte.

»Meine Großmutter hatte einen ähnlichen Sessel und einen Hocker neben ihrem Kamin im Wohnzimmer. Also …«

Artur tätschelte Moas Arm, als wüsste er, was sie sagen wollte. »Wie läuft es denn mit der Wohnung?«

»Es geht voran, aber ich habe wirklich viel zu tun. Oma hat zwar nur ein paar Jahre dort gewohnt, aber mir kommt es so vor, als hätte sie alles aus ihrem alten Haus in Mölle dorthin mitgenommen.«

»Es ist nicht immer einfach, sich von seinem Besitz zu trennen.«

»Sofia und ich haben zehn Stühle im Keller gefunden …«

Artur lachte. »Vielleicht hatte deine Großmutter ein Fest geplant?«

Moa lächelte. »Sie hat wirklich gern Partys gegeben. In den letzten Jahren aber nicht mehr, ich glaube, dafür hat ihr zuletzt einfach die Energie gefehlt.« In Mölle hatte Omas Tür immer offen gestanden. Wie oft hatte Moa, wenn sie dort ankam, ihre Großmutter in Gesellschaft einer Freundin auf der Terrasse oder in der Küche angetroffen, mit je einer Tasse Kaffee und ein paar Mazarinertörtchen oder Mandelmuscheln. So wollte Moa sie in Erinnerung behalten. Immer gut gelaunt, immer gastfreundlich.

Moa setzte sich auf den Tresen, während Artur ein letztes Mal die Sessel überprüfte.

»Eine Wohnung leer zu räumen ist eine große Aufgabe«, sagte er.

»Es ist schon erstaunlich, wie viel sich im Laufe der Zeit ansammelt. Allein im Wohnzimmer musste ich jede Menge ausmisten.« Moa stibitzte ein Stück Schokolade aus dem Korb auf der Verkaufstheke. »Und gleichzeitig hängen so viele Erinnerungen an all diesen Dingen. Gestern habe ich ein Fotoalbum mit Kinderbildern meines Vaters gefunden.«

»Wie interessant.«

»Es war schon spannend, da durchzublättern. Wegen der Bilder meines Vaters, aber auch, weil man so gut erkennen konnte, wie sein Elternhaus während seiner Kindheit ausgesehen hat. In den letzten Jahren wurde es nur noch als Sommerhaus genutzt.«

»Ach ja?«

»Vor zwölf Jahren hat meine Großmutter beschlossen, nach Stockholm zu ziehen, und bevor wir ihr auch nur unsere Hilfe anbieten konnten, hatte sie eine Wohnung gekauft und war schon dabei, den Umzug zu organisieren.«

»Wie alt war sie damals?«

»Fünfundachtzig.«

»Ein großer Schritt.«

»Wir waren alle total überrascht, aber sie war durch nichts aufzuhalten. Irgendwie fand ich es auch ziemlich cool, dass sie sich so etwas noch zutraute. Aber so war sie eben. Mit Volldampf voraus, ohne zu zögern. Mit sechsundachtzig hat sie noch an einer Gruppenreise nach China teilgenommen.«

Artur gluckste und beendete seine Inspektion. »Klingt, als wäre sie eine bewundernswerte Frau gewesen.«

»Das ist … war sie.« Moa seufzte aus tiefstem Herzen. »Um ehrlich zu sein: Ich finde es schrecklich, ihre ganzen Sachen entsorgen zu müssen. Die sind doch alle Teil ihrer Geschichte.«

»Aber du kannst doch sicher etwas behalten.«

»Das habe ich auch vor. Und dann lasse ich die Möbel schätzen. Oma hatte einige richtig schöne Dinge.«

»Soll ich dir dabei helfen?«

Moa sah Artur überrascht an. »Klar, wenn du das tun würdest?«

»Selbstverständlich. Ich könnte am Wochenende vorbeikommen, wenn du willst.«

»Wolltest du nicht mit deiner Frau irgendwohin fahren?«
Moa war sich sicher, dass Artur erwähnt hatte, er wolle übers
Wochenende aufs Land.

»Das ist abgesagt. Unsere Enkel kommen zu Besuch, aber
nicht über das komplette Wochenende.« Artur strich sich über
die Haare. »Passt es dir am Samstag?«

»Das wäre super. Vielen Dank, damit tust du mir wirklich
einen großen Gefallen.« Artur einen Blick auf die Möbel wer-
fen zu lassen war etwas anderes, als jemand Fremden damit
zu beauftragen. Er war der Beste in der Branche. Er sah nicht
nur den Sachwert der Möbel, sondern ging respektvoll mit ihnen um, weil er wusste, wie viel sie den Menschen bedeuten
konnten.

Artur richtete sich auf und notierte etwas auf dem Block,
den er bei sich trug. »Ich bin hier jetzt fertig.«

»Und ich muss hoch ins Büro.«

»Letzten Freitag haben wir Porzellanfiguren von Meißen
und Dux hereinbekommen. Willst du mir nicht noch dabei
helfen, sie zu überprüfen?«

Moa schielte auf ihre Uhr. Es war kurz vor halb neun. Susanne würde frühestens in einer halben Stunde im Büro auf-
tauchen.

»Gerne.« Sie sprang vom Tresen hinunter und folgte Artur
ins Lager. Natürlich brauchte er eigentlich keine Hilfe. Umso
schöner, dass er ihr die Möglichkeit bot, etwas Neues zu lernen!

*

»Ich brauche eine Zusammenfassung unserer letzten Auktion«, sagte Susanne, ohne von ihrem Schreibtisch aufzublicken. »Und die Zahlen der letzten drei Monate.«

»Welche Zahlen meinst du?«

Susanne schaute von ihrer Arbeit auf und zog ihre Brille bis hinunter zur Nasenspitze. »Die neuesten Umsätze. Du kannst Linda bitten, dir die Zahlen herauszusuchen.«

»Ich kläre das.« Moa machte sich ein paar Notizen.

»Die Pressemitteilung über Stopalo muss um Punkt elf Uhr raus. Paula hat frei, deswegen musst du dich darum kümmern, dass sie veröffentlicht und an die Journalisten auf unserer Mailingliste verschickt wird.«

»Sollte die nicht schon letzten Freitag rausgehen?«

»Wir haben uns umentschieden.« Susanne schob ihren Stuhl zurück und stand auf. »Nach dem Mittagessen habe ich im großen Konferenzraum ein Treffen mit Ragnar Silverhök vom Vorstand.«

»Soll ich mich um Kaffee und Gebäck kümmern?«

Susanne blieb stehen und drehte sich langsam um. »Ich *erwarte*, dass du dich darum kümmerst.«

»Selbstverständlich. Ich meinte nur …«, setzte Moa an, aber Susanne hatte den Raum bereits verlassen.

»Puh, die ist heute wirklich auf Krawall gebürstet«, flüsterte Anette, die Kollegin, die Moa am nächsten saß. »Heute Morgen habe ich gehört, wie sie Lotte und Anna angekeift hat. Anscheinend sah es an der Rezeption nicht so aus, wie sie sich das vorgestellt hatte.«

Nachdenklich schaute Moa zur Tür. Susanne war eindeutig schlecht gelaunt. Normalerweise stand sie zwar unter Stress, war aber niemals unfreundlich oder schnippisch. Heute schien es, als wartete sie nur darauf, dass irgendjemand einen Fehler machte und ihr damit einen Grund gab, aus der Haut zu fahren.

Moa ging die Liste auf ihrem Notizblock durch. Die Pressemitteilung zu veröffentlichen und eine Rundmail an alle Journalisten zu schicken würde einige Zeit in Anspruch nehmen. Den Finanzbericht brauchte sie auf der Stelle. Und wen konnte sie nach den Unterlagen zur letzten Versteigerung fragen?

»Von wem bekomme ich Informationen zu der letzten Auktion?«

»Frag mal Artur, der weiß das bestimmt«, antwortete Anette und fuhr fort: »Übrigens, wir wollten über Mittag mit dem Auto nach Rosendals Trädgård fahren und hätten noch einen Platz für dich frei.«

»Das wäre wirklich schön, aber leider habe ich keine Zeit«, sagte Moa bedauernd. Sie hätte sich zu gern angeschlossen. Manchmal ging sie mit Ruben in das gemütliche Gartencafé, und sie liebte es, zwischen all den Pflanzen und Blumenbeeten herumzuschlendern. Ein paarmal hatten sie es geschafft, einen Tisch im Apfelhain zu bekommen, und meistens nutzte sie die Gelegenheit, um etwas im Hofladen oder im Blumengeschäft zu kaufen.

»Vergiss aber das Essen nicht! Soll ich dir etwas mitbringen?«

»Nicht nötig, danke. Ich habe Müsli und Sauermilch.«

Anette schenkte ihr ein mitfühlendes Lächeln. »Das nächste Mal kommst du aber mit, egal, wie viel du zu tun hast.«

»Versprochen!«

Moa machte sich wieder an die Arbeit. Als sie die Pressemitteilung verschickte, fiel ihr Blick auf ihre Handtasche, aus der einige Zettel herausragten. Der Makler hatte sie gebeten, bis zu ihrem Termin ein Formular auszufüllen, und eigentlich hatte sie das in der Mittagspause erledigen wollen. Aber das musste warten. Wenn sie konzentriert genug arbeitete, würde es heute Abend vielleicht nicht allzu spät werden.

KAPITEL 7

Moa öffnete die Wohnungstür und hob die Post auf. Da ihr Vater sofort nach Omas Tod einen Nachsendeauftrag eingerichtet hatte und die Post somit direkt zu ihm weitergeleitet wurde, landete hier meistens nur Werbung im Briefkasten. Aber was war das? Beim Durchblättern der Reklameheftchen kam ein weißer Umschlag zum Vorschein. Ob die Post einen Fehler gemacht hatte? Moa las die Anschrift auf der Vorderseite. Der Brief war an sie adressiert, allerdings war der Umschlag nicht frankiert und der Absender fehlte. Vorsichtig riss sie den Umschlag auf und zog ein weißes Blatt Papier heraus. Als ihr klar wurde, wer den Brief geschrieben hatte, begannen Moas Hände zu zittern. Sie ließ sich auf den Hocker neben dem Flurtischchen sinken.

Liebste Moa!
Ich hoffe, dass es dir gut geht und du dich in der Wohnung eingelebt hast. Ich habe mir etwas dabei gedacht, sie ausgerechnet an dich weiterzugeben, und nachdem ich deinem Vater alles erklärt hatte, hielt er es auch für die beste Lösung.
Ich weiß, dass ich nicht immer die perfekte Großmutter war. Im Frühjahr habe ich dich zu sehr unter Druck gesetzt, und du hast dich zu Recht darüber aufgeregt. Aber du sollst wissen, wie sehr ich dich liebe, egal, was zwischen uns vor-

gefallen ist. Ich bin so dankbar für die Zeit, die ich mit dir
verbringen durfte. Mit meiner kleinen Moa und auch mit
der großen, erwachsenen Frau, die du heute bist.

Ja, du bist nun erwachsen, und ich denke, es ist an der Zeit,
dass du etwas mehr über mich erfährst. Ich habe deinem
Vater und dir nur wenig über meine Vergangenheit erzählt.
Ihr habt mich beide ein paarmal gefragt, wie es damals
im Krieg war, aber ich habe immer das Thema gewechselt
oder so getan, als könnte ich mich nicht mehr erinnern.
Das stimmt aber nicht. Ich kann mich sehr wohl an die
Kriegszeit erinnern, eine Zeit, in der ich unglaublich glück-
lich war und die ich gleichzeitig als eine der dunkelsten
Phasen meines Lebens bezeichnen würde.

Als ich mit siebzehn Jahren von Boden nach Stockholm zog,
hatte ich keine Ahnung, was mich dort erwarten würde.
Ich war jung, unerfahren und sehnte mich nach Liebe.
Nach dem Tod meiner Eltern hatte ich bei meinem Onkel
und meiner Tante mütterlicherseits gelebt. Als sie mich
aufnahmen, war ich neun Jahre alt. Irgendwo mussten
wir Kinder schließlich untergebracht werden. Wie gerne
würde ich sagen, dass meine Verwandten gut für mich
gesorgt haben, aber das entspräche nicht der Wahrheit.
Allerdings verbrachte Ilse, die Mutter meines Onkels, ihre
letzten Lebensjahre bei uns, und das war mein Glück.
Ilse wurde mein Fels in der Brandung. Sie kümmerte sich
um mich und brachte mir bei, Deutsch zu sprechen.
Onkel und Tante wollten mir keine akademische Ausbildung erlauben, also ging ich nach meinem Volksschul-
abschluss auf die Hauswirtschaftsschule und landete
anschließend als Dienstmädchen in Stockholm. Die erste

Zeit lebte ich mit dem Kopf in den Wolken. Es war herrlich! Ich arbeitete für eine Familie am Karlavägen und traf mich, wann immer es möglich war, mit Freunden. Das Glück hielt jedoch nicht lange an. Ich wurde in die Pläne anderer Menschen hineingezogen, und die Lage wurde schließlich so dramatisch, dass ich gezwungen war, die Flucht zu ergreifen.

Wenn du die Wohnung putzt und leer räumst, wirst du auf einige Dinge aus meiner Vergangenheit stoßen. Ich habe es immer für das Vernünftigste gehalten, dir die Wahrheit zu verschweigen. Jetzt merke ich, wie falsch ich damit lag, und dass das, was ich durchgemacht habe, vielleicht noch einen Zweck erfüllen kann, wenn ich dir davon berichte. Verzeih mir, dass ich nicht stark genug war, dir noch persönlich von meinem Leben zu erzählen. Bevor ich diesen Brief beende, möchte ich dich noch um eines bitten: Räume die Wohnung nicht leer, ohne alles sorgfältig durchgesehen zu haben. Nimm dir die Zeit, die du brauchst.

Oma

Langsam faltete Moa den Brief zusammen. Ihr war nie bewusst gewesen, dass ihre Großmutter in solch schwierigen Verhältnissen aufgewachsen war, geschweige denn, dass sie hatte fliehen müssen. Was hatte sie nur durchgemacht? Mehr denn je wünschte Moa sich, nach ihrem Streit mit ihrer Oma nicht so störrisch gewesen zu sein. *Ich hätte sie besuchen sollen,* dachte sie. *Hätte ihr zeigen sollen, wie viel sie mir bedeutet.* Moa fingerte am Umschlag herum. Wer hatte den Brief eingeworfen? War es jemand, den sie kannte?

Sie schaute auf die Uhr und stand vom Hocker auf. Es war schon Viertel nach sechs, dabei hatte sie versprochen, Iris spätestens um sechs Uhr abzuholen. Mit einem letzten Blick auf die Uhr gelobte sie, zu tun, worum ihre Großmutter sie gebeten hatte, und besonders sorgsam beim Ausräumen der Wohnung vorzugehen. Vielleicht fand sie ja weitere Hinweise, die die Geheimnisse ihrer Oma lüfteten.

KAPITEL 8

In der Küche roch es so gut, dass Moa das Wasser im Mund zusammenlief. Auch Krümel schien angetan: Sie starrte Gunnar erwartungsvoll an, während er in einem großen gusseisernen Topf herumrührte. Moa grinste.

»Seit einer halben Stunde sitzt sie schon so da«, sagte Vendela kopfschüttelnd. »Man könnte meinen, wir würden den Hund hungern lassen.«

»Ich mache eben den allerbesten Eintopf«, erklärte Gunnar mit breitem Grinsen. Er nickte zu Iris hinüber. »Diese Dame ist schwerer zu beeindrucken.«

»Ich weiß.« Moa betrachtete Iris, die unter dem Tisch lag. »Ist sie schon den ganzen Tag so drauf?«

»Sie ist eben ein bisschen traurig.« Vendela spähte unter den Tisch. »Ich denke, wir sollten sie einfach gewähren lassen. Irgendwann geht es ihr wieder besser.«

»Hoffentlich.« Moa sah Iris besorgt an. Es schien, als hätte sie sich aufgegeben. War das möglich? Konnte ein Hund die Lebenskraft verlieren, wenn Frauchen oder Herrchen starben? Moa hoffte, dass dem nicht so war. Stille breitete sich in der Küche aus und Moa wurde von einem Gefühl des Unbehagens ergriffen. »Ich will nicht beim Kochen stören. Soll ich eine Runde mit den Hunden spazieren gehen?«

»Ich war eben erst noch mit ihnen draußen«, antwortete Gunnar. »Du bleibst doch sicher zum Essen?«

»Ich weiß nicht, ich …«

»Natürlich isst sie mit uns.« Vendela brachte Teller und Besteck herbei. »Deck doch schon mal den Tisch.«

Moa tat, was Vendela sagte. Eigentlich hatte sie geplant, mit den Hunden Gassi und dann direkt nach Hause zu gehen. Der Brief hatte ihre Neugier geweckt, und sie wollte die Besitztümer ihrer Großmutter nach Hinweisen durchforsten. Andererseits fiel ihr kein höflicher Weg ein, Vendelas und Gunnars Einladung auszuschlagen.

»Und, was willst du mit Elsas Sachen anfangen?«, fragte Vendela und stellte die Gläser auf den Tisch.

»Das meiste werde ich verschenken oder verkaufen.«

»Wir haben ein Auto mit Anhängerkupplung und könnten dir helfen, wenn du irgendetwas transportieren musst. Nicht wahr, Gunnar?«

»Das lässt sich machen.« Gunnar stellte den Topf auf den Tisch. »Meine Spezialität: Bœuf bourguignon.«

»Gunnar macht gerade einen Kochkurs«, erklärte Vendela und zwickte ihn liebevoll in die Wange. »Mittlerweile kochst du wirklich himmlisch, Liebling.«

Während des Essens unterhielt Vendela sie mit Anekdoten aus Barcelona. Sie erzählte ihre Geschichten so lebendig, dass die Orte vor Moas innerem Auge tatsächlich Gestalt annahmen, obwohl sie noch nie dort gewesen war.

»Wünscht ihr euch manchmal zurück nach Spanien?«, fragte sie und tunkte ein Stück Baguette in den Topf.

»Das kommt schon mal vor. Aber es ist auch wunderbar, wieder in Schweden zu sein. Zu Hause ist es doch am schönsten«, antwortete Vendela. »Und du? Vermisst du Mölle? Du bist doch dort aufgewachsen, oder?«

Moa überlegte, was sie darauf antworten sollte.

»Manchmal fehlt mir das Landleben. Die Gegend natürlich auch. Dort ist einfach alles so viel ruhiger.« Obwohl Welten zwischen Mölle und Stockholm lagen, mochte sie beide Orte gern. Moa kratzte den letzten Rest des Essens vom Teller. »Das war unglaublich lecker.«

Gunnar streckte sich. »Danke, meine Liebe«, sagte er und begann, den Tisch abzuräumen. »Darf ich den Damen einen Kaffee anbieten?«

»Ich hätte gerne eine Tasse Tee«, antwortete Vendela und stand auf, um ihm zu helfen, aber Gunnar bedeutete ihr, sich wieder zu setzen.

»Ich kümmere mich darum. Möchtest du Kaffee oder Tee, Moa?«

»Tee, bitte.« Im selben Augenblick kroch Iris hervor und schnüffelte zaghaft am Wassernapf. Moa beobachtete sie dabei.

»Iris war Elsas Augenstern«, sagte Vendela. »Sie waren unzertrennlich.«

»Wusstest du, dass Oma sie aus dem Tierheim geholt hat? Sie wurde angebunden im Wald zurückgelassen.« Jedes Mal, wenn Moa daran dachte, was Iris mitgemacht hatte, stiegen ihr die Tränen in die Augen. Wie konnten Menschen nur so grausam sein?

»Ja, das hat Elsa erzählt.« Vendela gab Krümel ein Stück Fleisch aus dem Topf, aber als sie versuchte, Iris anzulocken, erntete sie nur Missachtung. »Ein Jogger hat sie gefunden, nicht wahr?«

»Eigentlich wollte er eine andere Strecke laufen, aber weil es regnerisch war, hat er eine Abkürzung genommen. Iris war in ziemlich schlechter Verfassung, als er sie fand.«

»Manche Menschen haben keinen Funken Anstand.«

Gunnar stellte ihnen einen Teller mit Schokoladenkuchen vor die Nase. »Ich trinke meinen Kaffee vor dem Fernseher.«

Vendela lächelte ihn an. »Läuft wieder eine Krimiscrie?«

»Du kennst mich einfach zu gut.« Gunnar drückte ihr einen Kuss auf den Scheitel. »Ihr wisst ja, wo ich bin, wenn ihr etwas braucht.«

Eine Weile saßen Vendela und Moa schweigend da. »Elsa war sehr fürsorglich.«

»Sie war ein Schatz.« Moa dachte an all die Situationen, in denen ihre Großmutter sie in den Arm genommen, ihr bei den Hausaufgaben geholfen hatte oder einfach für sie da gewesen war. Immer war sie auf Moas Seite gewesen. »Als Teenager habe ich eine Zeit lang bei ihr gewohnt.«

Vendela dippte ein Stück Schokoladenkuchen in ihren Tee. »Wie lange?«

Moa zögerte. Sollte sie Vendela vom Tod ihrer Mutter erzählen? In der Regel vermied sie es, das Thema anzuschneiden. Meistens wurde die Stimmung dadurch angespannt, die Leute taten sich schwer damit, die richtigen Worte zu finden. »Eine Weile«, antwortete sie schließlich. »Aber darf ich dich etwas ganz anderes fragen?«

»Frag, was du willst.«

»Als ich das letzte Mal hier war, hast du gesagt, Oma hätte ihr Päckchen zu tragen gehabt. Was hast du damit gemeint?«

Vendela schien einen Moment lang nachzudenken. »Zu Kriegszeiten muss sie wohl ziemlich schlimme Dinge erlebt haben. Aber das hat sie dir doch bestimmt erzählt?«

»Sie hat nur wenig von sich erzählt.«

»Ich weiß auch nicht viel«, sagte Vendela und machte plötzlich einen befangenen Eindruck. »Elsa hat nur ab und zu ein paar Bemerkungen fallen lassen, aber es ist nicht meine Art, bei so etwas nachzuhaken.«

*

Es war schon nach neun Uhr, als Moa und Iris zurück in ihre eigene Wohnung gingen. Der Abend war schön gewesen und sie hatten noch lange beieinandergesessen und über alles Mögliche geredet. Moa legte die Leine auf das Flurtischchen, zog die Schuhe aus und ging ins Schlafzimmer ihrer Großmutter, wobei sie den schwarzen Müllsäcken auswich, die noch zum Wertstoffhof gebracht werden mussten. Es gab so viel zu erledigen, und sie wusste kaum, wo sie anfangen sollte. Das Gästezimmer, in dem sie schlief, war nach der Plackerei am Wochenende zwar in einem ordentlichen Zustand, musste aber vor dem Besuch des Maklers noch weiter aufgemotzt werden. Und hier im Schlafzimmer war noch viel, viel mehr zu tun.

Moa ließ sich auf der Bettkante nieder. Der ganze Raum war mit Möbeln vollgestopft, genau wie der Rest der Wohnung. *Worauf habe ich mich da nur eingelassen? Ich werde niemals rechtzeitig fertig.*

Sie dachte an Omas Brief. Ihre Großmutter hatte sie gebeten, alles in Ruhe durchzugehen. Mit einem Seufzer stand sie auf, öffnete eine der Schranktüren und stieß auf Unmengen an Kleidern. Einige Stücke erkannte Moa wieder. Da war das Kleid, das Oma immer zu Weihnachten getragen hatte, und ihr heiß geliebter hellrosa Strickpullover. Moa befreite die Textilien von den Kleiderbügeln, faltete sie zusammen und steckte alles in weitere schwarze Müllsäcke. Bei dem einen oder anderen Kleidungsstück hielt sie inne und atmete den Lavendelhauch und Omas ganz eigene, spezielle Duftnote ein. Wie sehr sie sie vermisste!

Bald nahm sie die letzten Kleider von den Bügeln und lachte ungläubig, als sie auf die Kartonstapel stieß, die sich unter den Textilien versteckt hatten. Wie viel Krempel konnte eine einzelne Person ansammeln? Moa hob eine Box hoch und öffnete den Deckel. Sie war voller alter Ausgaben der *Femina*. Moa nahm eine der Zeitschriften heraus und blätterte darin herum. Sie hatte zwar keine Ahnung, warum ihre Großmutter sie alle aufbewahrt hatte, aber es machte Spaß, in die Mode und die Themen der Sechzigerjahre einzutauchen. Nachdem sie einige Magazine durchgesehen hatte, schob sie die Schachtel beiseite und schaute in die nächste. Erstaunt stellte sie fest, dass sie voller kleiner Holzfiguren war, darunter Hähne und Hühner, Wichtel, Rentiere und Hasen. Einige waren bereits bunt bemalt, andere mit Bleistiftmarkierungen versehen, die anzeigten, welche Farben verwendet werden sollten, und dann gab es völlig unbehandelte Figuren.

Moa nahm einen der Hähne in die Hand. Sein Anblick weckte eine Erinnerung in ihr. Im Treppenhaus bei Oma in Mölle hatten solche Figuren gestanden, aufgereiht vor dem Bleiglasfenster, und als Kind hatte Moa mit ihnen gespielt. Warum hatte Großmutter die Figuren weggepackt? Keuchend hob Moa den Karton hoch, trug ihn mit schmerzenden Armen in die Küche und ließ ihn mit einem dumpfen Schlag auf den Tisch fallen. Was sollte sie mit den Figuren anfangen? Sie nahm einen Hasen in die Hand. *Vielleicht male ich sie einfach selbst an und verschenke sie dann? Oder behalte ein paar davon?* Bevor Moa sich weiter darüber den Kopf zerbrechen konnte, fing Iris an zu bellen und jagte zur Wohnungstür.

Moa folgte ihr. »Ist da jemand?«, fragte sie und spähte durch den Türspion. Als sie die Besucherin erkannte, verscheuchte sie Iris und öffnete die Tür.

»Tut mir leid, dass ich so spät vorbeikomme, aber ich war noch mit ein paar Freunden unterwegs. Morgen früh habe ich direkt ein Meeting im Büro, da dachte ich mir, dass ich vielleicht hier übernachten könnte, anstatt nach Hause zu gehen.« Sofia tätschelte Iris, die misstrauisch ihre Beine beschnüffelte. »Hallo, altes Mädchen.«

»Eine Zahnbürste kann ich dir wahrscheinlich leihen, aber müsstest du dich morgen nicht umziehen, wenn du ein Meeting hast?«

»Ich habe alles dabei.« Sofia lachte beim Anblick von Moas erstaunter Miene. »Okay, vielleicht hatte ich auch heute Morgen schon vor, dich zu fragen, ob ich hier schlafen kann. Ich wollte ja anrufen, aber …«

»… du hast es vergessen?« Moa lächelte.

»Ich hatte so viel zu tun. Das geht doch in Ordnung, oder?« Plötzlich wirkte Sofia ein wenig geknickt.

»Natürlich. Du weißt doch, dass du hier immer willkommen bist.«

Sofia trat zu Moa in den Wohnungsflur. »Ui, hier sieht es ja aus, als hätte eine Bombe eingeschlagen!«

»Ich weiß. Ich habe angefangen, die Schränke im Schlafzimmer auszuräumen, aber dann habe ich etwas gefunden. Komm und schau es dir an.«

»Wow, was für schöne Figuren«, sagte Sofia einen Augenblick später. Sie nahm einen der Hähne in die Hand.

»Ja, sie sind wirklich hübsch. Ich kann mich erinnern, dass einige davon bei Oma herumstanden, als ich klein war, aber irgendwann verschwanden sie einfach. Ich hatte sie völlig vergessen.«

»Hat deine Großmutter sie bemalt?«

»Das nehme ich an. Vielleicht war das ja früher ihr Hobby. Sie hat doch auch einige der Bilder gemalt, die hier hängen.«

Sofia studierte den Hahn eingehend. »Das ist wirklich tolles Handwerk«, sagte sie. »Was hast du damit vor?«

»Ich will die Wohnung zu den Besichtigungsterminen mit einigen Figuren dekorieren. Was die übrigen anbelangt, habe ich noch keine Ahnung. Eigentlich wäre es eine Schande, sie wegzuwerfen.«

»Das solltest du wirklich nicht tun.« Sofia stellte den Hahn wieder auf den Tisch. »Dafür sind sie viel zu schön. Was hältst du davon, sie zu verschenken? Oder zu verkaufen?«

»Vielleicht. Mal sehen.« Moa verstaute die Figuren wieder im Karton. »Kann sein, dass Papa ein paar davon haben möchte.«

»Frag ihn doch mal.« Sofia ließ sich auf einem der Küchenstühle nieder und gähnte. »Weißt du schon, womit du weitermachst?«

»Noch nicht …« Moa verstummte und dachte kurz nach. »Auf jeden Fall will ich noch mehr Zeug aussortieren. Die Kaufinteressenten sollen mehr von der Wohnung zu sehen bekommen als nur Möbel und Nippes.«

»Dann haben wir in den nächsten Tagen ja einiges zu tun.«

»Hmm. Was sagt Daniel denn dazu, dass du so oft hier bist? Will er dich nicht häufiger sehen?«

Sofias Miene verdüsterte sich. »Der ist gerade mit anderen Dingen beschäftigt.« Sie fing an, eine der herumliegenden

Zeitschriften durchzublättern. »Wir könnten ein bisschen was von dem Zeug morgen zum Wertstoffhof bringen.«

Moa schaute sie prüfend an. »Ist alles in Ordnung bei euch?«

»Absolut, er hat zurzeit nur richtig Stress bei der Arbeit, also passt es ihm wahrscheinlich ganz gut, wenn ich mich eine Weile rar mache. Du weißt ja, wie er drauf ist, wenn er viel zu tun hat«, antwortete Sofia betont gut gelaunt.

Moa überlegte, ob sie ihre Freundin noch weiter ausquetschen sollte, aber sie entschied sich dagegen. Daniel arbeitete wirklich viel. Er kniete sich so sehr in seinen Job als IT-Manager bei einem neu gegründeten Technologieunternehmen hinein, dass Sofia manchmal scherzhaft behauptete, eigentlich ein Singleleben zu führen. Daniel war der netteste Mensch der Welt, aber kaum ansprechbar, wenn er sich in seine Arbeit vertieft hatte.

»Ich habe heute übrigens einen Brief bekommen.« Moa zögerte einen Moment, bevor sie Sofia den weißen Umschlag reichte. Sie musste die Botschaft ihrer Oma unbedingt mit jemandem teilen, und Sofia war immerhin ihre beste Freundin.

»Weißt du, woher der Brief kam?«, fragte Sofia, als sie mit dem Lesen fertig war.

»Er lag mit der anderen Post im Flur, als ich von der Arbeit nach Hause kam.«

Sofia runzelte die Stirn. »Seltsam.«

»Der Umschlag war nicht frankiert, er kann also nicht mit der Post gekommen sein.«

»Und du weißt auch nicht, wer ihn eingeworfen hat?«

»Ich habe keine Ahnung.« Der Gedanke, dass Moas Großmutter jemanden damit beauftragt hatte, den Brief zuzustellen, war merkwürdig. War es möglich, dass sie Vendela darum gebeten hatte? Sie schien ihre Oma gut gekannt zu haben. Oder gab es da noch einen großen Unbekannten?

»Deine Großmutter scheint es nicht leicht gehabt zu haben, als sie jung war. Glaubst du, wir stoßen hier in der Wohnung auf Hinweise?«

Moa konzentrierte sich wieder auf Sofia. »Vielleicht. Sie hat ja geschrieben, dass ich mir Zeit dafür nehmen soll, alles durchzugehen. Aber dieses ganze Zeug hier … Das ist, als würde man eine Nadel im Heuhaufen suchen.«

KAPITEL 9

Zwischen der Wohnung ihrer Großmutter und Rubens Apartment lagen wirklich Welten. Hier gab es nichts Unnötiges, alles stand an seinem angestammten Platz und ein schwacher Zitronenduft deutete darauf hin, dass die Reinigungskraft erst vor Kurzem da gewesen war.

»Hey du, schon zu Hause?« Ruben trat in den Flur.

»Oh, hi. Ich wollte dich eigentlich hier in Empfang nehmen.«

Moa stellte ihre Tasche auf dem Bänkchen im Flur ab, zog ihre Sandaletten aus und trat einen Schritt zurück. Auf Rubens kaum merkliches Stirnrunzeln hin drehte sie sich um und stellte die Sandaletten ins Schuhregal.

»Und, wie lief es in Mailand?«

»Sieht aus, als hätten wir das Projekt unter Dach und Fach gebracht.« Ruben zog Moa an sich. »Mmh, wie ich dich vermisst habe!«

»Ich dich auch.« Das stimmte. Sie hatte ihn vermisst, besonders abends, wenn sie allein in der Wohnung ihrer Großmutter gesessen hatte. »Ich habe Käse und Wurst mitgebracht. Ich dachte, wir könnten uns vielleicht einen gemütlichen Abend machen.«

»Das geht leider nicht. Ich habe heute um sieben einen Tisch im Sturehof reserviert, für Axel, Isolde und uns. Super, oder?«

»Ja, okay …«, antwortete Moa unschlüssig.

»Willst du ein Glas Wein?« Ruben schob sie von sich weg und stellte den Käse und die Wurst in den Kühlschrank.

»Sehr gerne.« Moa setzte sich auf einen der Barhocker an der Kücheninsel und versuchte sich an den Gedanken zu gewöhnen, dass der Abend anders verlaufen würde, als sie geplant hatte. »Musst du noch einmal nach Mailand, oder bleibst du jetzt erst mal eine Weile hier?«

»Da kommt bestimmt noch etwas nach.« Ruben reichte Moa ein Glas Wein. »Wie läuft es in der Wohnung? Bist du mit allem fertig geworden?«

»Nicht wirklich.« Tatsächlich glich die Wohnung noch immer einem Schlachtfeld. »Gestern habe ich mit Sofia ein paar Möbel zum Wertstoffhof gebracht.« Sie hatten fünfmal mit Sofias Auto hin und her fahren müssen, bis alles abtransportiert war. Danach hatten sie sich eine Flasche Wein geteilt und sich stundenlang unterhalten. »Dann hat der Maler mit dem Streichen der Decken angefangen, und am Wochenende kommt mein Kollege Artur vorbei und schaut sich die übrigen Möbel an.« Sie mochte gar nicht daran denken, dass die Herzstücke der Wohnung ihrer Großmutter verkauft werden würden. Mit Arturs Hilfe landeten sie aber hoffentlich bei jemandem, der sie zu schätzen wusste.

»Ihr scheint ja einiges geschafft zu haben«, sagte Ruben anerkennend. »Hattest du auch die Gelegenheit, dich nach neuen Jobs umzuschauen, oder warst du komplett beschäftigt?«

»Ach, ich hatte gar keine Zeit, mir darüber den Kopf zu zerbrechen.«

»Denk daran, dass es eine ganze Weile dauern kann, bis man etwas Neues findet. Es ist nicht gut, so lange branchenfern zu arbeiten.«

»Ich nehme das in Angriff, wenn ich mich mit dem Makler getroffen habe. Jetzt muss ich mich erst mal darum kümmern, die Wohnung für die Besichtigungstermine in Schuss zu bringen.« Plötzlich kam ihr eine Idee. »Vielleicht sollte ich noch eine Weile dortbleiben, damit ich mich ganz auf die Renovierung konzentrieren kann.« *Und um mich weiter um Iris zu kümmern.*

»Ja, das klingt vernünftig.« Entgegen seiner zustimmenden Worte wirkte Ruben nicht gänzlich überzeugt.

»Ich bleibe ja nicht für immer dort.« Moa streichelte seinen Arm. »Und du kannst doch mitkommen.« Da wäre nur noch die Sache mit Iris … Vielleicht war es jetzt an der Zeit, ihm reinen Wein einzuschenken? Moa versuchte, sich zu sammeln. »Ich muss dir etwas sagen.«

»Ich höre.«

»Omas Hund …«

»Warte kurz.« Ruben nahm sein Handy in die Hand und schaute mit gerunzelter Stirn auf das Display. »Das Gespräch muss ich annehmen. Bin gleich zurück.«

Moa streckte die Hand nach ihrem Weinglas aus, nahm einen Schluck von dem kalten Getränk und schaute nachdenklich aus dem Fenster. Es hatte zu regnen begonnen und die Tropfen prasselten gegen das Fenster. Am Himmel türmten sich dunkle Wolken auf. Wie schön es wäre, einfach zu Hause bleiben, etwas Gutes essen und anschließend auf dem Sofa entspannen zu können. So einen gemütlichen Abend hatte Moa nach dem Stress bei der Arbeit und mit der Wohnung ihrer Großmutter bitter nötig. Gleichzeitig war ihr bewusst, dass Ruben auf das Abendessen im Restaurant bestehen würde. Eigentlich war das auch richtig so – man sagte eine Verabredung nicht wenige Stunden vor dem vereinbarten Termin ab. Mit einem Seufzer stand Moa auf und verließ die Küche, um sich umzuziehen. Als sie ins Schlafzimmer trat, legte Ruben gerade sein Handy zur Seite. Moa schaute auf seine hochgewachsene Gestalt und spürte ein Ziehen im Magen. Ihre Blicke trafen sich, sie trat einen Schritt vor und ließ sich in seine Arme sinken. Ein bisschen Zeit für Zweisamkeit blieb ihnen noch, bevor sie sich auf den Weg machen mussten.

*

Um kurz nach zehn verließen Moa und Ruben das Restaurant und machten sich auf den Heimweg. Da Sofia versprochen hatte, sich um Iris zu kümmern, musste Moa an diesem Abend nicht mehr zur Wohnung ihrer Großmutter fahren, und sie freute sich darauf, Ruben endlich ganz für sich allein zu haben.

»Ich hoffe, es ist in Ordnung, dass ich jetzt schon nach Hause wollte.«

»Kein Problem.«

»Was hältst du davon, wenn wir nächstes Wochenende noch einmal ausgehen?« Moa versuchte, Rubens Aufmerksamkeit auf sich zu ziehen, aber sein Blick war abgewandt. Sie war sich nicht sicher, ob er sich darüber ärgerte, dass der Abend ein so frühes Ende gefunden hatte, oder ob ihn noch etwas anderes beschäftigte.

»Schauen wir mal.« Ruben sah auf die Uhr. »Immerhin habe ich jetzt noch Zeit, ein bisschen Golf zu schauen.«

»Aber …« Moa verstummte, als der Signalton ihres Handys ertönte.

Irgendetwas stimmt mit Iris nicht. Sie hat nichts gefressen und liegt nur im Flur und winselt.

Moa las Sofias Nachricht zweimal durch und spürte, wie sich ihr Magen zusammenzog. Schnell tippte sie eine Antwort.

Komme. Hole nur kurz meine Sachen von Ruben ab.

»Ich muss noch schnell in Omas Wohnung.«

»Jetzt?«, fragte Ruben.

»Ja, es ist etwas passiert.« *Jetzt muss ich die Karten auf den Tisch legen.* »Sofia ist mit Iris dort, und es geht ihr nicht gut.«

»Sofia geht es nicht gut?«

»Ihr schon, aber Iris ist krank. Der Hund.«

Ruben schien immer noch nicht ganz mitzukommen, also fuhr Moa fort: »Ich passe auf Omas Hündin auf, bis Papa sie nach Mölle holen kann.«

»Aber warum hast du denn nichts davon erzählt?«, fragte Ruben fassungslos.

»Ich war davon ausgegangen, dass du das für keine gute Idee hältst.«

»Tja, möglicherweise ist es das auch nicht, wenn man bedenkt, wie viel du arbeitest.«

»Es ist ja auch nur für eine Woche oder so. Fanny bekommt Welpen, und ich habe versprochen, mich bis dahin um Iris zu kümmern. Ich dachte, es wäre am besten, sie in Omas Wohnung zu lassen. Die Alternative wäre gewesen, sie mit zu uns nach Hause zu nehmen.«

Jetzt schaute Ruben Moa erschrocken an, schien sich aber schnell wieder in den Griff zu bekommen.

»Du hast recht. Wahrscheinlich geht es ihr in der Wohnung deiner Großmutter besser. In ihrer vertrauten Umgebung fühlt sie sich bestimmt geborgener«, antwortete er. »Aber ich verstehe immer noch nicht, warum du mir nichts gesagt hast.«

»Tut mir leid. Ich hatte Angst, du würdest sauer werden.«

»Natürlich nicht.« Ruben streichelte Moas Wange. »Wer kümmert sich denn um den Hund, wenn du arbeitest?«

»Vendela, eine Nachbarin von Oma. Im Gegenzug gehe ich abends mit ihrem Hund spazieren.«

»Verstehe ich das richtig, dass du in die Wohnung deiner Großmutter ziehen möchtest, solange du dich um den Hund kümmerst? Wann hast du denn vor, wieder nach Hause zu kommen?«

»Das weiß ich noch nicht. Aber es sollte nicht allzu lange dauern, wie gesagt. Dann kehrt wieder Normalität ein.«

Ruben schien etwas darauf erwidern zu wollen, sagte dann aber nach einer Weile: »Die Wohnung wird mir leer vorkommen, wenn du nicht da bist.«

»Warum ziehst du nicht einfach ein paar Tage mit in Omas Wohnung? Du kannst doch auch von dort aus zur Arbeit gehen, und dann verbringen wir das Wochenende gemeinsam.«

Ruben sah ertappt aus. »Ich weiß, dass ich versprochen habe, dir am Wochenende zu helfen, aber ich muss wohl arbeiten.«

»Das ganze Wochenende?«

»Jetzt nach Mailand muss ich einiges nachholen.«

»Okay.« Moa versuchte, sich ihre Enttäuschung nicht anmerken zu lassen. »Ich komme jetzt jedenfalls erst noch mit nach Hause und hole ein paar Klamotten.«

»Apropos.« Ruben räusperte sich. »Wenn du heute Abend

bei dem Hund bist, kann ich ja auch wieder zurück zu Axel und Isolde gehen. Sie wollten noch was trinken gehen, und da würde ich gerne die Gelegenheit nutzen und mit Isolde was wegen der Arbeit besprechen.«

Moa rang sich ein Lächeln ab. »Dann hören wir später voneinander.« Sie beugte sich vor, um ihm einen Kuss zu geben, wurde jedoch von Sofias nächster Nachricht davon abgehalten. »Och ne, jetzt kotzt sie auch noch. Ich muss mich wirklich beeilen.«

*

Eine halbe Stunde später betrat Moa die Wohnung. Vendela und Sofia saßen mit einigen flackernden Teelichtern am Küchentisch und unterhielten sich leise, während Iris regungslos in ihrem Körbchen lag. Als sie Moa bemerkte, hob sie den Kopf und wedelte kraftlos mit dem Schwanz. Ein Gefühl der Wärme durchströmte Moa. Zum ersten Mal zeigte Iris, dass sie sich freute, sie zu sehen. Moa kniete sich auf den Boden und kraulte das weiche Fell.

»Ich hoffe, du hast dir nicht zu große Sorgen gemacht«, sagte Sofia. »Es sieht aus, als hätte sie irgendetwas gegessen, was ihr nicht bekommt.«

»Krümel geht es genauso, wenn Gunnar ihr zu viel Wurst gibt«, warf Vendela ein und fuhr fort: »Aber ihr solltet sie im Auge behalten und etwas tun, wenn sie noch träger wird.«

»Sie ist schon die ganze Zeit so apathisch. Soll ich mit ihr zum Tierarzt? Nur um sicherzugehen, dass alles in Ordnung ist?«

»Schau mal, wie es morgen ist. Vielleicht geht es ihr dann schon besser.« Vendela nippte an ihrem Tee. »Ich habe dir magenschonendes Futter für sie mitgebracht, und du musst aufpassen, dass sie genug trinkt.«

»Danke, das werde ich tun.« Moa hörte auf, Iris zu streicheln, blieb aber neben ihr auf dem Boden sitzen.

»Ich bin froh, dass Vendela zu Hause war.« Sofia füllte frisches Wasser in den Teekessel und stellte ihn auf den Herd. »Iris war den ganzen Abend lang unruhig, aber ich dachte, das läge daran, dass du nicht hier warst.«

»Das waren wohl Bauchschmerzen«, murmelte Moa. Iris war ihrer Großmutter so wichtig gewesen. Wenn ihr etwas zustoßen würde, könnte sie sich das niemals verzeihen.

»Ich bin froh, dass ich euch helfen konnte«, sagte Vendela. »Außerdem ist es ganz schön, ein bisschen Zeit hier verbringen zu können. Gunnar hat mit einer neuen, blutigen Krimiserie angefangen, von der ich Albträume bekomme, deswegen hatte ich nichts zu tun. Sofia hat mich aus meiner Langeweile gerissen.«

Sofia lachte. »Dann war es ja gut, dass ich geklingelt habe.« Sie suchte eine Tasse für Moa aus, die sofort ein schlechtes Gewissen bekam, weil sie untätig herumsaß.

»Ich schau mal, ob wir hier ein paar Kekse haben«, verkündete sie und rappelte sich vom Boden auf.

»Die Speisekammer ist ja der Wahnsinn.« Verzückt bestaunte Sofia den großen eingebauten Vorratsraum. »Mir war noch gar nicht aufgefallen, dass man dort hineingehen kann.«

»In Mölle haben wir auch so eine Kammer«, sagte Moa. »Ich habe dort immer gesessen und gelesen, während meine Mutter in der Küche herumgewerkelt hat.« Irgendwann hatte sie damit begonnen, Kissen aus dem Wohnzimmer in ihren Unterschlupf zu schmuggeln. Sie war überzeugt gewesen, dass niemand etwas von ihrem Versteck wusste, aber eines Tages hatte ihr jemand eine kleine Tischlampe und einen Teller mit Keksen hineingestellt. Moa lächelte. Es war lange her, dass sie so voller Wärme an Mölle gedacht hatte.

»Und, ist dort drin noch was zu holen?« Vendela spähte in die Kammer und Moa schnappte sich schnell eine Kekspackung aus einem der Regale.

»Die hatten sich hinter dem Mehl versteckt.« Sie ging zum Küchentisch zurück. »Danke für deine Unterstützung.«

»Das ist doch selbstverständlich.« Vendela nahm sich einen Keks. »Du weißt ja, wie wichtig mir Elsa war, da helfe ich dir doch gern.«

»Habt ihr euch oft getroffen?«, fragte Sofia.

»Fast jeden Tag. Wir waren beide im Ruhestand, hatten nicht mehr viel zu tun, also haben wir uns gegenseitig Gesellschaft geleistet.«

»Ich bin froh, dass sie dich hatte«, sagte Moa und schenkte der älteren Dame ein Lächeln.

»Das ist lieb, dass du das sagst. Übrigens, ich habe noch etwas für dich!« Vendela kramte in ihrer Tasche herum. »Wo habe ich es nur hingesteckt?«, murmelte sie, bevor sie mit einem freudigen Ausruf ein kleines Päckchen hervorzog, das in weißes Geschenkpapier mit rosa Flamingos eingewickelt war. »Das habe ich letzte Woche gekauft, als du hier eingezogen bist. Als Willkommensgeschenk.«

Moa nahm das Paket entgegen, zog vorsichtig das Band herunter und faltete das Papier auseinander.

»Das ist ein Hauswichtel. Er bewacht und schützt dein Heim«, erklärte Vendela. »Aber warum weinst du denn jetzt, Liebes?«

»Ist schon gut«, murmelte Moa und versuchte, ihre Tränen zurückzudrängen. »Ich bin nur so überrascht.«

»Weißt du, Gunnar und ich sind sehr froh darüber, dass du jetzt hier wohnst. Elsa hat immer davon gesprochen. Also, davon, dass du die Wohnung bekommen sollst.«

»Ach ja?«

»Ja.« Vendela futterte sich durch ihre Kekse. »Sie hat immer wieder gesagt, ihr größter Wunsch sei, dass du dein eigenes Zuhause bekommst.«

Moa erwiderte nichts darauf. Wie sollte sie Vendela beibringen, dass sie nicht vorhatte, hierzubleiben? Dass sie nur putzen, streichen und die Wohnung dann verkaufen würde? Die Wahrheit zu sagen war manchmal gar nicht so einfach.

KAPITEL 10

Es regnete in Strömen, als Moa mit Iris und Krümel im Schlepptau vor die Haustür trat. Keine der beiden schien sonderlich erpicht auf einen Spaziergang zu sein, und Krümel hob bei jedem Schritt die Pfoten hoch in die Luft. Die Schühchen, die Vendela ihr angezogen hatte, schienen sie ziemlich zu stören. Moa biss sich auf die Lippe und unterdrückte ein Lachen. Krümel sah mit ihren knallroten Schuhen und dem gelben Regencape wirklich zum Schreien aus. Iris trottete neben ihrer Hundefreundin durch den Regen und sah aus, als wollte sie nichts weiter, als sich irgendwo zu verkriechen. Wenigstens ging es ihr etwas besser als am Vorabend, sie hatte sogar ein bisschen gefressen. Moa schloss den letzten Knopf ihres Regenmantels. Sie hatte die Jacke im Schrank gefunden, und glücklicherweise passte sie recht gut. Trotzdem musste sie noch mehr Klamotten aus Rubens Wohnung holen. Was sie gestern mitgebracht hatte, würde für die nächste Woche nicht reichen.

Von Ruben hatte sie nichts mehr gehört, und offen gestanden war sie ein wenig verletzt, dass er sie nicht zur Wohnung ihrer Großmutter begleitet hatte, sondern lieber etwas trinken gegangen war. Fand er es hier wirklich so schrecklich? Ein Windstoß fegte Moa die Kapuze vom Kopf und sie schrie erschrocken auf.

»Kein ideales Wetter zum Gassigehen«, hörte sie eine Stimme aus ein paar Metern Entfernung.

Moa schaute sich um und erkannte sofort den Typ wieder, dem sie begegnet war, als sie ihren Kaffee auf der Treppe und sich selbst verschüttet hatte.

»Oh, hallo. Wahrscheinlich treiben sich gerade nur Hundebesitzer draußen herum … und du.«

»Da hast du wahrscheinlich recht«, erwiderte Moas Nachbar. Seine Mundwinkel zuckten. »Schicker Aufzug.«

»Das hat meiner Großmutter gehört …« Moa blieb stehen und lachte, als ihr klar wurde, dass er nicht von ihr sprach, sondern von Krümel.

»Sie ist auf jeden Fall für das Wetter gerüstet.«

»Absolut.«

»Wie auch immer. Ich nehme wohl eine Abkürzung und erspare uns den Weg in den Park. Scheint, als wollten diese beiden ohnehin schnell wieder ins Trockene.«

»Ja, sieht so aus.« Der Typ fuhr sich mit der Hand durch die Haare, die im Regen fast schwarz wirkten. Seiner durchnässten dunkelblauen Regenjacke nach zu urteilen, war er schon eine Weile unterwegs. Die Farbe stand ihm gut, dachte Moa. Dann fiel ihr auf, dass sie ihn anstarrte. Schnell widmete sie sich wieder den beiden Hunden.

»Wie geht es deinem Kopf?«

»Gut.« Moa wandte sich wieder ihrem Gesprächspartner zu. Der Blick aus seinen blauen Augen war freundlich. »Und was ist mit deinem Hemd? Bist du die Kaffeeflecken losgeworden?«, fragte sie.

»Ich hab's noch nicht versucht. Hattest du denn mit deiner Bluse Erfolg?«

»Ich fürchte, die ist nicht mehr zu retten.«

»Mist.«

Es wurde wieder still zwischen ihnen.

»Willst du …«, brach Moa irgendwann das Schweigen.

»Sollen wir mal …«, sagte er im selben Moment und sie grinsten einander an.

»Entschuldigung, ich habe dich unterbrochen«, sagte er.

»Ich wollte nur fragen, ob ich dir dein Hemd erstatten soll. Immerhin habe ich es ruiniert.«

»Das ist doch kein Problem.«

»Bist du dir sicher? Ich würde es gern wiedergutmachen.«

»Ganz sicher.« Sie gingen nebeneinander her, während die beiden Hunde an ihren Leinen zerrten, um möglichst schnell wieder nach Hause zu kommen.

»Du bist also gerade erst eingezogen?«

»Eigentlich wohnt meine Großmutter hier … hat hier gewohnt, meine ich.«

»Ist sie umgezogen?«

»Sie ist vor einer Weile gestorben.« Moa starrte geradeaus und spürte einen Kloß im Hals.

»Mein Beileid.«

»Danke.« Mehr brachte Moa nicht heraus. Stattdessen konzentrierte sie sich auf die Hunde, die an einem Grasfleck herumschnüffelten. Der Regen prasselte auf ihre Jacke und tropfte von dort auf ihre Jeans. Obwohl sie kaum zwanzig Minuten unterwegs gewesen war, war sie ganz schön nass geworden und fror ziemlich.

»Wohnst du nur vorübergehend hier oder wirst du länger bleiben?«, fragte Moas Nachbar. Er tippte den Code für die Eingangspforte ein und hielt Moa die Tür auf, damit sie vor ihm eintreten konnte.

»Ich will die Wohnung eigentlich verkaufen.« Moa musste

an Vendela denken, die davon ausging, dass sie hierblciben würde. Eigentlich hätte sie die Sache schon am vergangenen Abend klarstellen sollen, aber Vendela hatte sie so herzlich als Nachbarin willkommen geheißen, dass Moa es nicht übers Herz gebracht hatte, sie zu enttäuschen.

In diesem Moment schüttelte sich Iris und spritzte alles mit Wasser voll.

»Super, hättest du das nicht draußen tun können?«, fragte Moa lachend. »Entschuldigung, jetzt habe ich schon wieder ein paar deiner Klamotten auf dem Gewissen.«

»Das macht nichts, ich gewöhne mich langsam daran.« Der Typ lächelte. In einer seiner Wangen bildete sich ein Grübchen. »Vielleicht kann ich …« Irgendwo ertönte ein Klingeln, und bevor Moa noch etwas sagen konnte, hatte er bereits sein Handy aus der Tasche gezogen und ging auf die Treppe zu. »Schön, dass wir uns mal wiedergesehen haben. Viel Glück mit der Wohnung.«

Als er außer Sichtweite war, drückte Moa auf den Aufzugsknopf und musterte die beiden Hunde. Wenn sie in der Wohnung angekommen war, musste sie zuallererst Iris abbrausen. Wie konnte ein einzelnes Tier nur derart viel Schlamm einsammeln? In zwanzig Minuten? Hundehalterin zu sein war definitiv eine Herausforderung. Aber auch schön. Obwohl Iris sich ihr gegenüber noch immer recht scheu verhielt, hatte Moa den Eindruck, als würden sie sich näherkommen. Heute Morgen war sie von Iris geweckt worden, die ihr die Schnauze ins Gesicht gedrückt hatte. Das war immerhin ein Fortschritt. Ein kleiner zwar, aber das war egal. Moa freute sich über jeden noch so kleinen Funken Lebensfreude, den Iris versprühte.

*

Moa überflog die Überschriften auf ihrem Computerbildschirm, bevor sie weiter nach unten scrollte. Sie saß schon die ganze Mittagspause am Rechner und suchte nach Stellenanzeigen. Nach dem gestrigen Gespräch mit Ruben hatte sie das Gefühl, sich wenigstens mal ein Bild davon machen zu müssen, wie es auf dem Stellenmarkt aussah. Er hatte ja recht damit, dass sie der Werbebranche nicht zu lange fernbleiben sollte. Allerdings fühlte sie sich noch nicht dazu bereit, sich auf eine neue Stelle zu bewerben. Es war eigentlich schön, nicht mehr so viel Stress zu haben wie zuletzt in der Agentur. Natürlich ging es auch im Auktionshaus hektisch zu, aber das war kein Vergleich zu der Belastung in ihrem früheren Job. Ständig hatte sie bei der Arbeit einen Druck auf der Brust verspürt und gegen Ende sogar Schlafprobleme bekommen.

»Gut, dass du da bist. Du kannst mir bei der Vorbereitung des Vortrags helfen, den ich am Montag halte.« Susanne fegte in den Raum und setzte sich auf ihren Platz. »Ich soll über das Geschäft informieren. Ich schicke dir die Präsentation mal zu.«

Moa nickte, schloss schnell den Tab mit den Jobannoncen und öffnete stattdessen ihr Postfach. Da war schon die Mail von Susanne. Moa öffnete die Datei mit der Präsentation.

»Damals in der Werbeagentur habe ich auch immer mal wieder Präsentationen entworfen. Ich könnte noch am Layout arbeiten, damit das Ganze ein bisschen … ähm …«

Susanne hob eine Augenbraue. »Damit das Ganze ein bisschen was?«

»… modernder wirkt.«

»Das klingt gut. Tu das.«

Überrascht stellte Moa fest, dass Susanne lächelte, als sie sich wieder abwandte. Sie hatte mit einem schnippischen Kommentar gerechnet, nicht mit Susannes Wohlwollen.

»Vielleicht kannst du bei Gelegenheit auch unsere anderen Präsentationen überarbeiten.«

»Gerne«, antwortete Moa erfreut.

Susanne runzelte die Stirn und hob einige Unterlagen hoch, die auf ihrem Schreibtisch lagen. »Wo ist das Programm für heute Abend?«

»Welches Programm meinst du?«, fragte Moa zerstreut, während sie nach neuen Bildern für die Präsentation suchte.

»Die Vernissage der Zorn-Ausstellung«, erklärte Susanne geduldig. »Bei der ich eine Rede halten soll.«

»Ich glaube nicht, dass ich das Programm gesehen habe.« Moa sah von ihrer Arbeit auf. Sie war sich sicher, noch nie etwas von dieser Vernissage gehört zu haben.

»Ich hatte dich gebeten, das Programm herauszusuchen, damit ich weiß, wann ich vor Ort sein muss.« Susanne stöhnte vernehmlich. »Alles muss man selbst machen«, murmelte sie und öffnete eine ihrer Schreibtischschubladen.

»Ich kümmere mich sofort darum.«

»Nein«, sagte Susanne und stand auf. »Ich rufe dort an und erkundige mich selbst. Sieh du zu, dass die Präsentation am Montag fertig ist.«

»Kein Problem, das erledige ich gleich.«

Susanne nickte kurz, stopfte ihren Laptop in eine Tasche und verließ den Raum. Moa hörte sie mit jemandem auf dem Flur sprechen, aber mehr als ein gedämpftes Murmeln drang nicht durch die Wände. Seufzend setzte Moa sich wieder an ihren Computer. Sie konnte sich wirklich nicht daran erinnern, dass Susanne von dieser Vernissage gesprochen hatte.

Eine E-Mail hatte sie auch nicht bekommen. Andererseits war es nicht immer einfach, mit Susanne Schritt zu halten. Manchmal gab sie ihr so viele Aufgaben, dass Moa Schwierigkeiten hatte, den Überblick zu behalten.

»Kannst du mir helfen?« Moas Kollegin Frida steckte den Kopf durch die Tür. »Ich muss eine Besorgung machen und habe niemanden, der mich solange an der Warenausgabe vertreten kann. Würdest du einspringen?«

Moa warf einen Blick auf die Präsentation. »Ich muss wirklich …«

»Es dauert nicht lange.« Frida schaute Moa flehend an. »Ich würde nicht fragen, wenn es nicht dringend wäre.«

»Okay.« Moa speicherte ihr Dokument und folgte Frida, die sich herzlich bedankte, den Flur entlang. Eine Weile konnte sie Frida vertreten, schließlich blieb ihr noch der ganze Nachmittag, um die Präsentation fertigzustellen. Das sollte doch zu schaffen sein!

*

Moa zündete ein paar Teelichter an und schaltete den Fernseher im Schlafzimmer ein. Obwohl es spät war, fiel es ihr schwer, sich zu entspannen. Sie war unruhig, es fühlte sich an, als hätte sie den Höhepunkt ihrer Müdigkeit überschritten. Wahrscheinlich war sie so aufgedreht, weil sie stundenlang an der Präsentation gearbeitet hatte. Gleichzeitig war Moa aber auch froh, fertig geworden zu sein, und sie hoffte, dass das neue Layout Gnade vor Susannes Augen finden würde.

Nachdem sie zwanzig Minuten lang versucht hatte, einem Film zu folgen, gab Moa auf. Sie konnte sich einfach nicht konzentrieren, da war es wohl besser, wenn sie sich irgendwie nützlich machte. Da der Maler ihr geraten hatte, die Möbel erst morgen früh wieder an ihren Platz zu stellen, gab es in der Diele, der Küche und im Wohnzimmer nicht viel zu tun. Aber da war noch der begehbare Schrank im Flur, den sie bisher noch nicht angetastet hatte. Vielleicht war jetzt der Moment gekommen, alles darin in Ruhe durchzugehen.

Moa öffnete die Schranktür und starrte fassungslos auf all die Mäntel, Hüte, Schuhe und Taschen, bevor sie sich in den engen Raum zwängte. Sie berührte einen gelben Mantel mit kleinen weißen Blumen, den ihre Großmutter immer im Frühjahr getragen hatte, weil er sie, wie sie es selbst einmal gesagt hatte, glücklich machte. Jedes einzelne Stück in diesem Raum war eine Erinnerung. Eine Erinnerung an eine andere Zeit. Eine Zeit, die es nicht mehr gab. Moa drängte die aufsteigenden Tränen zurück. Im Großen und Ganzen kam sie mit dem Putzen und Aufräumen gut voran, aber manchmal stieg die Trauer plötzlich in ihr auf und war nur schwer zurückzuhalten. So wie jetzt.

Moa lehnte sich an die Wand und ließ den Blick über die lange Reihe an Mänteln schweifen. Ihre Großmutter war sehr modeaffin gewesen. Sie hatte Moa immer wieder dabei geholfen, Designerkleider, die sie in Secondhandläden aufgestöbert hatte, umzunähen und zu säumen. Moas Gehalt war nicht gerade üppig. Auf diese Weise kam sie dennoch günstig an stilvolle und hochwertige Kleidung.

Moa nestelte an einem A-Linien-Rock herum, den ihre Großmutter bei einem ihrer Besuche im letzten Frühjahr getragen hatte. Damals hatten sie über Moas Zukunft gesprochen – oder vielmehr war es Oma gewesen, die über Moas Zukunft gesprochen hatte. Sie selbst hatte verzweifelt versucht, sich nicht anmerken zu lassen, wie verletzt sie war, als Oma sie fragte, warum sie so viele ihrer eigenen Interessen aufgegeben hatte und ob sie glaubte, sich ändern zu müssen, um in Rubens Leben zu passen. Was überhaupt nicht der Fall war. Dass Moa nicht mehr ritt und die Besuche in Mölle seltener geworden waren, hatte nichts mit Ruben zu tun, und das wusste ihre Großmutter sehr wohl. Und trotzdem hatte sie Moas Leben sehr nachdrücklich infrage gestellt. Dadurch war ein Riss zwischen ihnen entstanden, und Moa wünschte sich, sie hätte wenigstens versucht, ihn wieder zu flicken.

Ihr Blick fiel auf etwas Braunes, das hinter einem dunkelroten Wollmantel hervorlugte. Was war das? Moa schob den Mantel beiseite und zog einen Koffer hervor, der aussah, als gehörte er auf eine Müllkippe und nicht in jemandes Kleiderschrank. Eine Seite war komplett eingerissen, und offenbar waren die um den Koffer gespannten Lederriemen kurz davor, von allein abzufallen. Moa fegte den Staub von dem Gepäckstück und las das Namensschild. ELSA ANDERSSON. Vorsichtig lockerte Moa die Lederriemen und öffnete den Koffer. Er war vollgestopft mit Papieren, Fotoalben und einigen Kleidungsstücken. Moa fragte sich, ob sie gerade auf ein paar von den Hinweisen gestoßen war, die ihre Großmutter in dem Brief angedeutet hatte. Ein Fotoalbum mit braunem Ledereinband und Goldemblemen weckte Moas Interesse. Sie schlug die erste Seite auf und erkannte sofort auf mehreren Fotos ihre Großmutter wieder. Unter einem davon las Moa in der altmodischen Handschrift ihrer Oma: *Hauswirtschaftsschule 1938*. Moa schaute sich die Frauen, die sich vor einem rot-weißen Holzhäuschen aufgereiht hatten, genauer an. Elsa stand ganz vorne und lächelte in die Kamera. 1938, da musste sie sechzehn Jahre alt gewesen sein. Ein anderes Bild zeigte zwei Frauen an einem See und ein drittes Moas Großmutter auf einer Bank. Sie trug ein hochgeschlossenes weißes Kleid und neben ihr saßen zwei Männer in Militärkleidung. *Erinnerung an Arvid 1939,* las Moa.

Sie blätterte weiter durch das Album. Als sie in der Mitte angekommen war, blieb ihr Blick an einem verwackelten Foto hängen, das ihre Großmutter zeigte, die die Arme um einen großen Mann geschlungen hatte. Hinter ihnen war ein weitläufiger Platz zu erkennen und sie lachten einander an. Unter diesem Bild stand: *Mein geliebter Bill 1939. Åke hat das Foto geschossen und konnte die Kamera nicht stillhalten. Schade.*

Moa schaute sich das Bild genauer an. Sie wusste nicht, wer Bill war, aber er und ihre Oma schienen nur Augen füreinander gehabt zu haben. Sie strahlten förmlich von innen heraus. Ein paar Seiten später tauchte derselbe Mann noch einmal auf. Jetzt trug er eine Soldatenkluft und saß mit zwei anderen Männern auf einer Wiese. Keiner schaute in die Kamera. Unter das Bild hatte Moas Großmutter *Nilsson Ludvika, Gösta Bergstrand Borlänge und Bill* geschrieben. Moa blätterte um, und plötzlich berührte etwas Kaltes ihren Arm.

»Gott, hast du mich erschreckt.« Sie tätschelte Iris' Kopf, klappte das Album zu und legte es in den Koffer zurück. »Willst du raus?«

Iris legte den Kopf zur Seite und musterte Moa mit wachem Blick.

»Ist ja gut, Süße, wir machen einen Abendspaziergang. Und danach wird es Zeit zu schlafen.« Moa schob den Koffer zurück unter die Mäntel und verließ die Kleiderkammer.

KAPITEL 11

Die Farbe im Flur, im Wohnzimmer und in der Küche war getrocknet. Moa hatte den ganzen Samstagmorgen damit verbracht, die Möbel wieder an Ort und Stelle zu schieben. Jetzt wischte sie sich den Schweiß von der Stirn und betrachtete zufrieden das Ergebnis. Es war anstrengend gewesen, ohne Hilfe die Möbel zu verrücken, aber sie war fertig, bevor Artur ankam.

In diesem Moment klingelte es auch schon an der Tür, und Moa bat Artur direkt ins Wohnzimmer.

»Deine Großmutter hat ja einige Raritäten besessen.« Artur musterte den Beistelltisch neben dem Sofa. »Ist das ein Original?« Er ging in die Hocke, tastete über das Holz und sah auf der Rückseite nach. »Sieh mal an, du hast wirklich einen Beistelltisch von Palin.«

»Was heißt das?«

»Palin war ein Möbelhändler, der zwischen 1762 und 1802 hier in Stockholm gewirkt hat. Sogar der Königshof hat zu seinen Kunden gezählt.«

»Spannend.«

»Der hier könnte zwischen zwanzig- und fünfundzwanzigtausend Kronen einbringen.«

»Wie bitte?«

Artur lächelte. »Manchen Dingen sieht man ihren Wert nicht auf Anhieb an.«

Moa betrachtete den Tisch. Solange sie denken konnte, hatte

er als Ablagefläche für die Modemagazine ihrer Großmutter gedient. »Ich weiß nicht, ob ich ihn verkaufen will.«

»Es geht nicht immer ums Geld, oder?«

»Mir zumindest nicht. Eigentlich gibt es hier so einiges, das ich nicht weggeben will, aber ich weiß nicht, wo ich alles unterbringen soll, wenn ich die Wohnung verkaufe.«

»Kannst du nicht ein paar Stücke in deine eigene Wohnung mitnehmen?«

»Das glaube ich nicht«, antwortete Moa. »Wir wollen uns ein neues Apartment kaufen, und ich weiß, dass die Möbel hier so gar nicht Rubens Geschmack treffen.«

Artur nickte, sagte aber nichts dazu.

»Diesen Schrank will ich behalten.« Moa zeigte auf einen hohen Buffetschrank mit Bleiglasfenstern. »Der ist so schön.«

»Das ist wirklich ein toller massiver Schrank.« Artur öffnete eine der Türen. »Frühes zwanzigstes Jahrhundert. Vielleicht nicht allzu wertvoll, aber wenn er dir gefällt, solltest du ihn behalten.«

»Du hast recht. Ich kann nicht alles weggeben.« Ruben konnte doch nichts dagegen haben, wenn sie ein paar Dinge behielt. Ihr Handy vibrierte, aber Moa ignorierte es und machte Artur auf ein kleines Schränkchen aufmerksam, das etwa die Größe eines Nachttisches hatte.

»Das ist auch schön.« Sie öffnete die Türen. »Schau dir die vielen winzigen Schubladen an.«

»Das ist kein gewöhnlicher Schrank.« Artur zog eine der Schubladen heraus und drückte mit den Fingern gegen die Rückwand. »Wenn ich mich recht entsinne, muss an dieser Stelle …« Er runzelte die Stirn. »Hm, ich bin mir sicher, dass es hier war.«

Plötzlich bewegte sich der obere Teil des Schranks, und Moa sah fasziniert dabei zu, wie Artur ein Holzbrett abhob und ein versteckter Hohlraum zum Vorschein kam.

»Unglaublich.«

»Viele ältere Möbelstücke haben solche Geheimfächer.«

»Wozu waren die gut?«

»Natürlich um Dinge verschwinden zu lassen.« Artur grinste und tiefe Furchen gruben sich in sein Gesicht. »Das erinnert mich an einen Schrank, den wir vor ein paar Jahren angenommen haben. Der Besitzer hat nichts von dem Geheimfach darin gewusst.«

»Habt ihr in dem Versteck etwas gefunden?«

»Scheidungsunterlagen. Sie waren unterschrieben, aber anscheinend wollte sie irgendjemand unter Verschluss halten. Die Eltern des Kunden waren damit offiziell noch verheiratet, obwohl sie schon jahrelang getrennt lebten.«

»Ups.«

»Aber schau mal, das ist mir eben gar nicht aufgefallen.« Artur zog an einem kleinen Messinghebel und an der Rückseite des Möbelstücks ertönte ein klickendes Geräusch. »Sieht aus, als gäbe es da noch ein Versteck.«

Artur schob den Schrank in die Mitte des Raumes, damit sie beide sehen konnten, was sich dort gelöst hatte.

»Oh, da ist ja noch eine Klappe.« Moa schaute neugierig zu, wie Artur eine Holztür öffnete, die an der Rückseite des Schranks versteckt war. »Leer«, stellte sie nach einem Blick in das kleine Fach enttäuscht fest.

»Vielleicht ist es ganz gut so. Es gibt Geheimnisse, die sollten nicht unbedingt zutage kommen.«

Vorsichtig rückte Artur das Schränkchen an seinen Platz.

»Dafür könntest du auch ein paar Tausend Kronen bekommen.«

»Ich glaube aber, das will ich auch nicht verkaufen.« Moa beäugte die gebeizten Oberflächen der dunklen Möbel und drängte den Gedanken beiseite, was Ruben wohl dazu sagen würde.

Artur stand jetzt vor dem Bücherregal. »Deine Großmutter hatte eine beeindruckende Bibliothek.«

»Sie hat immer gerne gelesen. Als ihre Augen zu schlecht wurden, ist sie auf Hörbücher umgestiegen.«

»Willst du die Bücher behalten?«

»Vielleicht ein paar.« Moa nahm ein Buch mit vergilbten Seiten aus dem Regal und zeigte es Artur. »So etwas ist schon irgendwie lustig. Das hier ist aus dem Jahr 1939.«

»*Hausmittel und gute Ratschläge für die sittsame Ehefrau*«, las Artur glucksend vor. »Davon gibt es eine ganze Reihe, die Bücher sind nur leider nicht sehr wertvoll.«

»Aber es macht Spaß, darin herumzublättern.« Moa stellte das Buch wieder ins Regal und seufzte. »Jetzt habe ich schon so viel Zeug weggeworfen oder dem Roten Kreuz gespendet, und trotzdem gibt es noch jede Menge zu tun.«

»Ich würde dir raten, eine Liste mit klaren Prioritäten zu erstellen. Und die arbeitest du dann von oben nach unten ab.«

»Ja, wahrscheinlich muss ich so an die Sache herangehen. Im Moment kommt es mir so vor, als würde ich an tausend Sachen gleichzeitig herumwerkeln.«

Moa strich mit der Hand über ein Buch mit dunkelblauem Ledereinband, bevor sie sich an Artur wandte. »Wollen wir weitermachen?«

Zwei Stunden später waren sie fertig mit der Sichtung, und

Artur hatte eine Liste mit allen Dingen erstellt, die Moa behalten wollte, und allem, was versteigert, verkauft oder gespendet werden sollte. Es waren anstrengende Stunden gewesen, und Moa war froh, dass Artur sich die Zeit genommen hatte, ihr unter die Arme zu greifen.

»Wann kommt der Makler?« Artur schlüpfte in seinen Mantel, nachdem er Moas Angebot einer Tasse Kaffee dankend abgelehnt hatte.

»In einer Woche.« Moa gähnte herzhaft. »Entschuldige, die letzten Tage waren wirklich stressig. Hast du heute noch etwas Schönes vor?«

»Meine Tochter kommt doch mit den Enkeln zu Besuch.«

»Ach ja, das hast du erzählt. Wie schön.«

»Ja, wir machen einen richtig ausgiebigen Kaffeeklatsch. Meine Frau backt schon den ganzen Morgen, also komme ich am Montag wahrscheinlich ins Büro gerollt.«

»Backt sie gern?«, fragte Moa und dachte sehnsüchtig an die Kuchen und Teilchen ihrer Großmutter. Als Moa noch jünger gewesen war, hatten sie oft zusammen gebacken und das Ergebnis zum Picknick am Strand oder im Wald mitgenommen.

»Gern? Nina sagt immer, man muss sich mindestens ein Stück Gebäck am Tag gönnen. Am besten gleich zum Morgenkaffee.«

»Das klingt wunderbar. Ist sie im Ruhestand oder arbeitet sie auch noch?«

»Sie ist vor zehn Jahren in Rente gegangen. Vorher hat sie als Krankenschwester gearbeitet. In den ersten Jahren nach ihrer Pensionierung haben wir viele Reisen unternommen.« Ein Hauch von Wehmut zeichnete sich auf Arturs Gesicht ab, wandelte sich aber schnell zu einem Lächeln. »Was ist mit dir? Hast du für heute noch etwas geplant oder werkelst du weiter hier in der Wohnung herum?«

»Ich glaube, ich stecke hier fest.« Moa wollte Artur eigentlich noch mehr Fragen zu seiner Frau stellen, entschied sich aber dagegen. Vielleicht wollte er nicht so ausführlich über sein Privatleben sprechen. »Danke, dass du mir heute geholfen hast.«

»Nichts zu danken.« Artur öffnete die Wohnungstür und tippte an seine Hutkrempe. »Lass es aber langsam angehen und vergiss nicht, dich auch mal auszuruhen.«

*

Ein schrilles Läuten ertönte und Moa drehte sich im Bett um. Im ersten Moment wusste sie nicht, was da bimmelte, aber als Iris laut bellend in den Flur schoss, wurde ihr klar, dass es die Türklingel sein musste.

»Komme schon«, murmelte sie und schaute zum Wecker auf ihrem Nachttisch. Erschrocken stellte sie fest, dass sie mehrere Stunden geschlafen hatte: Es war halb sieben am Abend. Sie rappelte sich auf und eilte in den Flur, wo Iris immer noch die verschlossene Wohnungstür anbellte.

»Was machst du denn hier?«, fragte Moa verblüfft, als sie die Tür öffnete und sich Ruben gegenübersah.

»Das ist ja eine tolle Begrüßung.«

»Entschuldige. Schön, dass du hier bist, aber überrascht bin ich trotzdem.« Sie ließ Ruben in den Flur, während Iris ein paar Schritte zurückwich und den Besucher misstrauisch beäugte.

»Ich habe dich vermisst und wollte sehen, wie es hier läuft.« Ruben hielt eine Tüte in die Höhe. »Ich habe Essen vom Thai-

Imbiss mitgebracht. Du hast nicht auf meine Nachrichten geantwortet, deswegen habe ich einfach mal Frühlingsrollen für dich bestellt.«

»Oh, das klingt gut.«

Ruben schielte in Richtung Iris. »Können wir sie in irgendein Zimmer sperren? Ehrlich gesagt fühle ich mich nicht ganz wohl, wenn sie hier frei herumläuft.«

Moa schaute zu Iris, die weiterhin Abstand wahrte und die beiden anstarrte.

»Sie ist eigentlich total lieb. Aber wenn es unbedingt sein muss, kann ich sie vielleicht eine Weile ins Schlafzimmer stecken.« Moa lockte den Pudel an und schob ihn aus dem Flur. Nach kurzer Zeit ertönte ein leises Winseln von der anderen Seite der Schlafzimmertür.

»Das ist doch sicher kein Problem, oder?«, fragte Ruben und machte Anstalten, Moa zu umarmen.

»Du hörst doch, wie sie jault. Können wir sie nicht herauslassen? Ich passe auch auf, dass sie sich von dir fernhält.« Moa wand sich aus seinen Armen heraus und ließ Iris wieder in den Flur. Die Hündin bedachte sie mit einem vorwurfsvollen Blick, bevor sie an ihr vorbei zur Küche schritt und sich mit einem tiefen Seufzer in ihr Körbchen fallen ließ, als wollte sie sagen, dass sie nicht viel für Menschen übrighatte, die keine Hunde mochten. Moa betrachtete das Tier. Es hätte Iris sicher nicht geschadet, eine Weile im Schlafzimmer zu warten, aber Moa wollte ihr das Gefühl geben, dass sie sich auf ihr neues Frauchen verlassen konnte.

»Glaubst du, dass sie dort liegen bleibt?«, fragte Ruben.

»Sie liegt da oft stundenlang.« Moa betrachtete den Königspudel. Seit der Hund krank gewesen war, hatte sich ihre Beziehung zueinander verändert. In den letzten beiden Tagen hatte Iris mehr gefressen und wieder Interesse an Spaziergängen gezeigt. Allerdings hielt sie sich immer noch zurück und gab sich nicht allzu anhänglich.

Während Moa den Tisch deckte, sah sich Ruben in der Wohnung um.

»Warum hast du das Wohnzimmer in Hellgrau streichen lassen?«, fragte er, als er wieder in die Küche trat.

»Sofia und ich hielten das für eine gute Idee. Das Grau hat einen leichten Gelbstich, und das lässt den Raum etwas wärmer wirken.« Moa holte zwei Gläser aus einem der Küchenschränke und füllte eine Karaffe mit Wasser. »Weiß wirkt immer so steril.«

»Du hast recht, es sieht gut aus.«

»Für morgen habe ich eine Firma bestellt, die alles abtransportiert, was ich nicht behalten will.« Moa füllte die Gläser auf. »Und, wie ist es bei dir? Hast du viel zu tun?«

»Ziemlich viel. Und das, obwohl ich morgen schon wieder nach Mailand muss.«

»Oh, so schnell?« Moa fiel es schwer, sich ihre Enttäuschung nicht anmerken zu lassen.

»Wir haben die ganze Woche über Meetings und Termine. Wahrscheinlich komme ich erst am Samstag wieder nach Hause, weil am Freitagabend noch ein wichtiges Abendessen ansteht, an dem ich gerne teilnehmen würde.«

»Ich werde dich vermissen«, sagte Moa und schmiegte sich in seine Arme.

»In der nächsten Zeit muss ich wahrscheinlich oft hin und her fliegen.« Ruben streichelte Moas Rücken. »Aber mal was ganz anderes. Hast du nächsten Sonntag schon etwas vor?«

»Ich glaube nicht. Wieso?«

»Ich dachte mir, wir könnten uns da das Apartment in Gärdet ansehen.«

»Dann habe ich die Wohnung hier aber noch nicht verkauft. Sollten wir das nicht erst abwarten?« Mit einem Ziehen im Magen ließ Moa sich am Tisch nieder.

»Ich kann mir nicht vorstellen, dass es schwierig wird, sie zu verkaufen. Wenn du die Anzeige geschaltet hast, geht sicher alles ganz schnell. Dann kannst du auch wieder nach Hause kommen, das wird schön. Wann, hast du noch gleich gesagt, können deine Eltern Iris aufnehmen?« Ruben tat es Moa gleich und setzte sich.

»Das weiß ich nicht genau, aber wahrscheinlich bekommt Fanny in Kürze ihre Welpen.« *Oder irgendwann in den nächsten Wochen*, dachte Moa. *Aber das wird schon alles. Vielleicht freundet sich Ruben sogar mit Iris an, dann müssen wir sie gar nicht weggeben.* Moa tunkte eine Frühlingsrolle in die süßsaure Soße. »Mmh, die sind wirklich köstlich.«

Ruben strahlte sie an. »Wusste doch, dass du dich darüber freust.«

Während sie aßen, dachte Moa über die Möbel nach, die sie behalten wollte. Ruben hatte schon das neue Sofa ausgesucht, da konnte sie doch bestimmt auch ein paar Dinge, die ihr gefielen, in die gemeinsame Wohnung mitnehmen. Sie legte ihre Stäbchen ab. »Ich würde gern ein bisschen was von den Sachen hier behalten«, sagte sie so beiläufig, als würde sie über das Wetter reden, aber Ruben erstarrte augenblicklich.

»Und was genau?«

»Nur ein bisschen was. Komm mit, dann zeige ich dir, was ich meine.« Moa führte ihn zuerst ins Schlafzimmer. »Ich weiß, dieser Schrank hier entspricht nicht gerade deinem Stil, aber er bedeutet mir wirklich viel.«

Ruben nahm den Schrank in Augenschein. »Ist es nicht dumm, das ganze alte Zeug zu behalten, wenn wir ebenso gut alles neu kaufen können? Der Schrank hier ist sogar beschädigt«, stellte er fest und deutete auf eine der Türen.

»Aber so einen Jugendstilschrank können wir nicht einfach nachkaufen. Die werden gar nicht mehr hergestellt.«

»Ich weiß. Ich halte nur nicht viel davon, altes Zeug zu horten. Ich verstehe, dass du gerne ein paar Sachen behalten willst, aber manchmal muss man eben auch loslassen.« Ruben strich mit den Fingern über eine Seitenwand des Schranks. »Hier ist ein Brett gebrochen. Am besten, du verschenkst ihn oder wirfst ihn weg.«

Moa antwortete nichts darauf. Sie wollte den Schrank nicht wegwerfen oder fortgeben. Sie wollte ihn in ihrer eigenen Wohnung haben. Diesen Schrank und ein paar andere Dinge.

»Hey, jetzt sei doch nicht sauer«, sagte Ruben und streichelte ihre Wange.

»Ich bin nicht sauer«, erwiderte Moa und rang sich ein Lächeln ab. »Ich mag den Schrank nur sehr.«

»Kannst du ihn nicht erst einmal einlagern? Wenn wir uns irgendwann ein Sommerhaus kaufen, kannst du ihn dort aufstellen.«

Ein Sommerhaus? Ruben meinte es bestimmt nur gut, aber an ein Sommerhaus hatte Moa noch keinen einzigen Gedanken verschwendet. Erst einmal mussten sie eine Wohnung kaufen.

»Oder bring ihn doch bei deinem Vater und Astrid unter.« Ruben nahm Moas Hand in die seine. »Der Schrank passt nicht in das Apartment in Gärdet, das uns vorschwebt. Das wird seltsam aussehen. Wenn wir es uns anschauen, wirst du verstehen, was ich meine.«

»Ja, aber …«

»Warte es ab. Ich bin mir sicher, dass du es genauso siehst wie ich.«

Moa zog die Hand zurück. Wahrscheinlich hatte Ruben recht, und der Schrank würde in der neuen Wohnung fehl am Platz wirken. Aber er hatte ihrer Großmutter gehört und war Moa nun mal wichtig. Und sollte man sich nicht mit Dingen umgeben, die einem etwas bedeuteten?

KAPITEL 12

Drei verpasste Anrufe. Einer von ihrem Vater und zwei von Daniel. Was wollte der denn von ihr? Sie telefonierten eigentlich nie miteinander, und Moa war nur im Besitz seiner Nummer, weil sie letztes Jahr die Feier zu Sofias dreißigstem Geburtstag gemeinsam geplant hatten. Ein Blick auf die Uhr zeigte ihr, dass es schon zu spät war, zurückzurufen. Stattdessen schickte sie Daniel eine Nachricht, um zu fragen, ob alles in Ordnung war. Prompt kam die Antwort, dass es nicht so wichtig gewesen sei.

Ruben war vor knapp einer halben Stunde nach Hause gegangen. Sie hatten sich einen Film angesehen, aber auf ihre Frage, ob er über Nacht bleiben wolle, hatte er nur erwidert, dass all seine Sachen zu Hause seien. Moa fand es schade, dass es ihm in ihrer Wohnung offenbar kein bisschen gefiel. *Jetzt sei nicht albern*, dachte sie. *Immerhin ist er extra hergekommen, um dich zu sehen. Er fühlt sich nur in Iris' Gesellschaft nicht wohl.*

Es war eine Weile her, dass sie so lange voneinander getrennt gewesen waren. Obwohl Ruben oft beruflich verreisen musste, verbrachten sie sonst immer Zeit miteinander, wenn er zu Hause war. Unwillkürlich musste Moa an die Anfangszeit ihrer Beziehung denken: In den ersten Monaten hatten sie sich getroffen, wann immer sich die Möglichkeit dazu bot. Als dann ihr Untermietvertrag auslief, war Moa sofort bei Ruben eingezogen. Sie konnte sich noch daran erinnern, wie sie oft aneinander gekuschelt auf der Couch gelegen und stundenlang Filme angeschaut und sich unterhalten hatten.

Moa seufzte und stopfte ein Laken aus dem Wäscheschrank in einen schwarzen Müllsack. Vielleicht würde sich ja wieder alles einrenken, wenn Ruben nicht mehr so oft nach Mailand reisen musste und sie ihre Wohnung verkauft hatte. Sie zog das nächste Laken aus dem Schrank. Es war mit den Initialen ihrer Großmutter bestickt, und Moa strich mit den Fingern über den gemangelten Stoff. Der Müllsack mit den Laken und Bettbezügen quoll fast über. Vorsichtig holte sie alles wieder aus dem Sack heraus und legte die Bettwäsche ordentlich gestapelt zurück auf die Regalbretter im Wäscheschrank. Moa hatte keine Ahnung, warum es sich plötzlich so falsch anfühlte, auszumisten. Es war schon fast elf Uhr, aber sie hatte noch keine Lust, ins Bett zu gehen. Nach ihrem ausgiebigen Nachmittagsschlaf verspürte sie nicht den leisesten Anflug von Müdigkeit.

Sie trat hinaus auf den Balkon. Der Regen hatte endlich nachgelassen und es sah aus, als würde es eine sternenklare Nacht werden. Da gab es doch noch diese Dachterrasse oben auf dem Haus … Ihre Großmutter hatte sie irgendwann einmal erwähnt, und lag in der Küche nicht auch noch ein Schlüssel? *Vielleicht sollte ich einmal hinaufgehen und nachsehen,* dachte Moa. *Nur ganz kurz dem Chaos entfliehen.* Sie schenkte sich ein Glas Weißwein ein und machte sich auf den Weg. Jeder ihrer Schritte auf den Stufen hallte durch das Treppenhaus. Es war fast ein wenig unheimlich, sich so spät in der Nacht hier herumzudrücken. Im obersten Stockwerk angekommen steckte Moa den Schlüssel zur Dachterrasse ins Schloss und stieß die Tür auf, die sich mit einem leisen Quietschen öffnete.

Die Terrasse war viel größer, als sie erwartet hatte. An einer Seite befanden sich einige große Topfpflanzen neben einer Kiste, in der jemand verschiedene Kräuter angepflanzt hatte. Unter dem Dachüberstand standen ein Grill und ein großer Esstisch mit Stühlen bereit, offenbar zur allgemeinen Verfügung. Moa fand einen Schalter, mit dem sie eine Reihe kleiner Glühbirnen entzündete, deren Lichtschein die Terrasse in einen magischen Glanz tauchte. Das hier war eine wahre Oase. Eine Oase mitten in der Stadt. Moa ließ sich in einen der Korbstühle sinken und schaute zum Himmel hinauf, der aussah, als wäre er mit funkelnden Diamanten bedeckt. Sie lehnte den Kopf an die Rückenlehne ihres Stuhls. Der Anblick erinnerte sie an Mölle. Dort konnte man die Sterne schon sehen, wenn man nur einen späten Abendspaziergang machte. In Stockholm war es meistens so hell, dass man nur selten den Himmel und die Sterne so klar erkennen konnte.

Ein Geräusch an der Tür ließ Moa erstarren. Als sie sich umdrehte, sah sie sich wieder diesem Typen aus dem Treppenhaus gegenüber. Er hatte sie noch nicht gesehen, trat ans Geländer und ließ den Blick über die Dächer und das Wasser schweifen. Obwohl es das Beste gewesen wäre, sich direkt bemerkbar zu machen, konnte Moa nicht anders, als ihn heimlich zu beobachten. Er trug eine gut sitzende Jeans, weiße Turnschuhe und einen dunkelblauen Strickpullover. Mit seinen kräftigen Augenbrauen, der geraden Nase und den markanten Gesichtszügen wirkte er sehr attraktiv. Außerdem hatte er ein umwerfendes Lächeln, wenn er auch nicht auf ganz so klassische Weise gut aussah wie Ruben. Moa verbot sich jeden weiteren Gedanken in diese Richtung und nahm einen großen Schluck Wein. Als sie das Glas wieder abstellen wollte, stieß sie damit gegen die Steintischplatte. Das Geräusch entging ihrem Nachbarn nicht, und er drehte sich um.

»Ich dachte, ich wäre alleine …«

»Ich bin es nur.« Moa hob in einer entwaffnenden Geste die Hände und lächelte.

Der Typ erwiderte das Lächeln. »Entschuldigung, fangen wir noch einmal von vorne an. Hallo, schön, dass ich nicht der Einzige bin, der um halb zwölf in der Nacht hier herumspringt.«

»Das klang nicht wirklich überzeugend.«

»Ich muss wohl an meinen Begrüßungsfloskeln arbeiten. Kann ich mich zu dir setzen?«

»Gerne.« Moa wandte ihr Gesicht wieder zum Himmel und versuchte, sich zu entspannen.

»Das ist beeindruckend, nicht wahr?« Ihr Nachbar zeigte zum Himmel hinauf.

»Ich habe gerade noch gedacht, dass der Himmel hier aussieht wie in Mölle.«

»Kommst du dort her?«

»Ja, ganz aus der Nähe.« Moa sah ihn an. »Und du? Kommst du aus Stockholm?«

»Ich bin hier geboren, habe aber überall gelebt.« Ihre Blicke trafen sich für einen kurzen Moment, bevor beide wieder zum Himmel hinaufsahen.

»Wie kam es dazu?«

»Wozu, dass ich überall gelebt habe?«, fragte er.

»Mhm.«

»Diplomateneltern.«

»Das klingt aufregend.«

»Na ja, nicht wirklich. Ich habe natürlich viele verschiedene Orte kennengelernt, aber es ist schwierig, sich irgendwo zu

Hause zu fühlen, wenn man immer nach ein paar Jahren wieder fortzieht.«

»Das kann ich verstehen, auch wenn ich erst mit sechzehn Jahren zum ersten Mal ins Ausland gereist bin. Vorher war ich immer nur in Schweden. Und in Dänemark.«

»Dänemark ist doch wohl Ausland!«

»Ja, aber das zählt nicht wirklich.«

Sie verstummten wieder. Obwohl sie einander kaum kannten, fühlte es sich überraschenderweise gar nicht seltsam an, hier zusammen zu sitzen. Moa wusste nicht, ob die entspannte Atmosphäre zwischen ihnen durch die Dunkelheit, die späte Uhrzeit oder den Umstand, dass sie hier oben irgendwie der Realität entflohen waren, zustande kam. Sie schaute zum Großen Wagen hinauf. »Weißt du, was ich als Teenager gerne gemacht habe?«

»Was?«

»Ich bin in der Abenddämmerung ausgeritten und habe mich von den Sternen nach Hause führen lassen. Mein Vater hat immer gesagt, wenn ich dem Großen Wagen folge, finde ich wieder nach Hause, wo auch immer ich bin. Daran muss ich immer denken, wenn ich den Sternenhimmel sehe.«

»Das ist eine schöne Erinnerung. Reitest du immer noch?«

»Nein.« Moa war seit einigen Jahren nicht mehr geritten. Anfangs hatte sie die Pferde jeden Tag vermisst, aber heute dachte sie nicht mehr oft an ihr früheres Hobby, außer wenn sie an einem Stall vorbeiging oder jemandem beim Reiten zusah. »Und du?«

»Ich spiele Golf.«

»Wow, cool ...«, setzte Moa an, gab jedoch auf, als sie die amüsierte Miene ihres Gegenübers bemerkte. »Okay, vielleicht nicht cool. Aber es ist schön, ein Hobby zu haben, das einen auf Trab hält.«

»Meine Eltern haben mich schon mit fünf Jahren in einen Golfkurs gesteckt. Sie hatten wohl gehofft, ich würde Golfprofi werden.«

»Und, bist du das?«

»Keineswegs. Ich arbeite in der Investmentbranche. Meine Mutter hat sich von dem Schock immer noch nicht richtig erholt.«

Moa kicherte. »Tja, Pech gehabt.« Sie strich sich eine Haarsträhne aus dem Gesicht. »Und, war das die richtige Entscheidung?«

»Mein Job ist schon spannend«, antwortete ihr Nachbar achselzuckend.

Er war nett, stellte Moa fest. Bodenständig. Und ein angenehmer Gesprächspartner. »Kommst du häufiger abends hier auf die Dachterrasse?«

»Ja, hier kann ich gut abschalten.«

»Und in deiner Wohnung geht das nicht? Oder hast du Frau, Kinder und immer Halligalli zu Hause?« *Wieso habe ich das gefragt? Das geht mich doch wirklich nichts an!* Moa spürte, wie ihr die Hitze in die Wangen stieg.

»Keine Kinder und keine Frau«, antwortete er mit zuckenden Mundwinkeln. »Und du?«

»Ich habe auch keine Frau und keine Kinder.« Moa war klar, dass er etwas anderes gemeint hatte, aber diese Steilvorlage konnte sie unmöglich ungenutzt lassen.

Sie wandte das Gesicht wieder zum Himmel und schloss die Augen. Es tat wirklich gut, hier zu sitzen, hoch über dem Boden, weit weg vom Licht der Straßenlaternen und all den Menschen.

»Ja, dann … Warum hast du das Reiten aufgegeben?«

»Es passte einfach nicht mehr. Zu Hause haben die Pferde zu meinem Alltag gehört, aber hier in der Stadt ist es schwieriger, so ein Hobby zu pflegen.«

»Schade.«

»Mmh.« Moa dachte an die Pferde auf dem Gehöft ihres Vaters. Bei ihrem letzten Besuch in Mölle war sie nicht ein einziges Mal im Stall gewesen. »Ich schätze, so etwas passiert einfach. Das Leben bringt Veränderungen mit sich.«

»Stimmt. Und was machst du so, wenn du nicht gerade in den Sternenhimmel guckst oder die Wohnung deiner Großmutter in Ordnung bringst?«

»Ich arbeite in einer Auktionsfirma.«

»Spannend.«

»Ja, es macht Spaß.« Das stimmte wirklich, stellte Moa fest. Ihr gefiel die Arbeit im Auktionshaus, vor allem der Umgang mit Kunden oder wenn Artur ihr Geschichten über die verschiedenen Einrichtungsstücke erzählte. Der einzige Wermutstropfen war Susanne mit ihren hohen, manchmal sogar unzumutbaren Ansprüchen.

»Und, wie bist du im Antiquitätengeschäft gelandet?« Moas Nachbar wirkte ernsthaft interessiert.

»Das war purer Zufall. Ich arbeite auch erst seit ein paar Monaten dort. Vorher war ich Grafikdesignerin in einer Werbeagentur.«

»Das war dann ja eine ganz schön große berufliche Veränderung.«

»Kommt vor.«

»Und willst du wieder zurück?«

Moa zögerte, bevor sie antwortete. »Ich weiß nicht.«

Die Stellenangebote, die sie sich neulich angesehen hatte, hatten sie überhaupt nicht angesprochen, und wenn sie ehrlich war, spürte sie nur bei dem Gedanken daran, wieder in ihre alte Branche zurückzukehren, ein Stechen im Magen. Dort, wo sie jetzt war, kümmerte man sich um seine Kollegen. In der Werbeagentur hatten die Leute kaum Zeit gehabt, einander zu grüßen. Natürlich war ihr bewusst, dass es in anderen Agenturen vielleicht anders zuging – aber trotzdem.

Sie unterhielten sich noch eine Weile, bis Moas Nachbar auf die Uhr sah und aufstand. »Ich muss jetzt wieder rein, aber es war schön, dich zu sehen.«

»Ebenso.«

»Viel Erfolg beim Renovieren und dem Wohnungsverkauf.« Er blieb in der Türöffnung stehen. »Ich heiße übrigens Lukas.«

»Moa.«

Lukas schaute sie an. »Ich habe mich wirklich gefreut, dass wir uns hier getroffen haben, Moa.«

»Das kann ich nur zurückgeben. Ich hoffe, ich habe dir deine Auszeit hier oben nicht kaputt gemacht.«

»Es war eigentlich besser, als alleine hier herumzusitzen.« Lukas lächelte herzlich und verschwand dann die Treppe hinunter. Als er außer Sichtweite war, versuchte Moa, sich wieder auf den Sternenhimmel zu konzentrieren, aber irgendwie war die Magie verschwunden. Nach einer Weile gab sie auf und verließ die Dachterrasse ebenfalls.

KAPITEL 13

Das Sofa war umwerfend. Stilvoll. Ein Traum aus altrosa Samt und weichen Kissen, die dazu einluden, in ihnen zu versinken. Moa strich über den weichen Stoff. Gleich nach seiner Anlieferung am Morgen war es ihr unter all den dunklen Möbeln ins Auge gestochen. Eine junge Frau, die seines Anblicks anscheinend überdrüssig geworden war und etwas Neues, Zeitgemäßes wollte, hatte es vorbeigebracht.

»Gefällt es dir?«, fragte Artur.

»Es ist wunderschön. Aber ich finde es seltsam, dass jemand ein gerade einmal zwei Jahre altes Sofa weggibt. Irgendwie unnötig.«

»Man kann so oft nur den Kopf schütteln.« Artur umrundete das Sofa. »Es scheint in sehr gutem Zustand zu sein.«

»Was glaubst du, wie viel es wert ist?«, fragte Moa.

»Ich meine, wir hätten fünftausend Kronen als Startpreis angesetzt.«

»Mehr nicht?«

»Hast du Interesse daran?«

»Na ja, ich glaube nicht, dass es in unsere Wohnung passen würde.« Trotzdem konnte Moa nicht anders, als wieder über den Samtbezug zu streichen.

»In deinem frisch gestrichenen Wohnzimmer würde es sich gut machen.«

»Streng genommen werde ich dort ja gar nicht wohnen.«

»Auch wieder wahr.« Artur stellte sich neben Moa. »Und, hast du dich schon entschieden, was du mit all den Dingen anfängst, die wir aussortiert haben?«

»Ich habe einen Termin mit einem Trödelladen gemacht. Morgen schicken sie jemanden vorbei, der ein paar Möbel abholt.«

»Willst du auch etwas bei uns versteigern?«

»Eine der Kommoden und der Vitrinenschrank gehen wahrscheinlich in die Onlineauktion.«

»Das klingt vernünftig. Ich muss schon sagen: Wenn man bedenkt, wie wenig Zeit du hattest, hast du wirklich viel geschafft.«

»Musste ich ja, der Makler kommt in einer Woche und ich habe immer noch viel zu tun«, antwortete Moa, die den Blick nicht vom Sofa lösen konnte. Artur hatte recht: Es würde wunderbar im Wohnzimmer aussehen. *Soll ich darauf bieten? Ich kann es nach den Besichtigungen ja wieder verkaufen.*

»Weißt du was? Ich werde ein Angebot abgeben.«

»Gute Entscheidung. Die Besitzerin hat auf einen schnellen Verkauf bestanden, die Auktion endet also schon in drei Tagen.«

»Perfekt.« Moa warf einen letzten Blick auf das Sofa, bevor sie mit Artur zum Annahmeschalter ging und ein paar Ordner zurückgab. »Wie war dein Wochenende mit den Enkeln?«

»Es war ein wirklich schöner Tag. Wir haben auf dem Balkon gesessen und Sandkuchen und Baisertorte gegessen.«

»Im Regen?«

»Zwischendurch, als es kurz aufgehört hat. Du weißt doch, wie Kinder sind, denen ist das Wetter egal«, antwortete Artur und ließ den Blick umherschweifen. »Und du? Hast du dir noch einen schönen Tag gemacht?«

Moa dachte an das Treffen auf der Dachterrasse. Im Nachhinein kam es ihr fast unwirklich vor.

»Ich habe mich hauptsächlich mit der Wohnung beschäftigt.«

Artur nickte. »Ich muss übrigens am Wochenende nach Grisslehamn. Dort steht unser Sommerhaus, und am Samstag findet ein Trödelmarkt am Hafen statt. Man munkelt, dass es dort ein paar schöne Objekte geben soll. Hast du Lust, mich zu begleiten?« Plötzlich wirkte er verlegen. »Du musst natürlich nicht mit, ich kann verstehen, wenn du an deinen freien Tagen etwas anderes vorhast.«

»Kommt deine Frau denn nicht mit?«, fragte Moa verwundert.

»Nina ist mit ihren Freundinnen verabredet. Sie trifft sich einmal im Monat mit ihrer Nähgruppe. Na ja, ich glaube, genäht wird dort nicht so viel, hauptsächlich trinken sie Sherry und tratschen über alles und jeden, der nicht anwesend ist.«

Moa lachte. »Das klingt nach einer fabelhaften Nähgruppe.«

»Nina liebt ihre Nähgruppe«, antwortete Artur mit zärtlichem Blick. »Sie fängt jedes Mal schon einige Tage vor den Treffen an, zu backen und Klarschiff zu machen. Man könnte immer meinen, wir bekämen königlichen Besuch.«

Moa beobachtete Artur, der aufgehört hatte, die Unterlagen auf dem Tresen durchzublättern, und ins Leere starrte. Irgendwann schien er wieder in der Gegenwart anzukommen, und er schenkte Moa ein Lächeln. »Ich glaube, du könntest auf dem Trödelmarkt einiges lernen.«

»Ich komme gerne mit nach Grisslehamn. Das wird toll.«
Was habe ich jetzt schon wieder gesagt? Ich habe doch zu Hause genug zu tun.

»Wunderbar, dann halten wir das fest.«

Hörte sie da etwa Erleichterung in Arturs Stimme? Nein, das musste sie sich eingebildet haben.

»Moa, ich brauche dich im Büro.« Als Susannes Stimme hinter ihr erklang, drehte Moa sich um.

»Ich habe nur ein paar Ordner zurück zum …« Moa verstummte, als Susanne ihr wortlos den Rücken zudrehte und wieder im Büro verschwand. Sie fragte sich, warum ihre Chefin seit einer Weile ständig gereizt war. Als sie anfing, hier zu arbeiten, war Susanne umgänglich gewesen und auf das Wohl aller Kollegen bedacht. In letzter Zeit schien es aber, als könnte ihr niemand irgendetwas recht machen.

KAPITEL 14

Der Brief leuchtete weiß auf dem dunklen Flurteppich, als Moa die Wohnungstür öffnete. Sie starrte ihn einen Moment lang an, bevor sie sich bückte und ihn zaghaft aufhob. Wie der vorherige Brief war auch dieser unfrankiert, und Moa fragte sich erneut, wer ihn eingeworfen haben konnte. Ihr Vater war in Mölle, der war also aus dem Schneider. Und Vendela war den ganzen Tag über unterwegs gewesen. Wer blieb da noch übrig?

Langsam riss Moa den Umschlag auf. So einen Brief in den Händen zu halten fühlte sich an, als bekäme sie einen winzigen Teil ihrer Großmutter zurück. Als wäre sie immer noch da und spräche mit ihr. Mit Herzklopfen zog Moa das Blatt Papier aus dem Umschlag und begann zu lesen.

Liebste Moa!
Wenn du diesen Brief hier bekommst, hast du damit begonnen, meine Wohnung auszuräumen und herauszufinden, was sich dort alles verbirgt. Manches bedeutet mir besonders viel, zum Beispiel der rote Koffer im Keller. Als ich das Haus meines Onkels und meiner Tante verließ, packte ich alles hinein, was aus meiner Kindheit übrig war. Und dann ist da noch das Medaillon in der Schmuckschatulle. Du findest es ganz unten unter den Schachteln mit dem Modeschmuck.

Das Medaillon habe ich von Bill bekommen. Er war meine erste große Liebe, und wir durften mehrere Jahre miteinander verbringen. Er war groß und breitschultrig, und er hatte Augen so blau wie der Himmel. Aber ich habe mich nicht in sein Äußeres verliebt, sondern in seine Art, mit mir zu reden und mich anzusehen, als wäre ich die einzige Frau auf der Welt. Ich habe lange gedacht, dass er derjenige sei, an dessen Seite ich mein Leben verbringen würde. Aber es sollte nicht sein.

Meine Arbeit als Dienstmädchen in Stockholm war anstrengend, aber ich hatte Glück, in einer Familie gelandet zu sein, die mich gut behandelte. Meine Freundin Göta hatte es weniger gut getroffen. Sie bekam kaum genug zu essen von ihren Dienstherren, und ich habe oft Lebensmittel für sie herausgeschmuggelt, damit sie nicht hungern musste. Einer anderen Freundin hat ihr Hausherr unerwünschte Avancen gemacht. Sie hat versucht, sich zu wehren, doch das ist nicht so einfach, wenn man von seiner Anstellung abhängig ist. Aber ganz gleich, mit welchen Schwierigkeiten wir Mädchen damals zu kämpfen hatten, so hatten wir doch einander, genossen unsere neu gewonnene Freiheit und dachten uns allerlei Späße aus.

Nach dem Einmarsch Deutschlands und der Sowjetunion in Polen war nichts mehr wie zuvor. Die Angst, dass es auch Schweden treffen könnte, war allgegenwärtig. Als die Kriegsbereitschaft hierzulande zunahm, wurden die Lebensmittel rationiert und wir mussten Verdunkelungsvorhänge nähen. Ich traf Bill, so oft ich konnte. Doch dann wurde er einberufen und bekam nur noch selten frei. Tag für Tag versammelten wir uns alle um das Radio, um uns über das Weltgeschehen auf dem Laufenden zu halten. Ich hatte oft Angst davor, dass der Krieg auch in Schweden ausbrechen würde. Stockholm veränderte sich in dieser Zeit, aber noch hatte ich keine Ahnung, dass ich alles, was ich liebte, ein paar Jahre später würde zurücklassen müssen.

Bei meinem Arbeitgeber hatte ich ein eigenes Zimmer. Ich kann mich noch gut an das Gefühl erinnern, als ich die Mädchenkammer zum ersten Mal betrat, mich auf das Bett setzte und es genoss, endlich ein eigenes Heim zu haben. Ich richtete das Zimmer genau nach meinem Geschmack ein und liebte es, meine Zeit dort zu verbringen, die Nase in ein Buch zu stecken oder einfach nur tagträumend an die Decke hinaufzuschauen.

Jetzt, da diese Wohnung dein erstes eigenes Zuhause ist, habe ich einen Wunsch: Mach sie dir zu eigen. Nach dem Putzen und Ausräumen hast du die Möglichkeit, sie so zu renovieren und einzurichten, wie du es möchtest. Such dir Farben und Möbel aus, die dir gefallen, und genieß es, dir ein Heim zu schaffen. Genau wie ich.

Oma

KAPITEL 15

»Wie schön es hier mit den frisch gestrichenen Wänden jetzt aussieht«, stellte Sofia fest und schaute sich im Wohnzimmer um. »Gut, dass du nicht weiß gestrichen hast. Die Farbe gibt dem Raum ein ganz besonderes Flair.«

»Ja, es ist wirklich gut geworden.«

»Verdammt gut.«

Moa stupste gegen die Kissen auf der Couch. »Und, wie läuft es bei dir? Hast du ein paar gute Aufträge an Land gezogen?«

»Tatsächlich sind gestern zwei neue Aufträge hereingekommen. Unter anderem einer für mein nächstes Buchcover.«

»Super! Ich glaube, das ist genau dein Ding.«

»Ich liebe es«, erklärte Sofia aufrichtig. »Es macht unglaublich viel Spaß, ein Coverbild zu entwerfen, das ein Gefühl für die Geschichte vermittelt. Und du, was ist mit dir?«

»Alles gut. Aber Susanne führt sich immer noch auf wie Jekyll und Hyde.«

»Oh je.« Sofia ließ sich auf das Sofa fallen und verzog das Gesicht. »Diese Couch ist wirklich unbequem.«

»Ich weiß.« Die beiden jungen Frauen musterten das durchgesessene Schlafsofa, das nicht nur unbequem war, sondern auch starke Gebrauchsspuren aufwies.

»Gestern habe ich ein Angebot für ein neues Sofa abgegeben.«

»Wirklich?«

»Ja, für ein rosa Samtsofa. Ich will doch mehr in der Wohnung verändern, als ich eigentlich vorhatte. Das liegt teilweise auch an Oma. Ich habe wieder einen Brief von ihr erhalten. Als ich gestern von der Arbeit nach Hause kam, lag er auf der Fußmatte.«

»Wow, wirklich? Was hat sie geschrieben?«

»Warte, ich hole ihn.«

Während Sofia das weiße Blatt Papier auseinanderfaltete und zu lesen begann, setzte Moa sich aufs Sofa und wartete still.

»Hast du das Medaillon gefunden?«, war das Erste, was Sofia fragte, als sie den Brief wieder sinken ließ.

»Hier ist es.« Moa nahm das Medaillon aus der Schale auf dem Sofatisch. »Ich habe es in der Schmuckschatulle gefunden, wie Oma es gesagt hat. Ich weiß aber nicht, wie man es öffnet.«

Sofia musterte die Halskette. »Wirklich schön«, sagte sie und fuhr mit dem Daumen über das filigrane Muster auf der Vorderseite des Anhängers. »Hast du eine Ahnung, was drin ist?«

»Vielleicht ein Foto von Bill?«

»Das ist wohl am wahrscheinlichsten.« Sofia drehte und wendete das Medaillon, schaffte es aber auch nicht, es zu öffnen. Sie legte es zurück auf den Tisch. »Hat deine Großmutter wirklich nie von ihren Erlebnissen im Krieg erzählt?«

»Nein, ich hatte absolut keine Ahnung.«

»Hast du denn vor, den Wunsch deiner Großmutter zu erfüllen?«

»Natürlich könnte ich hier alles so einrichten, wie es mir gefällt … Aber ich werde ja nicht hier wohnen. Die Wohnung wird verkauft.«

»Eine schöne Einrichtung steigert bestimmt den Verkaufs-wert.«

»Wahrscheinlich.« Moa und Sofia schauten sich an, und Moa spürte ein Kribbeln im Magen bei der Vorstellung, Entscheidungen treffen zu können, ohne dass sich jemand einmischte.

»Du könntest noch mehr Sachen aussortieren, die dir nicht gefallen. Mit den Möbeln bist du ja soweit durch, aber wie wäre es, wenn wir uns als Nächstes die Bücherregale vornehmen? Oder wir reißen das Linoleum in der Küche raus. In Häusern wie diesen findet man darunter manchmal einen Holzfuß-boden.«

»Sollen wir mal nachsehen?«

Kurz darauf hockten sie in einer Ecke der Küche. »Wenn wir an dieser Stelle gucken, ist hinterher nichts zu sehen.« Vorsichtig ritzte Moa das Linoleum an. Dann hielt sie inne und schaute verzückt auf den Holzboden hinab, der darunter hervorblitzte.

»Wenn wir das Linoleum rausreißen und den Boden abschleifen lassen, sieht das bestimmt super aus«, sagte Sofia.

»Meinst du, wir schaffen das, bevor der Makler kommt?«

»Na ja, das wird wohl ein bisschen eng. Vielleicht solltest du dich erst einmal auf die Einrichtung konzentrieren.«

»Stimmt.« Moa richtete sich auf und warf einen letzten Blick auf den Holzboden, bevor sie das Linoleum wieder andrückte. Sie teilte Sofias Meinung, dass es zeitlich nicht mehr gelingen würde, den Boden herrichten zu lassen, aber der Gedanke daran, wie schön es werden konnte, ließ sie nicht los. Ihr Blick fiel auf die Küchenschränke. Sie stammten aus der Zeit der Jahrhundertwende und wiesen starke Gebrauchsspuren auf, aber

Moa liebte sie und war sich sicher, dass sie mit ein bisschen Farbe und neuen Griffen wieder wie neu aussehen würden. Die Arbeitsfläche aus Marmor würde sie ebenfalls behalten. Sie hatte einen kleinen Sprung, aber das war nicht weiter schlimm. Oh, wie gerne sie sich hier austoben wollte! Zurück im Wohnzimmer holte Sofia ihren Laptop hervor. »Wir schreiben jetzt alles auf, was du hier ändern willst.«

»Alles?«

»Es schadet nicht, auch mal ein bisschen zu träumen«, antwortete Sofia grinsend. »Wer weiß, vielleicht bleibst du ja doch hier.«

Moa lachte. »Wer weiß.«

Während sie darauf warteten, dass Sofias Laptop hochfuhr, durchstöberte Moa eines der Bücherregale. Sie dachte darüber nach, was Sofia gesagt hatte. Eigentlich wäre es schon schön, hier zu wohnen. Aber es würde nicht funktionieren. Moa zog ein paar Bücher aus dem Regal. Es war wohl besser, wenn sie aufhörte, Luftschlösser zu bauen. Die Wohnung würde verkauft werden, und zwar so schnell wie möglich.

KAPITEL 16

Moa wählte die Nummer ihres Vaters und wartete, während der Freiton erklang. Es war zehn Uhr, und mit ein bisschen Glück war er gerade damit beschäftigt, seinen Kaffee zu trinken, und hatte Zeit, über die Briefe zu sprechen, die sie bekommen hatte. Sie hoffte, dass er eine Ahnung hatte, wer sie bei ihr eingeworfen haben könnte.

»Hallo?«

Das war Astrids Stimme. Warum ging sie ans Handy von Moas Vater? Moa räusperte sich vernehmlich. »Hallo Astrid. Ist Papa da?«

»Hallo, Moa«, sagte Astrid heiter. »Gusten ist im Gewächshaus.«

»Gut, dann rufe ich später …«, setzte Moa an, wurde aber von Astrid unterbrochen.

»Wie geht es dir?«

»Mir geht es gut.« Moa fummelte an ihrem Headset herum. »Und euch?«

»Hier ist alles in Ordnung. Viel zu tun, aber so ist das nun einmal. Wie kommst du mit Iris zurecht?«

»Gut so weit.« Moa schaute sich verstohlen um. Sie hatte sich in einen der Lagerräume zurückgezogen und hoffte, während ihres Gesprächs ungestört zu bleiben. »Aber ich glaube, sie vermisst Oma.«

»Tiere trauern auch«, erwiderte Astrid. »Sie ist ein lieber

Hund. Wir hatten sie im Frühjahr ein paar Wochen lang bei uns, und sie hat sich sehr gut mit Fanny verstanden.«

»Ihr habt euch um Iris gekümmert? Wieso das?«

»Hat dir Gusten nichts davon erzählt? Elsa hatte uns darum gebeten, weil sie ein paar Bekannte besuchen wollte.«

»Und das hat mehrere Wochen gedauert?«

»Sie wollte jemanden besuchen, der ein Haus in Dänemark besitzt.«

»Davon hat sie nichts gesagt.« Moa atmete tief durch. Es war ihre eigene Schuld, dass sie von den Plänen ihrer Großmutter nichts mitbekommen hatte. *Hätte ich doch nur meinen verdammten Stolz heruntergeschluckt und mal von mir hören lassen.*

»Hat sie jemand begleitet?«

»Ich kann mich nicht mehr genau daran erinnern. Könnte es sein, dass jemand namens Göta dabei war?«

Göta? Die Göta aus Omas Briefen? Moa fragte sich, wie zwei fast hundert Jahre alte Damen es geschafft hatten, gemeinsam zu verreisen. Andererseits war ihre Großmutter früher auch viel unterwegs gewesen. Eigentlich war es ja toll, dass sie ein letztes Mal die Gelegenheit für einen Urlaub mit ihrer Freundin genutzt hatte.

»Sie wirkte sehr glücklich, als sie zurückkam, aber sie hat nicht mehr gesagt, als dass es schön gewesen sei, alte Freunde wiederzusehen«, berichtete Astrid munter. »Das Reisen war für deine Oma wie ein Ventil, glaube ich. Gusten und ich haben erst neulich abends darüber gesprochen, wie gern sie früher die Welt erkundet hat. Das hat sie richtig glücklich gemacht, auch im Alter noch.«

»Aber wenn sie nicht nach Norrland hätte fahren wollen,

könnte sie noch am Leben sein.« Moa verstummte. Ihre Großmutter war auf dem Weg nach Boden gewesen, als sie gestürzt
und so unglücklich aufgeschlagen war, dass sie einige Wochen
später gestorben war. Hatte sie trotz allem, was passiert war,
noch einmal das Haus ihrer Kindheit besuchen wollen?

»So darfst du nicht denken. Unfälle können überall passieren.« Astrid redete weiter, aber was sie sagte, kam nicht bei
Moa an, die voll und ganz damit beschäftigt war, sich darüber
den Kopf zu zerbrechen, was ihre Großmutter in Boden gewollt hatte. Und warum war sie mit Göta nach Dänemark
gefahren? Wen hatten sie besucht? Bill?

»Ich habe gehört, dass du vielleicht zum Erntedankfest kommen willst?« Astrids Stimme drang allmählich wieder zu ihr
durch.

»Ich glaube, ich schaffe es doch nicht«, erwiderte Moa verhalten.

»Schade, ich dachte …«

»Wir sehen uns ja, wenn ich Iris vorbeibringe.«

Astrid zögerte ihre Antwort ein paar Sekunden heraus. »Das
stimmt, darauf freuen wir uns schon. Vielleicht kannst du dann
ja ein paar Tage bleiben.« Wieder verstummte sie kurz. »Wir
könnten ein bisschen zwischen Mölle und Arild wandern oder
in Torekov was essen gehen.«

Moa wusste nicht, was sie sagen sollte. Es war schon lange
her, dass sie ihren Vater und Astrid besucht hatte. Selbst bei der
Beerdigung ihrer Großmutter hatte sie nicht im Haus ihres Vaters, sondern im Sommerhaus übernachtet und war danach
schnell wieder nach Stockholm zurückgefahren. Alles, um die
Konfrontation mit Astrid zu umgehen. Aber was, wenn genau diese Vermeidungsstrategie zu noch mehr Spannungen

führte? Moa war ratlos. Mit Omas Tod hatte sich alles verändert. Sie war der Dreh- und Angelpunkt gewesen, der Leim, der die Familie zusammenhielt. Ohne sie war alles so viel komplizierter.

»Schauen wir mal, wie es bei der Arbeit aussieht, wenn es so weit ist«, sagte sie schließlich. »Wie geht es Fanny?«

»Ganz gut, aber sie wird allmählich richtig rund.«

»Das kann ich mir vorstellen«, antwortete Moa und entspannte sich wieder. Über Fanny zu sprechen war viel einfacher, als etwaigen Fragen zum Thema Heimatbesuch auszuweichen. »Wann ist es noch mal so weit?«

»In ein paar Wochen.«

»Und wollt ihr auch selbst einen Welpen behalten?«

»Schauen wir mal«, sagte Astrid. »Oh, da kommt gerade eine Reitschülerin auf den Hof. Sie hat eine Einzelstunde Dressur gebucht. Willst du noch mit deinem Vater reden?«

»Ich melde mich einfach später noch mal. Du kannst ihm ja ausrichten, dass ich angerufen habe.«

»Gerne«, sagte Astrid herzlich. »Hab noch einen schönen Tag.«

Moa legte auf und holte tief Luft. Wider Willen vermisste sie ihren Vater und den Hof. Manchmal so sehr, dass es schmerzte. Aber gleichzeitig war sie sich sicher, dass es zwischen ihnen nie wieder so werden würde, wie es einmal gewesen war.

KAPITEL 17

Der Kies knirschte unter ihren Füßen, als Moa mit Iris aus dem Bus stieg. Die Fahrt nach Grisslehamn hatte fast zwei-einhalb Stunden gedauert. Sie schaute sich nach Artur um, der versprochen hatte, sie an der Haltestelle abzuholen. In einiger Entfernung entdeckte sie seinen grauen Haarschopf. Heute trug er keinen Hut und hatte seinen üblichen Anzug gegen eine leichte Chinohose und ein kornblumenblaues Leinenhemd getauscht.

Moa atmete den Duft von Meer und Algen ein, der sie an Mölle erinnerte und ein kurzes, stechendes Gefühl des Heim-wehs in ihrer Brust hervorrief. Vom Kai her erklang das Ge-schrei der Möwen, und Moa folgte der Menschenmenge, die sich von der Bushaltestelle fortbewegte.

»Wie schön, dass du gekommen bist.« Artur streckte ihr förmlich die Hand zum Gruß entgegen. »Tut mir leid, dass ich dich nicht mitnehmen konnte.«

»Kein Problem. Ich habe die Gelegenheit genutzt, um auf der Fahrt mal wieder in Ruhe etwas zu lesen«, sagte Moa, wäh-rend Artur Iris begrüßte, die sich überraschenderweise von ihm streicheln ließ. Normalerweise hielt sie bei Fremden Ab-stand. »Ist mit deinem Haus alles in Ordnung?«

»Es ist alles halb so wild. Der Handwerker kontrolliert ge-rade das Dach.«

Artur hatte sie gestern nach der Arbeit angerufen: Am Dach

seines Sommerhauses hatten sich einige Ziegel gelöst und er musste daher früher nach Grisslehamn.

»Ein Glück, dass dein Nachbar gesehen hat, was passiert ist.«

»Und noch größeres Glück, dass es nicht geregnet hat.« Artur lächelte. »Wenn du Lust hast, können wir nach dem Flohmarkt im Garten Kaffee trinken.«

»Gerne. Kommt Nina nach ihrer Nähstunde auch hierher?«

Artur schüttelte den Kopf. »Sie kann nicht kommen, sie, äh … hat etwas anderes vor.« Er zeigte zum Hafen. »Ich dachte mir, wir könnten noch eine Kleinigkeit zu Mittag essen, bevor wir auf den Trödelmarkt gehen.«

Moa passte ihre Schritte Artur an, der an den Fischerhütten entlangschlenderte. Hier und dort wurden Kunsthandwerk, frisch gefangener Fisch und Delikatessen angeboten, und die Leute bummelten gemächlich zwischen den Ständen herum. Moa warf Artur einen verstohlenen Blick zu. Sie fragte sich, ob zwischen ihm und seiner Frau alles in Ordnung war. Artur schien die Wochenenden oft allein zu verbringen, während seine Frau mit anderen Dingen beschäftigt war.

»Das ist eines meiner Lieblingsrestaurants. Hier gibt es frischen Fisch und fantastische Krabbenbrote.« Artur blieb vor einem rot-weißen Holzhäuschen mit einer großen Terrasse stehen. Der Geruch von Fisch, frisch gebackenem Brot und einem Hauch Meersalz brachte Moas Magen zum Knurren, und ihr wurde erst jetzt bewusst, wie hungrig sie war. Während Artur mit dem Kellner sprach, der sie zu einem Tisch in der Sonne führte, organisierte Moa eine Schale Wasser für Iris.

»Weißt du schon, was du essen möchtest?«, fragte Artur, nachdem sie sich gesetzt hatten.

»Hm.« Moa studierte die Speisekarte. »Was nimmst du?«

»Ich glaube, ich möchte den Lachs mit Frühkartoffeln.«

»Oh, das klingt gut, vielleicht nehme ich das auch. Oder nein, lieber das Krabbenbrot.«

»Du wirst es nicht bereuen.«

Als der Kellner ihre Bestellung aufgenommen hatte, sah Moa sich um. Sie war noch nie hier gewesen, obwohl Grisslehamn ein perfektes Ausflugsziel war, nicht allzu weit von Stockholm entfernt und gut mit dem Bus zu erreichen. Am Kai lagen einige Fischerboote vertäut, und auf der anderen Seite des Hafens ragte ein weißes Holzgebäude empor.

»Das ist ein Hotel, Havsbaden heißt es. Es ist vor ein paar Jahren komplett renoviert worden. Jetzt soll es da einen schönen Wellnessbereich geben«, erklärte Artur, der ihrem Blick gefolgt war.

»Warst du schon mal dort?«

»Nicht seit dem Umbau. Aber meine Frau und ich haben unsere Goldhochzeit dort gefeiert.«

»Das ist schön. Wie habt ihr euch eigentlich kennengelernt?«, fragte Moa neugierig.

»Beim Tanzen. Ich war zwanzig und sie zweiundzwanzig.« Arturs Gesichtsausdruck wurde sanfter. »Mir ist sie sofort aufgefallen, aber sie hat am ersten Abend gar keine Notiz von mir genommen. Ich musste mich sehr bemühen, um ihr Herz zu gewinnen.« Er lächelte. »Es hat drei Samstage gedauert, bis ich sie in die Konditorei einladen durfte.«

»Wie lange seid ihr jetzt verheiratet?«

»Dieses Jahr haben wir unseren fünfundfünfzigsten Hochzeitstag.« Artur strich mit der Hand über den Tisch und ein Schatten huschte über sein Gesicht, bevor sich seine Miene wieder aufhellte. »Wie lange bist du schon mit deinem Freund zusammen?«

»Drei Jahre.« Moa fragte sich, ob sie und Ruben so lange zusammen bleiben würden wie Artur und seine Frau. Und ob sie das überhaupt wollte. Dann rief sie sich selbst zur Vernunft. *Natürlich will ich das,* dachte sie. *Ruben und ich werden ein fantastisches Leben zusammen haben. Nur, weil wir uns gerade nicht oft sehen, heißt das nicht, dass wir uns nicht lieben.*

»Wie alt sind deine Enkel?«, fragte sie und verdrängte den Gedanken an Ruben.

»Ester ist fünf Jahre alt und Erik sieben.« Artur griff zu seiner Brieftasche und zog ein Foto heraus. »Das war vor zwei Jahren.«

»Wie süß! Sie kommen ein bisschen nach dir«, stellte Moa fest, während sie das Bild von Arturs Enkelkindern studierte.

»Findest du?«

»Erik hat deine Augen, und es sieht so aus, als hätte Ester dein Kinn geerbt.« Moa gab das Bild zurück. »Aber das hast du doch bestimmt schon von anderen gehört.«

»Früher mal.«

In diesem Moment kam der Kellner mit ihrem Essen.

»Was für ein Riesending! Das reicht ja für den ganzen Tag«, stellte Moa begeistert fest und stürzte sich auf ihr mit frischen Krabben überhäuftes Brot. Es schmeckte sogar noch besser, als es aussah. Unter die salzigen Garnelen war etwas gehacktes, hart gekochtes Ei gemischt. Das Ganze ging eine perfekte Verbindung mit der Mayonnaise und Zitrone ein.

Artur probierte ein Stück von seinem Lachs. »Du kannst ja mit deinem Freund auch einmal herkommen.«

»Das mache ich auf jeden Fall.« Moa schnitt das nächste Stück von ihrem Brot ab. »Ich glaube, meiner Großmutter hätte es hier auch gefallen. Vielleicht war sie ja sogar mal hier?«

»Grisslehamn ist sehr beliebt, vor allem im Sommer.« Artur trank einen Schluck Wasser. »Und, ist in der Wohnung langsam ein Ende in Sicht?«

»Nicht wirklich.« Moa schob das Krabbenbrot kurz zur Seite. »Am Montag kommt der Makler, und bis dahin habe ich noch viel zu tun.« Sie dachte an den Holzboden in der Küche. Sie hatte noch keine Zeit gehabt, den Linoleumbelag zu entfernen, aber im Laufe der Woche hatte sie wenigstens die Griffe an den Küchenschränken gewechselt und weitestgehend Ordnung geschaffen. Die Liste der Dinge, die sie verändern wollte, war noch lang, aber sie hatte auch schon viel geschafft.

Moa schenkte sich ein Glas Wasser ein. »Am liebsten würde ich noch ein bisschen mehr renovieren. Aber ist es nicht unsinnig, sich so ins Zeug zu legen, wenn die Wohnung sowieso verkauft werden soll?«

»Vielleicht.« Artur wischte sich mit einer Serviette den Mund ab.

»Ruben und ich kaufen uns zusammen ein Apartment, wenn wir Omas Wohnung verkauft haben.«

»Wie schön.«

»Ja …« Moa verdrängte das Gefühl der Unruhe, das in ihr aufstieg. Sie *wollte* umziehen und eine neue Wohnung mit Ruben kaufen. Es würde großartig werden.

»Ist alles in Ordnung?«, fragte Artur. Moa schaute auf und zwang sich zu einem Lächeln.

»Absolut. Wollen wir bezahlen?«

Obwohl Moa protestierte, bestand Artur darauf, die Rechnung zu übernehmen, und ein wenig später gingen sie langsam in Richtung des Trödelmarkts.

Dort drängten sich bereits unzählige Schnäppchenjäger zwischen den vielen Tischen. Nach einer Weile hatte Moa eine Zuckerdose und zwei dunkelgrüne Kerzenständer gekauft. Vor einem großen Stand mit Porzellangeschirr quiekte sie entzückt auf und brachte Artur damit zum Lachen.

»Ich gehe mal zu der Scheune dort drüben.«

»Soll ich mitkommen?«, fragte Moa.

»Bleib ruhig hier. Ich will nur mal schauen, ob an dem Geheimtipp mit den Möbeln etwas dran ist.«

Moa zögerte, aber bevor sie sich entscheiden konnte, ob sie Artur begleiten wollte oder nicht, war er bereits in der Menge verschwunden. Sie wandte sich wieder dem Porzellan zu. Ein Spitzenmuster fiel ihr ins Auge. War das möglich? Ja, eindeutig. Vorsichtig hob Moa einige Teller an und inspizierte das Spitzendekor auf der Keramik. Das waren Teller von Mateus. Sechs weiße Exemplare mit gemustertem Rand, die aussahen, als wären sie kaum benutzt worden. Moa schlug das Herz bis zum Hals, aber sie bemühte sich, möglichst desinteressiert zu klingen, als sie das junge Mädchen hinter dem Verkaufsstand fragte, wie viel die Teller kosten sollten.

»Fünfzig Kronen pro Stück«, lautete die Antwort.

War das ihr Ernst? »Ich nehme sie.« Moa kramte in ihrer Tasche nach Bargeld. Als sie bezahlte und die Teller entgegennahm, hielt sie sich nur mit größter Mühe von einem Luftsprung ab. Das war das beste Schnäppchen, seit sie begonnen hatte, auf Flohmärkten herumzustöbern. Zugegeben, auf so vielen Märkten war sie noch nicht gewesen, aber allmählich begann sie zu verstehen, warum die Augen ihrer Arbeitskollegen glänzten, wenn sie von den Fundstücken erzählten, die sie beim Trödel oder in Antiquitätengeschäften aufgetrieben hatten. Als sie bei allen Ständen vorbeigeschaut hatte, ließ Moa sich auf einer niedrigen, dem Jachthafen zugewandten Mauer nieder. Iris legte sich in den Schatten.

»Was für ein Abenteuer, nicht wahr?«, sagte Moa, aber der Pudel ignorierte sie.

Moa seufzte zufrieden und reckte das Gesicht in die Sonne. »Du wirst dich schon noch an die Ausflüge mit mir gewöhnen«, verkündete sie, bevor ihr einfiel, dass vielleicht gar keine Zeit mehr für weitere Trips mit Iris blieb, bevor Moas Vater und Astrid sie zu sich nahmen.

KAPITEL 18

Moa trat einen Schritt zurück und schaute sich im Wohnzimmer um. Die weißen Vorhänge bildeten einen angenehmen Kontrast zu den hellgrauen Wänden und machten den Raum noch wohnlicher.

»Ich kann immer noch nicht fassen, dass du mir Gardinen genäht hast. Woher wusstest du, was für welche ich haben wollte?«

Vendela und Sofia wechselten einen Blick. »Ich habe Vendela gefragt, ob sie weiß, wo man Vorhänge anfertigen lassen kann. Als wir die Prioritätenliste erstellt haben, hast du gesagt, dass du welche fürs Wohnzimmer brauchst«, erklärte Sofia. »Also habe ich Stoff gekauft und Vendela hat das Nähen übernommen.«

»Aber das ist doch erst ein paar Tage her.« Moa berührte den dünnen Stoff. »Die sind wunderbar, genau so hatte ich mir das vorgestellt. Dass du das so schnell geschafft hast, Vendela!«

»Ich hatte nicht viel anderes zu tun.« Vendela zuckte die Schultern, schien sich aber über das Lob zu freuen. »Jetzt, da ich einmal damit angefangen habe, könnte ich gleich auch Gardinen für das Schlafzimmer nähen.«

»Das brauchst du n…«

»Will ich aber.« Vendela zupfte eine der Gardinen zurecht. »Ehrlich gesagt hatte ich beim Nähen so viel Spaß wie lange nicht mehr.«

»Aber dann muss ich im Gegenzug auch etwas für dich tun.«

»Da findet sich schon etwas.« Vendela schaute sich im Zimmer um. »Es sieht ganz anders aus in der Wohnung und ist trotzdem noch genauso gemütlich wie früher. Habt ihr auch den Kamin sauber gemacht?«

»Ja, das war ein Knochenjob«, antwortete Sofia und erschauderte. »Wir haben mehrere Stunden dafür gebraucht.«

»Jedenfalls ist das alles hier richtig toll geworden.« Vendela nickte anerkennend.

»Was sagt denn Ruben eigentlich dazu, dass du deine ganze Zeit hier verbringst?«, fragte Sofia und nahm sich einen Keks vom Sofatisch.

»Er ist natürlich nicht überglücklich, aber andererseits will er Iris auch nicht in der Wohnung haben. Außerdem ist er momentan ohnehin oft auf Geschäftsreise.«

»Immer noch in Mailand?«

»Er war die ganze Woche über dort und kommt heute Abend erst zurück.«

»Oh, dann ist er ja wirklich viel unterwegs.«

»Ständig, im Moment jedenfalls. Wahrscheinlich beruhigt sich das irgendwann«, erklärte Moa und versuchte, überzeugend zu klingen, obwohl es ihr selbst schwerfiel zu glauben, dass Ruben in Zukunft seltener verreisen würde.

»Wann zieht er hier ein?«, fragte Vendela und wischte etwas Staub von einem der Regale.

»Ähm, ich glaube nicht, dass er das vorhat.«

»Dann wollt ihr nicht zusammenleben?«, fragte Vendela und schaute auf. »Interessant. Ich habe gehört, dass viele Paare mittlerweile lieber getrennt wohnen.«

»Wir wollen weiterhin zusammenleben, aber nicht hier.«
Moa spürte, wie ihr die Hitze in die Wangen stieg.

»Aber … Warum renovierst du die Wohnung, wenn du gar
nicht vorhast, hier zu leben?«

»Wir dachten, dass Moa einen höheren Preis für die Wohnung verlangen kann, wenn wir ein bisschen was verändern.
Und ausgemistet und geputzt werden musste ja ohnehin«, warf
Sofia ein, die nicht bemerkt zu haben schien, wie sich die Atmosphäre im Raum verändert hatte.

»Aber was ist dann mit den Vorhängen?«, fragte Vendela
und sah Moa und Sofia irritiert an. »Wollt ihr die Vorhänge gar
nicht?«

»Die Vorhänge sind toll«, beteuerte Moa schnell. »Tut mir
leid, dass ich dir nicht die Wahrheit gesagt habe. Aber du warst
so glücklich bei der Aussicht, dass wir dauerhaft Nachbarn sein
könnten, da wusste ich nicht, wie ich dir sagen sollte, dass ich
nicht hier wohnen werde.«

Vendela schien einen Augenblick nachzudenken. »Kannst
du nicht mit deinem Freund hier einziehen?«

»Ja, das könnten wir theoretisch. Ruben will allerdings lieber ein modernes Apartment kaufen. Das ist schon lange sein
Traum, und jetzt können wir es uns endlich leisten, also …«

Vendela verschränkte die Arme vor der Brust. »Ich dachte,
dir gefällt es hier?«

»Das tut es ja. Aber manchmal muss man Kompromisse
eingehen. Das Wichtigste ist doch, dass Ruben und ich zusammen sind.«

»Ich habe auch einen Kompromiss geschlossen, als ich mit
Daniel zusammengezogen bin«, sagte Sofia und nahm sich
noch einen Keks. »Eigentlich wollte ich nicht fort aus Söder-

malm, aber wir konnten uns keine größere Wohnung in der Innenstadt leisten. Deswegen wohnen wir jetzt zwanzig Minuten außerhalb.«

»Das ist nicht dasselbe«, antwortete Vendela. »Wer tauscht denn eine so schöne Wohnung wie diese hier gegen ein seelenloses Apartment?« Sie schüttelte den Kopf. »Manchmal seid ihr jungen Leute nicht ganz helle.«

*

Vendela hatte ins Schwarze getroffen. Es war unvernünftig, die Wohnung zu verkaufen. Aber hatte sie denn eine Wahl? Sollte sie Ruben zwingen, gegen seinen Willen hier einzuziehen? Moa streckte sich in dem Sessel, auf dem sie die letzten dreißig Minuten halb sitzend, halb liegend herumgelungert hatte.

»Dir ist schon klar, dass Vendela recht hat?«, fragte Sofia vom Sofa aus, auf dem sie sich ausgestreckt hatte.

»Ich weiß.«

»Und was hast du jetzt vor?«

»Nichts.« Moa richtete sich auf. »Du hast doch selbst gesagt, dass man auch mal Kompromisse eingehen muss. Wie du, als du mit Daniel zusammengezogen bist.«

»Ja, wir hatten allerdings keine Alternative wie diese hier.«

Moa seufzte aus tiefstem Herzen. »Ich weiß.« Sie ging zu den Topfpflanzen und begann, einige welke Blütenblätter von einer Calla abzuzupfen. »Aber Ruben wird hier niemals einziehen. Er liebäugelt schon unglaublich lange mit den Wohnungen in Gärdet. Außerdem will er partout nicht in Södermalm wohnen.«

»Wir sind hier doch in der Innenstadt.«

»Ja, aber nicht in Östermalm oder Gärdet. Er hat sein ganzes Leben lang in der Ecke der Stadt gewohnt, und manche Menschen sind eben nicht für Veränderungen geschaffen.«

»Aber wo willst *du* leben?«

»Ich will mit Ruben zusammenleben.«

»Das klingt nicht wirklich überzeugt.« Sofia stellte sich neben Moa und schaute aus dem Fenster. »Hier hast du auch eine tolle Aussicht. Kann mir nicht vorstellen, dass es in Gärdet schöner ist.«

Moa lachte. »Ironie des Schicksals.« Dann wurde sie wieder ernst. »Ich habe das Gefühl, als würde ich Vendela im Stich lassen.«

»Warum? Du kannst doch weiterhin mit ihr in Kontakt bleiben.«

»Ja, aber ich habe einfach ein schlechtes Gewissen. Als wir uns kennengelernt haben, meinte sie, wie froh sie darüber sei, dass ich hier einzöge.«

»Warum hast du ihr nicht gleich gesagt, dass du nicht hier wohnen willst?«, fragte Sofia.

»Das habe ich ja versucht, aber irgendwie wollte ich sie nicht enttäuschen.«

Sofia hob eine Augenbraue. »Du wolltest eine Frau nicht enttäuschen, die du gerade erst kennengelernt hattest? Soll ich dir mal was sagen? Du bist ziemlich komisch.«

Moa kicherte. »Ein bisschen vielleicht.«

»Ein bisschen? Ich würde mal sagen: ein bisschen sehr!« Sofia brach in Gelächter aus, und Moa stimmte ein, bevor sie wieder ernst wurde.

»Glaubst du, ich mache einen Fehler?«

Sofia zögerte ihre Antwort heraus. »Ich finde, du solltest

dich mehr darauf konzentrieren, was du selbst willst, und nicht darauf, was alle anderen von dir erwarten.«

»Da hast du natürlich recht. Aber das ist nicht immer so einfach.«

»Trotzdem sollten wir zusehen, dass wir hier fertig werden.«

»Heute Abend?«

»Warum nicht?« Sofia ließ den Blick durch das Wohnzimmer schweifen. »Was gibt es noch zu tun?«

»So einiges.« Moa schaute sich ebenfalls um. »Obwohl ich finde, dass es hier schon richtig gut aussieht.«

»Absolut. Vielleicht sollten wir den Flur und das Schlafzimmer noch ein bisschen aufmöbeln?«

»Hast du wirklich Zeit dafür? Will Daniel nicht, dass du mal wieder nach Hause kommst?« Wenn sie so darüber nachdachte, war es schon ein wenig seltsam, dass Sofia an den letzten Wochenenden so oft hier gewesen war. Auch wenn Daniel viel arbeiten musste, konnten sie doch wenigstens nach Feierabend ein bisschen Zeit miteinander verbringen, oder etwa nicht? Moa kamen die verpassten Anrufe von Sofias Freund in den Sinn. Sollte sie Sofia sagen, dass Daniel sich bei ihr gemeldet hatte?

»Der sitzt immer noch an seinem Projekt und merkt nicht einmal, ob ich da bin oder nicht«, erklärte Sofia wie nebenbei.

Moa zögerte, bevor sie vorsichtig nachhakte: »Ist das wirklich alles?«

»Was meinst du damit?«

»Ich weiß, es geht mich nichts an, aber in der letzten Zeit warst du häufiger hier als zu Hause.«

»Das sagt die Richtige.«

»Als ob das dasselbe wäre.« Moa setzte sich neben Sofia. »Mir kommt es vor, als würdest du ihm ausweichen, indem du die ganze Zeit hier herumhängst.«

Sofia seufzte. »Wir haben zurzeit ein bisschen Stress. Nichts Ernstes, aber ein bisschen Abstand voneinander tut uns ganz gut.«

»Willst du darüber reden? Daniel …«

Sofia schüttelte den Kopf. »Eigentlich nicht«, sagte sie. »Ich brauche nur Zeit, um mir alles durch den Kopf gehen zu lassen, ohne dass wir ständig aufeinander herumhacken.« Sie stand auf. »Und jetzt machen wir weiter, sonst bekommen wir ja nie einen Fuß auf den Boden!«

KAPITEL 19

Moa schaute aus dem Fenster der Musterwohnung in Gärdet. Die Aussicht war wirklich phänomenal. Man konnte über die Sportplätze und weitläufigen Wiesenflächen hinweg bis nach Djurgården schauen.

»Und, was sagst du?«, fragte Ruben mit erwartungsvollem Blick.

»Es ist …«

»Die Wohnung passt perfekt zu uns.« Ruben hakte sich bei ihr unter und sah vor Freude strahlend aus dem Fenster. »Wie weit man von hier aus sehen kann! Stell dir mal die Dinnerpartys vor, die wir hier geben können.«

»Dafür ist auf jeden Fall genug Platz«, antwortete Moa. Jemand stieß sie an, und sie geriet kurz ins Straucheln. »Glaubst du wirklich, wir haben eine Chance auf die Wohnung? Hier sind so viele Leute.«

»Es gibt ja noch eine zweite. Eine davon sollten wir bekommen können, immerhin bringen wir eine Menge Eigenkapital mit.« Ruben zeigte auf die Wohnzimmerlampe. »Die ist ganz schön. Sollen wir uns auch so eine kaufen?«

Moa biss sich auf die Lippe. Sie hatte die Lampe schon beim Durchblättern verschiedener Einrichtungsmagazine gesehen und dabei jedes Mal überlegt, ob der Designer mit seinem Entwurf nicht ganz fertig geworden war. Die schwarzen Kabel und kleinen Birnen sahen aus wie wirre Spinnenbeine mit leuchtenden Körpern. »Na ja, ich weiß nicht, ob mir der Stil so richtig zusagt.«

»Ob dir der Stil zusagt? Machst du Witze? Die hat zurzeit wirklich jeder. Die ist fast schon ein Muss.« Ruben ging weiter zur Kücheninsel und deutete auf die Arbeitsplatte. »Schau mal, eine schwarze Granitplatte, genau, wie wir es wollten.«

»Oh, das ist schön …«

»Noch näher kommen wir an unsere Traumwohnung nicht heran.« Ruben breitete die Arme aus und stieß dabei eine ältere Frau an. »Entschuldigen Sie, bitte.« Dann trat er zu Moa und legte ihr die Hände um die Taille. »Wir werden uns hier pudelwohl fühlen. Was meinst du, tragen wir uns auf der Interessentenliste ein?«

Moa zögerte den Bruchteil einer Sekunde, bevor sie nickte. »Ja, machen wir.«

»Ich freu mich schon darauf, hier vielleicht bald einziehen zu können.«

»Ich mich auch.« Moa versuchte zu lächeln, brachte aber nur eine Grimasse zustande. Seit sie die Wohnung betreten hatte, spürte sie einen anhaltenden Schmerz in der Brust, als ob jemand auf ihr säße und ihr das Atmen erschwerte. Die Frage war nur, was sie dagegen tun konnte.

∗

Moa trat auf die Dachterrasse, ging zum Geländer, atmete langsam durch den Mund aus und schloss die Augen. Das alles ging ihr viel zu schnell. Der Tod ihrer Großmutter, das Erbe, die alte Wohnung und das neue Apartment, für das Ruben ein Angebot machen wollte. Natürlich war es schön, aber eben Rubens Stil. Rubens Traum. Moa schaute zum dunklen Himmel hinauf. *Ich brauche mal eine Pause,* dachte sie. *Ich schaffe das alles nicht. Ich will Zeit zum Nachdenken.* Sie vergrub ihr Gesicht in den Händen.

»Das Seufzen war bestimmt bis zum Park zu hören.«

Moa drehte sich hastig um und sah sich Lukas gegenüber. »Diesmal dachte ich, ich wäre alleine.«

»Soll ich wieder gehen?«

»Natürlich nicht. Die Terrasse gehört doch allen.« Moa versuchte zu lächeln.

Lukas stellte sich neben Moa und schaute über das Geländer. »Es ist immer wieder schön, hierherzukommen.«

»Ja, man lässt irgendwie die Realität ein bisschen hinter sich.«

»Hattest du einen harten Tag?«

»Eher harte Wochen.« Moa drehte sich um und lehnte sich mit dem Rücken an das Geländer. »Seit ich die Wohnung meiner Großmutter geerbt habe, steht mein ganzes Leben kopf.«

Lukas nickte, sagte aber nichts.

»Und du, was machst du hier oben?«

»Ein bisschen entspannen.« Er zuckte mit den Schultern. »Ich komme gerne hierher, bevor eine neue Woche beginnt. Die Ruhe vor dem Sturm, weißt du.«

»Hier kann man wirklich gut abschalten. So ruhig es im Haus auch ist, manchmal ist es doch ganz schön, nur vom Himmel und den Dächern umgeben zu sein.«

Lukas nickte. »Und, was ist gerade so stressig? Die Wohnung zu renovieren?«

»Das ist momentan mein geringstes Problem.« Moa fragte sich, ob sie Lukas wirklich erzählen sollte, warum es in ihrem Leben so turbulent zuging, aber dann fasste sie sich ein Herz.

»Mein Freund und ich haben uns heute ein ganz modernes Apartment angesehen. Das Problem ist, dass ich nicht dort leben möchte, während es sein größter Traum ist.«

»Schwierig.«

»Das kannst du laut sagen.«

»Dann habt ihr gerade Stress?«

»Ich, äh, habe das Thema noch nicht wirklich angesprochen.«

»Warum nicht?«, fragte Lukas verwundert.

»Weil ich ihn nicht enttäuschen will.« Moa seufzte leise. »Ich fühle mich beschissen, weil ich ganz genau weiß, wie gern er diese neue Wohnung kaufen möchte.«

»Aber du kannst doch nicht etwas tun, was du eigentlich gar nicht willst.«

»Man kann eben nicht immer nur an sich selbst denken.«

»Aber man sollte auch nichts gegen seinen eigenen Willen tun, nur um jemand anderen glücklich zu machen.«

»Das ist nicht immer so einfach.«

»Vielleicht ja doch.«

»In einer Beziehung muss man eben Kompromisse eingehen.«

»Das ist wahr. Aber ich denke nicht, dass es einem auf Dauer guttut, wenn man sich selbst aufgibt.«

»Irgendjemand muss aber zurückstecken«, murmelte Moa und knibbelte an einem losen Stück Holz herum. »Eigentlich ist mir das auch alles nicht so wichtig.« *Stimmt doch gar nicht,* flüsterte eine Stimme in ihrem Kopf. *Du willst nicht in so einen Neubau ziehen.*

Moa schaute Lukas an. »Fühlst du dich hier wohl?«, fragte sie, um das Gesprächsthema zu wechseln.

»Ich mag meine Wohnung, und meine Arbeit ist von hier aus gut zu erreichen, das ist praktisch.« Er streckte sich und gähnte. Moa stellte fest, dass er wirklich müde aussah. Sein Haar war zerzaust, und es schien, als hätte er vergessen, sich zu rasieren. Aber er sah tatsächlich … ziemlich attraktiv aus, wie er dort in seinen abgetragenen Jeans und dem eng anliegenden Pullover am Geländer stand. *Herrgott noch mal, was denke ich da eigentlich?* Moa riss den Blick von Lukas los und schaute auf ihre Hände hinunter.

»Wohnst du schon lange hier?«, fragte sie, damit er ihre Verlegenheit nicht bemerkte.

»Ein Jahr etwa. Davor habe ich in einem anonymen New Yorker Hochhaus gelebt. Das brauche ich nicht noch einmal.«

»Aber New York ist doch bestimmt großartig.« Moa sah das Gewimmel der Millionenstadt mit ihren Wolkenkratzern, urigen Märkten und exklusiven Restaurants vor ihrem inneren Auge.

»Ich habe die meiste Zeit gearbeitet. Aber klar, es war cool.«

Moa dachte darüber nach, wie es sein musste, zum Arbeiten in ein anderes Land zu ziehen. Nach ihrem Abschluss hatte sie ein Angebot für ein Praktikum in Amsterdam bekommen. Eine kurze Zeit hatte sie mit sich gerungen, aber dann bekam sie die Zusage für eine feste Stelle bei einer Stockholmer Werbeagentur. Damals hatte es sich vernünftig angefühlt, sich nicht für das Auslandspraktikum, sondern für die feste Anstellung in Stockholm zu entscheiden. Natürlich dachte sie manchmal darüber nach, wie ihr Leben verlaufen wäre, wenn sie das Praktikum angetreten hätte, aber ihre Wahl hatte sie bewusst getroffen. Letztendlich hatte sie es mit dem Job in der Werbeagentur nicht schlecht getroffen.

»Also, wie lange willst du hierbleiben?« Lukas holte zwei Decken aus einer der Kisten unter dem Dachüberstand. Eine reichte er an Moa weiter, die sich in einen der Korbstühle fallen ließ.

»In der Wohnung?«, fragte sie, und er nickte. »Ich weiß nicht. Auf jeden Fall so lange, bis ich Iris zu meinen Eltern geben kann.«

Moa wickelte sich in die Decke, während sie weiter über alles Mögliche plauderten.

Nach einer Weile stand Lukas auf. »Ich muss zusehen, dass ich ein bisschen Schlaf bekomme.« Er berührte sanft ihre Hand, und Moa spürte, wie ihre Haut kribbelte. »War schön, dich zu sehen.«

»Danke für die Gesellschaft«, antwortete Moa und brachte ein Lächeln zustande.

Als Lukas die Terrasse verlassen hatte, lehnte sie sich in ihrem Stuhl zurück, schaute zum Himmel hinauf und suchte nach den Sternen des Großen Wagens. *Der Große Wagen bringt dich nach Hause,* hallten die Worte ihres Vaters in ihrem Kopf wider. Wie lange das schon her war. So lange, wie sie keinen Ort mehr ihr Zuhause hatte nennen können. *Ob die Wohnung, die Ruben kaufen möchte, zu meinem Zuhause werden kann?* Moa seufzte und wünschte dieses andauernde Gefühl der Verlorenheit zum Teufel.

KAPITEL 20

Das Sofa stand an der Laderampe zur Abholung bereit, und Moa meinte, vor Vorfreude platzen zu müssen, als sie einen der Kleintransporter des Auktionshauses unter der Rampe parkte. Sie hatte die Auktion tatsächlich gewonnen. Am frühen Morgen hatte sie bereits mit Sofias Hilfe das alte Sofa ihrer Großmutter zum Second-Hand-Handel gebracht. Es war ziemlich schwer gewesen, hatte aber glücklicherweise in den Aufzug gepasst. Jetzt musste nur noch das rosa Sofa an seinen Platz gebracht werden, bevor am Nachmittag der Makler auftauchte.

»Da hast du ein tolles Schnäppchen gemacht«, stellte Artur fest.

Moa hielt sich die Hand über die Augen, um die Augustsonne abzuschirmen. »Ja, oder? Das Sofa passt einfach perfekt ins Wohnzimmer.«

»Das denke ich auch.« Artur setzte sich in den Gabelstapler, hob das Sofa an und ließ es direkt am Transporter herunter, sodass sie es nur noch hineinwuchten mussten. »Kann es losgehen?«

In diesem Moment erschien Susanne auf der Laderampe. »Braucht ihr Hilfe?«

»Danke, aber es geht schon«, antwortete Moa und versuchte, sich ihre Überraschung nicht anmerken zu lassen.

»Sagt mir, wenn ihr eure Meinung ändert.« Susanne machte Anstalten, wieder ins Lager zurückzugehen, drehte sich vorher aber noch einmal um. »Da hast du einen guten Fang gemacht. Glückwunsch!«

Bevor Moa etwas erwidern konnte, war Susanne im Gebäude verschwunden, und alles, was man von ihr hören konnte, war das Klappern ihrer Schritte auf dem Betonboden.

Moa schaute Artur an, der leise lächelte. »Sie hat auch auf das Sofa geboten, hat dich aber gewinnen lassen.«

»Ist nicht wahr!«

»Doch, absolut.«

»Aber … wieso?«

»Weil ich ihr gesagt habe, wie gern du es haben wolltest.«

»Das war alles?« Moa konnte sich nicht vorstellen, dass Susanne so etwas Nettes getan hatte. *Sie scheint mich doch nicht einmal zu mögen.*

»Susanne kann auch anders.« Artur hob ein Ende des Sofas an. »Fasst du hier mal an?«

Moa eilte ihm zur Hilfe, und mit ein bisschen Quetschen schafften sie es, das Sofa im Lieferwagen zu verstauen. Als sie im Auto saßen und das Auktionshaus hinter sich ließen, sagte Artur: »Susanne weiß die harte Arbeit, die du hier leistest, schon zu schätzen. Außerdem mag sie es, wenn sich ihre Mitarbeiter auch für die Sachen interessieren, mit denen sie im Job zu tun haben.«

»Du meinst, sie findet es gut, wenn wir unsere eigenen Stücke kaufen?«

»Genau. Oder natürlich Sachen von anderen Auktionshäusern oder Trödelmärkten.« Artur kratzte seinen sauber gestutzten grauen Bart. »Ich weiß, dass sie hohe Ansprüche hat und wie schwierig sie sein kann, aber sie ist wirklich nett, wenn man sie erst einmal richtig kennengelernt hat. Und sie ist fair.«

Moa sagte nichts darauf. Susanne als nett zu bezeichnen, wäre ihr nicht unbedingt in den Sinn gekommen. Als sie hier angefangen hatte, war Susanne allerdings wirklich umgänglich gewesen. Das Einzige, was Moa sicher behaupten konnte, war, dass sie aus ihrer Chefin nicht schlau wurde.

*

Moa schaute sich zufrieden in der Wohnung um, die jetzt nicht mehr mit Möbeln und Krimskrams vollgestopft, aber immer noch gemütlich war. Unglaublich, was sie in der kurzen Zeit geschafft hatte! Ein richtiges Zuhause.

Es klopfte an der Tür und Iris sprang von ihrem Platz vor dem Kamin auf und schoss wild bellend in den Flur. Moa versuchte, sie zum Schweigen zu bringen, aber es war aussichtslos. Schließlich sperrte sie den Hund in eines der Schlafzimmer, dem Makler zuliebe.

Magnus Johansson war nicht viel älter als sie selbst, stellte Moa fest, als sie die Tür öffnete. Sein Händedruck fühlte sich etwas feucht an und er grinste breit.

»Wie schön, dass es geklappt hat.«

»Ja, wirklich.« Moa führte ihn in die Küche. »Kann ich Ihnen etwas zu trinken anbieten?«

»Nein, danke.« Der Makler inspizierte die Schranktüren. »Sind das Originale?«

»Ja, aber sie sind etwas abgenutzt.«

»Das spielt keine Rolle. Der zukünftige Besitzer wird wahrscheinlich die ganze Küche herausreißen und eine neue einbauen.« Er notierte etwas in seinem Aktenordner. »Wie alt sind die Geräte?«

»Zwölf Jahre.«

Magnus Johansson nickte. »Wissen Sie, was für ein Boden unter dem Linoleum liegt?«

»Das sind Holzböden. Ich glaube, es könnte ziemlich gut aussehen, wenn man das Linoleum entfernt und den Boden abschleifen lässt.«

»Ja, heutzutage will niemand mehr einen Kunststoffboden.« Er ging durch die Küche, klopfte hier an eine Wand, öffnete dort eine Schranktür, blieb am Gewürzregal stehen, machte sich weitere Notizen und lugte in jeden Winkel.

Moa öffnete die Balkontür. »Der Balkon ist von der Küche und vom Wohnzimmer aus begehbar.« Sie traten hinaus. »Ich will ihn noch vor den Besichtigungen herrichten.«

»Geht er nach Süden hinaus?«

»Südosten.«

»Das ist gut.«

Moa öffnete die Tür zum Wohnzimmer. Sie war stolz auf diesen Raum, die hellen Wände, das altrosa Sofa und die Sessel rund um den kleinen runden Sofatisch. Ein paar neue Kissen in Naturfarben und eine beige Strickdecke sorgten für extra Gemütlichkeit.

»Können Sie den Teppich und die Kissen vor den Besichtigungsterminen austauschen?«, fragte Magnus Johansson und musterte die Wände. »Sind die frisch gestrichen?«

»Wohnzimmer, Flur, Küche und die Decken sind renoviert«, antwortete Moa und versuchte, sich nicht anmerken zu lassen, wie sehr sie seine Kritik getroffen hatte.

»Gut, das macht alles einen frischen Eindruck. Wenn Sie noch Zeit haben, sollten Sie die Böden vor der Besichtigung abschleifen lassen. Und dieser Schrank sollte ebenfalls entfernt werden.« Er deutete auf den hohen Vitrinenschrank.

»Finden Sie? Mir gefällt er.«

»Potenzielle Käufer einer Wohnung dieser Größe in dieser Lage bevorzugen wahrscheinlich einen moderneren Stil. Wir haben eine hervorragende Inneneinrichterin, die Ihnen bei Schwierigkeiten mit dem Interieur helfen kann. Sie kann sogar das Mobiliar vorübergehend austauschen.« Er lächelte ermutigend. »Sie haben hier ein wahres Juwel.«

»Vielen Dank.« Moa wusste nicht, was sie erwidern sollte. Natürlich war ihre Einrichtung nicht vergleichbar mit der in neuen Apartments wie dem, das sie mit Ruben besichtigt hatte. Hier war nichts modern, aber dafür hatte alles Charakter. Wem das nicht gefiel, der musste eben eine andere Wohnung kaufen. Moa bemühte sich, dem Makler nicht zu zeigen, was sie dachte. Stattdessen führte sie ihn ins Schlafzimmer, wo er gleich anmerkte, dass sie die Tapeten überstreichen sollte. Nachdem sie sich auch das Badezimmer und den begehbaren Schrank angesehen hatten, setzten sie sich in die Küche.

Magnus Johansson überreichte Moa eine Broschüre. »Was, glauben Sie, ist Ihre Wohnung wert?«, fragte er mit einem Lächeln.

»Keine Ahnung. Aber sie ist ja schon recht groß.«

»Das wird ein Selbstläufer. Mit den Änderungen, die wir besprochen haben, können Sie den Wert wahrscheinlich noch erheblich steigern.«

»Mhm.« Moa nippte an ihrem Wasser.

»Ich denke, dass Sie bis zu neun Millionen Kronen für die Wohnung bekommen könnten. Vielleicht sogar ein bisschen mehr.«

»Was?« Moas Hand begann zu zittern, und sie stellte das Wasserglas auf den Tisch.

»Die Nachfrage ist gerade riesig.« Der Makler öffnete seinen Ordner und begann, ihr den Ablauf eines Verkaufsprozesses zu erklären, was in der Gebühr enthalten war, wie die Wohnung präsentiert würde und welchen Zeitplan er veranschlagte. Moa versuchte, ihm zu folgen, aber es fiel ihr schwer. Natürlich war sie davon ausgegangen, dass einiges beim Verkauf herumkommen würde – aber neun Millionen!

»Wenn Sie das Gefühl haben, dass die Wohnung fertig ist, können wir Fotos machen. Ich weiß, dass unsere Inneneinrichterin nächste Woche ein bisschen Luft hat.«

Das geht zu schnell. Ich muss noch mal drüber nachdenken.

»Wir können einfach jetzt direkt einen Termin ausmachen.« Magnus Johansson fing an, auf seinem Handy herumzutippen. »Was halten Sie von nächste Woche Dienstag, zehn Uhr?«

Zehn Uhr? Da muss ich arbeiten! »Zehn klingt gut.«

»Wunderbar.« Magnus zog ein Blatt Papier hervor. »Wenn Sie diese Vereinbarung unterzeichnen und mir damit das alleinige Recht übertragen, die Wohnung zu verkaufen, sind wir für heute fertig.«

Moa nahm den Stift, den er ihr entgegenhielt, und begann, den Vertragstext zu lesen. Ihr Herz pochte und sie versuchte, ruhig zu atmen und das Flackern vor ihren Augen loszuwerden, indem sie mehrmals blinzelte. Magnus erhielt einen Anruf und verließ die Küche, um das Gespräch anzunehmen.

Moa ließ den Blick durch den Raum schweifen. Von den hellgrünen Schränken über den Flickenteppich auf dem Boden bis hin zu den Gemälden von dem Haus in Mölle, die ihre Oma selbst gemalt hatte. Wenn sie die Augen schloss, sah sie vor ihrem geistigen Auge, wie ihre Großmutter am Küchentisch saß und mit den Händen über die Wachsdecke strich, während sie irgendwelche Geschichten erzählte. *Gott, wie ich dich vermisse!* Moas Augen brannten, und sie holte tief Luft, um sich wieder auf die Vereinbarung konzentrieren zu können. Ihre Hand, die den Stift hielt, verkrampfte sich, und Moa schluckte schwer.

»Ich bitte um Entschuldigung, das war ein anderer Kunde, der ebenfalls eine Wohnung verkaufen will. Sogar ganz in der Nähe …« Magnus redete weiter, aber Moa kam es so vor, als ob sich seine Worte einfach in Luft auflösten.

Ich will nicht umziehen! Hier ist mein Zuhause. Omas Zuhause. Die Erkenntnis traf Moa mit voller Wucht.

»Wenn Sie sich das hier noch einmal ansehen würden. Es gibt verschiedene Modelle zur Beteiligung. Entweder wir treffen eine Vereinbarung, dass die Maklergebühr steigt, je mehr der Verkauf der Wohnung einbringt, oder wir …«

»Ich verkaufe die Wohnung nicht.«

»Bitte?«

»Ich habe doch nicht vor, die Wohnung zu verkaufen«, wiederholte Moa. Sie legte den Stift auf den Tisch, und zum ersten Mal, seit Magnus Johansson über die Türschwelle getreten war, hatte sie das Gefühl, wieder frei atmen zu können.

»Stimmt etwas mit dem Vertrag nicht? Wir können da sicherlich Anpassungen …«

Moa schüttelte den Kopf. »Nein, das ist es nicht. Es tut mir leid, dass ich Ihre Zeit verschwendet habe, aber mir ist gerade bewusst geworden, dass ich selbst hier wohnen möchte.«

KAPITEL 21

Was mache ich hier eigentlich? Bin ich von allen guten Geistern verlassen? Moa lief mit schnellen Schritten in Richtung Park, während Iris an ihrer Seite trabte. Fast schien es Moa, als spürte die Hündin, dass etwas passiert war. Sie machte nicht einmal Anstalten, an irgendetwas herumzuschnüffeln, sondern schaute besorgt zu Moa hinauf.

»Keine Sorge, altes Mädchen«, sagte Moa und verlangsamte ihre Schritte. »Ich habe nur gerade etwas getan, das ich mir niemals zugetraut hätte.« Ein Windstoß ließ sie erschaudern und sie zog ihre Strickjacke fester um den Körper. Der Sommer schien sich wirklich dem Ende zuzuneigen. Moa spürte, wie ein eigenartiges Gefühl Besitz von ihr ergriff. *Wie soll ich Ruben erklären, dass ich nicht vorhabe, die Wohnung zu verkaufen?* Sie blieb stehen, um eine Mutter mit Kinderwagen vorbeizulassen. *Wenn ich ihm sage, wie ich mich fühle, wird er mich nur dazu überreden, den Makler wieder anzurufen.* War es möglich, dass ihre Entscheidung einer vorübergehenden geistigen Verwirrung entsprang? Irgendetwas sagte ihr, dass dem nicht so war. Sie wollte die Wohnung wirklich nicht verkaufen. Obwohl es so viel Geld einbringen würde. Mehr Geld, als sie sich jemals erträumt hätte. Aber darum allein ging es schließlich nicht. *Mein Traum sieht anders aus. Die Wohnung so zu gestalten, dass sie zu meiner eigenen wird. Zum ersten Mal etwas mein Zuhause nennen zu können. Ohne dass jemand anderes entscheidet, wie ich mich einrichten und mein Leben verbringen soll.* Eigentlich war das Gefühl ziemlich berauschend. Niemand würde sich beschweren, wenn sie ihr Bett nicht machte, das Geschirr stehen ließ oder am Wochenende erst um elf Uhr aufstand. Moa holte tief Luft und spürte, wie sich ihre Schultern entspannten. Ein Gedanke nistete sich in ihrem Kopf ein: Vielleicht würde Ruben ja seine Meinung ändern, wenn er die Wohnung komplett renoviert sah. So, wie sie und Sofia es geplant hatten. Ja, einen Versuch war es wert!

*

»Ich fasse es immer noch nicht, dass du die Wohnung behältst«, sagte Sofia später am Abend. »Was hat Ruben denn dazu gesagt?«

»Er ist heute Morgen wieder nach Mailand abgereist, deswegen konnte ich noch nicht mit ihm sprechen.« Moa bemühte sich, ein paar Mäntel in einem großen Karton zu verstauen. Sofia hatte sie überredet, die Mäntel und unzählige Halstücher in einem Second-Hand-Laden ein paar Straßen weiter abzugeben. Die Qualität der Kleidung war so gut, dass sie sie problemlos auf Kommission würden verkaufen können.

»Außerdem habe ich den Entschluss ja gerade erst gefasst«, fuhr Moa fort.

»Aber Ruben will doch nicht hier einziehen, oder?« Sofia wühlte in den Tüchern herum. »Die sind gar nicht übel. Willst du keins davon behalten?«

»Ein oder zwei vielleicht.«

»Den hier solltest du jedenfalls nicht weggeben.« Sofia hielt einen blauen Seidenschal in die Höhe. »Der ist wunderschön.«

»Du kannst ihn haben.«

Sofia riss die Augen auf. »Bist du sicher? Willst du ihn nicht selbst behalten?«

»Er würde dir richtig gut stehen. Außerdem hast du mir so viel geholfen, dass du dir eine Belohnung verdient hast.«

»Vielen Dank.« Sofia presste den Schal gegen ihre Brust und legte ihn dann beiseite. »Also, wie willst du das Problem mit Ruben lösen?«

Moa wand sich vor Unbehagen. »Ich hoffe, dass er seine Meinung ändert, wenn ich hier alles so hergerichtet habe, wie wir es uns vorgenommen haben. Wenn wir die Böden abgeschliffen, die Schränke in der Küche neu lackiert, den Holzboden in der Küche zum Vorschein gebracht und alle Räume richtig aufgemotzt haben.«

»Also hast du nicht vor, ihm reinen Wein einzuschenken.«

»Ich glaube, erst mal nicht«, antwortete Moa und wich Sofias Blick aus. »Findest du es nicht auch besser, ihn zu überraschen?«

Sofia faltete die letzten Halstücher zusammen. »Ich weiß nicht«, sagte sie. »Und was machst du, wenn er dann immer noch nicht hier einziehen will?«

»Keine Ahnung.« Moa klappte den Karton zu und schob ihn in den Flur. »Aber ich will wirklich hierbleiben. Ich liebe diese Wohnung.«

»Solange du das Gespräch mit Ruben nicht auf die allzu lange Bank schiebst.« Sofia hielt inne und deutete auf den uralten Koffer, den Moa neulich gefunden hatte. »Was ist das denn für ein Teil?«

»Oma hat ein paar Erinnerungsstücke aufbewahrt.« Moa löste die Lederriemen und hob den Deckel an. »Fotoalben, Kalender und ein bisschen Krimskrams.« Sie suchte ein Album heraus, das sie noch nicht angesehen hatte. Es enthielt Bilder von ihrer Großmutter als kleines Mädchen, und Moa wollte gerade anfangen, darin herumzublättern, als Sofia einen Kalender in die Hand nahm.

»Hast du da schon reingeschaut?«

Moa nahm das kleine Buch von Sofia entgegen und strich über das abgewetzte Leder. *Elsa Andersson 1939* stand in goldgeprägten Lettern auf der Vorderseite des Einbandes. Moa schlug den Kalender auf und blätterte durch die Seiten. Die ersten Wochen enthielten nicht viele Notizen. Kurze Anmerkungen zu Tanzveranstaltungen, Konditoreibesuchen mit Göta und ein paar Zeilen über die Hauswirtschaftsschule. Moa blätterte weiter, bis ihr Blick an Bills Namen hängen blieb: Ihre Großmutter hatte im Kalender festgehalten, wann sie ihn kennengelernt hatte. Schon ein paar Tage später hatte sie ihn offenbar wiedergesehen: *Bill kam zum Tanz und wir verbrachten fast den ganzen Abend miteinander. Bill ist ein großartiger Tänzer. Hätte der Abend doch nie geendet.*

»Ihr erstes richtiges Treffen«, kommentierte Sofia, die über Moas Schulter gebeugt mitlas.

»Woher Bill wohl kam?«, murmelte Moa.

»Vielleicht …« Sofia verstummte, schloss die Augen und begann zu schwanken. Mit der Hand stützte sie sich an der Wand ab.

»Was ist los?« Moa schaute ihre Freundin alarmiert an.

»Keine Sorge, es geht gleich wieder.«

»Keine Sorge? Du bist ganz schön blass.« Moa klappte den Kalender zu. »Leg dich mal hin. Soll ich Daniel anrufen?«

»Nein!«, rief Sofia aus. »Ich will ihn lieber nicht stören, und ich ertrage es gerade auch nicht …«

Moa nahm einen Schal und schob ihn unter Sofias Kopf. In einem engen begehbaren Schrank zu stecken, war in so einer Situation nicht optimal, aber vielleicht konnte sie Sofia gleich ins Schlafzimmer bugsieren. »Ich hole dir ein bisschen Wasser.«

»Danke.« Sofia schloss wieder die Augen und Moa zögerte einen Moment, bevor sie in die Küche eilte.

»Ich glaube, mein Blutdruck ist abgesackt«, sagte Sofia, als Moa wieder zurückkam. Vorsichtig setzte sie sich auf. »Puh, das war wirklich unangenehm.«

»Ist dir das schon mal passiert?«

»Das war jetzt das zweite Mal.« Sofia rieb sich den Nacken. »Die letzte Zeit war einfach etwas stressig. Kein Grund zur Panik.« Sie zeigte auf den Koffer. »Wollen wir mal sehen, was wir noch darin finden?«

»Ich denke, wir sollten eine Pause machen.« Moa strich Sofia über den Arm. Der Koffer konnte warten.

KAPITEL 22

Moa steckte ein paar Unterlagen in den Aktenvernichter und sah zu, wie sie zerkleinert wurden.

»Was schickst du denn da durch den Schredder? Geheimdienstinformationen?«, witzelte Anette und zog ihre Jacke aus.

»Könnte man meinen«, erwiderte Moa gut gelaunt. »Weiß der Kuckuck, was Susanne mich da ständig für Dokumente vernichten lässt.«

»Sie leidet unter Verfolgungswahn.« Anette schaltete ihren Computer ein und streckte sich so ausgiebig, dass ihr Strickpullover weit über den Hosenbund rutschte.

»Vor ein paar Jahren ist uns tatsächlich ein ziemlich grober Schnitzer passiert«, warf Paula ein und zog ihre Brille bis zur Nasenspitze herunter. »Damals ist das Angebot eines Auktionsteilnehmers noch während der laufenden Versteigerung an die Presse durchgesickert. Ihm war volle Anonymität zugesichert worden, und das Ganze hätte beinahe ziemlich übel geendet.«

»Oha. Worauf hatte er denn geboten?«, fragte Moa.

»Das weiß ich nicht mehr, aber es ist ohnehin nichts daraus geworden.«

»Aber jetzt führen wir ja hauptsächlich Onlineauktionen durch. Dadurch gibt es viel weniger verräterische Unterlagen«, stellte Anette fest.

»Das stimmt, aber ein bisschen was liegt immer noch rum«, antwortete Paula und wandte sich wieder ihrem Bildschirm zu. »Apropos Susanne. Sie hat gerade eine Mail geschickt, in der steht, dass sie heute nicht mehr ins Büro kommt.«

»Oh, wirklich?« Moa schaltete den Aktenvernichter aus. Sie hatte eine lange Liste mit Aufgaben abzuarbeiten, und wenn Susanne nicht da war, würde sie ganz in Ruhe einen Posten nach dem anderen abhaken können.

»Anscheinend hat sie irgendeinen privaten Notfall, mit dem sie sich befassen muss.« Anette verdrehte die Augen.

»Du glaubst doch nicht, dass etwas Schlimmes passiert ist?«, fragte Moa.

Anette blätterte einige Zettel auf ihrem Schreibtisch durch. »Eigentlich darf ich nichts sagen, aber …«, sie beugte sich vor und flüsterte in vertraulichem Ton, »es wird gemunkelt, dass sie und ihr Mann sich scheiden lassen.«

»Oh, das tut mir leid.« Moa meinte ihre Worte ernst. Eine Trennung war nie schön, ganz gleich, wie sie ablief. Sie musste an Sofia und Daniel denken. Die beiden waren ihr so wichtig, und sie hoffte aufrichtig, dass sie es wieder aus dem Tief schafften, in das sie hineingerutscht waren.

»Ich glaube nicht, dass es einfach ist, mit ihr zusammenzuleben.«

Moas richtete ihre Aufmerksamkeit wieder auf Anette und murmelte eine Antwort, bevor sie sich ihrem Computerbildschirm zuwandte. Es fühlte sich nicht richtig an, über Susanne zu tratschen, erst recht nicht, wenn sie wirklich private Probleme hatte. Das erklärte zumindest ihre ständigen Stimmungsschwankungen. In diesem Moment blinkte Rubens Name auf Moas Handydisplay auf.

»Hallo, Schatz! Ich weiß, dass du bei der Arbeit bist, aber ich wollte kurz anrufen und fragen, wie alles gelaufen ist.«

Rubens Stimme klang ungewöhnlich heiter, und im Hintergrund war lautes Stimmengewirr zu hören.

»Es geht voran.« Moa verließ den Raum, um Anette und Paula nicht zu stören. »Wie geht es dir?«

»Mir geht es gut.« Ruben machte eine Pause. »Aber ich vermisse dich.«

»Ich dich auch«, erwiderte Moa automatisch. Sie lehnte sich an die Wand. »Wie läuft es in Mailand?«

»Großartig.« Ruben unterbrach ihr Gespräch, um jemandem eine Frage zu beantworten, und nahm dann die Unterhaltung wieder auf. »Eigentlich rufe ich an, um dir zu sagen, dass ich den Rest der Woche hierbleibe. Und insgesamt in nächster Zeit viel von Mailand aus arbeiten werde. Das Unternehmen, das wir beraten, will, dass wir hier möglichst präsent sind. An den Wochenenden komme ich aber nach Hause.«

»Du hast ja gesagt, es ist ein großer Deal.«

»Der größte, mit dem wir es je zu tun hatten, aber ich finde das klasse. Ich habe zum ersten Mal das Gefühl, dass ich richtig was bewegen kann.«

»Das klingt großartig«, antwortete Moa und verdrängte die Enttäuschung darüber, dass Ruben in den nächsten Wochen kaum in Stockholm sein würde. Immerhin hatte er hart auf seinen Erfolg hingearbeitet, und sie freute sich für ihn.

»Wie war der Termin mit dem Makler?«

»Gut«, antwortete Moa und versuchte, ihre zitternde Stimme unter Kontrolle zu bekommen. »Wir sind die Wohnung durchgegangen, aber, äh, er meint, dass ich noch ein bisschen was machen müsste.« Das entsprach beinahe der Wahrheit. Immerhin hatte Magnus Johansson ihr tatsächlich geraten, eine Einrichtungsspezialistin zurate zu ziehen und einige Änderungen vorzunehmen.

»Wann kommst du am Freitag nach Hause?«

»Wahrscheinlich erst spät. Aber was hat der Makler denn gesagt? Wann kannst du verkaufen?«

»Darum geht es ja.« Moa räusperte sich. Vielleicht hatte Sofia recht, und es war das Beste, Ruben nicht vor vollendete Tatsachen zu stellen, wenn er nach Hause kam. »Ich habe nachgedacht. Was hältst du davon, wenn wir …«

»Ich habe nämlich mit dem Makler gesprochen, der die Apartments vermittelt, und er meint, es gäbe viele Interessenten. Es kann sein, dass wir uns schon diese Woche entscheiden müssen«, sagte Ruben, als hätte er Moa nicht gehört.

»Findest du nicht, dass wir noch ein bisschen über alles nachdenken sollten?«

»Wie meinst du das?«

»Wir könnten alternativ auch in Omas Wohnung ziehen …« Moa hielt den Atem an.

Ruben lachte. »Guter Witz, Schatz. Was sollen wir mit einer baufälligen Dreizimmerwohnung in Södermalm?«

»Wir könnten …«

»Das Beste wäre, wenn du die Wohnung schon nächste Woche zum Verkauf anbietest. Die Besichtigungstermine können wir dann gleich am Wochenende darauf ansetzen.« Moa hörte, wie Ruben eine Tür öffnete. »Ich muss sagen, ich bin richtig euphorisch!«

»Ja, wirklich?« Moa rieb sich über die Stirn.

»Unser Traum wird wahr! Eine neue Wohnung mit allem möglichen Komfort. Hast du gesehen, dass es im Haus einen

Wellnessbereich gibt? Und stell dir vor, was wir alles im Party-raum veranstalten können.«

»Die Wohnung zu verkaufen könnte aber länger dauern, als ich dachte«, murmelte Moa.

»Okay? Ist etwas passiert?«

»Wir haben eine feuchte Stelle hinter der Waschmaschine entdeckt, die muss sich noch mal jemand ansehen.« *Was rede ich denn da?*

»Das klingt ja nicht so gut«, antwortete Ruben und klang auf einmal weniger überschwänglich. »Wie groß ist der Scha-den?«

»Das ist ein ganz ordentlicher Fleck.« Moa kniff die Augen zu. »Ich versuche, jemanden zu erreichen, der sich noch diese Woche drum kümmert. Aber bis ich mehr weiß, sollten wir es ruhig angehen lassen und noch kein Angebot abgeben.«

»Ich hoffe, dass uns niemand die Wohnung vor der Nase wegschnappt.« Ruben begrüßte irgendjemanden und im Hin-tergrund war ein Klingeln zu hören.

»Wo bist du gerade?«

»Im Büro, ich hatte gerade Mittagspause.« Ruben seufzte. »Diese Wohnung ist echt ein Fass ohne Boden.«

»Das ist doch nur noch eine Frage der Zeit. Mich stört es nicht, ich passe ja gerade auch noch auf Iris auf.«

»Stimmt.« Moa hörte ein Kratzen in der Leitung. »Ich muss jetzt auflegen. Ich rufe dich im Laufe der Woche noch einmal an.«

»Ist schon gut. Hab eine schöne Woche in Mailand.«

»Danke.« Ruben machte eine Pause. »Ich liebe dich.«

»Und ich dich.«

Langsam legte Moa ihr Handy auf den Schreibtisch. Es war,

als hätten sie nie Zeit, richtig miteinander zu reden – geschweige denn, sich zu treffen. Natürlich trug sie auch einen Teil der Schuld, weil sie in die Wohnung ihrer Großmutter gezogen war, aber eigentlich war es auch vorher schon so gewesen. Moa kam es so vor, als wären sie beide immer in Bewegung, aber in unterschiedliche Richtungen, mit eigenen Zielen vor Augen. Und jetzt, wo Ruben so oft in Mailand war, drifteten sie noch weiter auseinander. Andererseits hatte es natürlich auch seine guten Seiten, dass er so oft verreisen musste. So konnte Moa in Ruhe an der Wohnung arbeiten, bis sie bereit war, sie Ruben vorzuführen. Und dann würde er hoffentlich seine Meinung ändern und mit Sack und Pack bei ihr einziehen.

∗

Der Sekretär der alten Dame war immer noch nicht zur Versteigerung angeboten worden, und Moa fragte sich, ob Artur da die Finger im Spiel hatte. Sie betrachtete das dunkle Holz.

»Hast du etwas von der Tochter gehört?«, fragte sie Artur, der in einiger Entfernung stand.

»Noch nichts.« Er notierte sich etwas auf seinem Schreibblock. »Aber ein Bekannter hat mir erzählt, dass es der Dame immer schlechter geht und es wohl nicht mehr lange dauern wird.«

»Das ist traurig.«

»Ja, das ist es. Daher lassen wir uns mit dem Verkauf so viel Zeit, wie es eben braucht. Ich denke, die Familie hat gerade anderes im Kopf.« Artur winkte Moa zu sich heran. »Aber ich wollte dir noch was zeigen. Gerade ist dieses Sofa hier hereingekommen. Was schätzt du, worum es sich handelt?«

»Ist das gustavianischer Stil?«

»Ganz richtig, wahrscheinlich spätgustavianisch. Da war man wählerischer und hat noch größeren Wert auf stilechte Möbel gelegt.«

Moa nahm das Sofa in Augenschein. Es wies diverse Gebrauchsspuren auf. Der Stoff musste an einigen Stellen geflickt werden, und eines der Beine war zerkratzt. »Woher kommt es?«

»Jemand hat es in der Garage seines neu gekauften Sommerhauses gefunden. Schon seltsam, was die Leute alles so vergessen.«

»Mir gefallen die hohen Armlehnen und das Muster.«

»Sieh mal, die Beine sind wie schmale Säulen geformt.« Artur erzählte Moa noch mehr über das Sofa, bevor sie sich auf den Weg zur Ausstellungshalle machten.

»Kann ich dir bei irgendetwas helfen?«

»Zeit, nach Hause zu gehen.« Artur deutete auf seine Armbanduhr. »Ich weiß, wie viele Spätschichten du in letzter Zeit eingelegt hast, und wenn Susanne einmal nicht da ist, solltest du die Gelegenheit nutzen und etwas früher Feierabend machen.«

»Kann ich das denn so einfach?«

»Du hast doch bestimmt nicht mehr viel zu tun.«

»Ich habe das meiste abgearbeitet. Eigentlich muss ich nur die E-Mails im Auge behalten.«

»Na siehst du!«

»Und was ist, wenn etwas Wichtiges hereinkommt?«

»Es ist halb fünf, so spät kommt nichts Dringendes mehr.«

»Da könntest du recht haben.« Moa zögerte immer noch. »Gehst du jetzt auch nach Hause?«

»Gleich. Ich muss nur noch das Sofa wegschaffen.«

»Brauchst du Hilfe dabei?«

»Die hole ich mir bei einem der Jungs aus dem Lager.« Artur schenkte Moa ein Lächeln. »Geh nach Hause und mach dir einen entspannten Abend. Trink ein Glas Wein.«

Moa lachte. »Alles klar.«

Zehn Minuten später verließ sie federnden Schrittes das Auktionshaus. Zum ersten Mal seit langer Zeit konnte sie sich auf einen komplett freien Abend freuen.

KAPITEL 23

Überraschenderweise wartete Iris bereits in Vendelas und Gunnars Flur auf Moa.

»Na, du, hast du mich vermisst?«, fragte Moa und knuffte den Königspudel liebevoll. Konnte es sein, dass Iris die schlimmste Phase der Trauer überwunden hatte und sich langsam wieder besser fühlte? Moa lächelte, als die Hündin den Kopf an ihre Hosenbeine schmiegte.

»Sie hat die ganze letzte Stunde vor der Tür gelegen und gewartet«, sagte Gunnar und strich mit den Händen über seine Blumenschürze. »Hattest du einen schönen Tag?«

»Total.« Moa schaute sich um. »Ist Vendela nicht da?«

Sie hatten sich nicht mehr gesehen, seit Vendela erfahren hatte, dass die Wohnung verkauft werden sollte, und Moa wollte ihr unbedingt mitteilen, dass sie es sich anders überlegt hatte.

»Sie hat sich hingelegt und ruht sich aus.«

Moa schaute sich Gunnar genauer an. Seine ohnehin roten Wangen leuchteten noch stärker als gewohnt. War es möglich, dass …? Moa schluckte. Wollte Vendela sie etwa nicht sehen? Sie griff nach Iris' Leine und Geschirr.

»Dann will ich nicht stören.«

Gunnar räusperte sich. »Sie hat sich ein bisschen erkältet.«

»Das tut mir leid. Ich hoffe, es geht ihr bald besser.« Moa öffnete die Wohnungstür und zögerte einen Augenblick, bevor sie sich noch einmal umdrehte. »Ich wollte euch eigentlich sagen, dass ich beschlossen habe, die Wohnung zu behalten. Grüßt du Vendela von mir und erzählst es ihr?«

»Natürlich. Ich …«

»Du verkaufst die Wohnung nicht?«, rief Vendela in diesem Moment aus dem Schlafzimmer heraus. Ein dumpfer Schlag und ein lautes Kratzen waren zu hören. »Verdammte Kissen, müssen die immer im Weg liegen?«

»Na ja, ich glaube, sie ist wach«, stellte Gunnar fest und verschwand wieder in der Küche.

»Hast du geschlafen?«, fragte Moa, als Vendela in den Flur trat.

»Ich habe mich ausgeruht.« Vendela schaute Moa trotzig an. »Ich hatte einen harten Tag.«

»Ach wirklich?«

Vendela, die eine lila Seidenbluse trug, ignorierte Moas Frage und stemmte die Hände in die Hüften. »Also bleibst du hier?«

»Das habe ich mir überlegt, ja.« Moa bemühte sich, ernst zu bleiben. Es fiel ihr allerdings schwer, beim Anblick von Vendelas entzückter Miene nicht zu lächeln.

»Ich wusste, dass du wieder zur Besinnung kommst.«

»Aber du hattest nicht vor, mit mir zu reden?« Eigentlich hatte Moa gar nichts weiter sagen wollen, doch die Worte purzelten ungebremst aus ihrem Mund heraus.

»Zuerst nicht, jetzt schon.« Vendela strich sich mit der Hand über die Haare. »Eigentlich hatte ich vor, Gunnar zu bitten, den Hauswichtel zurückzuholen.«

»Wirklich?«

»Selbstverständlich.« Vendela reckte das Kinn vor. »Er will

bestimmt nicht in einen sterilen Neubau ziehen. Es wäre nur zu seinem Besten gewesen. Zieht dein Freund denn auch hier ein?«

»Das weiß ich nicht.« Moa schwieg einen Moment, bevor sie fortfuhr: »Ich habe versucht, ihm am Telefon zu sagen, dass ich hierbleiben will, aber er hat mich nicht ernst genommen. Ich werde mit ihm darüber sprechen, wenn er nach Hause kommt. Dann kann ich ihm auch alles zeigen, was ich bis dahin in der Wohnung geschafft habe.«

Vendela nickte. »Das klingt vernünftig. Was hat denn der Makler gesagt, als du ihm abgesagt hast?«

»Ich habe mich spontan entschieden, als er hier war. Er hat alles aufgezählt, was ich noch verändern müsste, und meinte, dass die neuen Eigentümer wahrscheinlich die halbe Wohnung ausräumen würden. Da konnte ich den Vertrag nicht unterzeichnen«, erklärte Moa. »Zum ersten Mal habe ich ein eigenes Zuhause, und das möchte ich nicht verlieren.«

Das stimmte wirklich, wurde ihr bewusst. Ihre Studentenbude und die möblierte untervermietete Wohnung danach zählten nicht. Und Rubens Wohnung auch nicht.

»Das kann ich gut nachvollziehen«, sagte Vendela.

»Also … Bist du mir nicht mehr böse?«

»Ich war dir nie böse. Wie gesagt, ich wollte mich nur ausruhen und mir war nicht nach einem Gespräch.«

Moa hob eine Augenbraue und Vendela seufzte dramatisch. »Gut, vielleicht war ich ein bisschen enttäuscht.« Ihre Gesichtszüge wurden weicher. »Ich mag dich gern, Moa, und hätte es schade gefunden, wenn du nicht hiergeblieben wärst.«

»Ich mag dich auch.«

Vendela nickte mit einem fast unmerklichen Schimmer in

den Augen. »So, jetzt muss ich mich aber wieder hinlegen.« Sie streckte sich. »Wir sehen uns ja morgen.«

»Ich kann die Hunde den ganzen Tag nehmen, wenn du willst.«

»Musst du denn nicht arbeiten?«

»Ich habe frei.« Das beschloss Moa erst in dem Moment, als sie die Worte aussprach. Susanne hatte sich für die ganze Woche entschuldigt, und Moa hatte wenig zu tun und so viele Überstunden angesammelt, dass jetzt der perfekte Zeitpunkt war, sich freizunehmen, wenn die Kollegen einverstanden waren. Aber sie war sich fast sicher, dass niemand etwas dagegen haben würde.

»Sehr schön, dann muss ich meinen Maniküretermin nicht absagen.« Mit diesen Worten marschierte Vendela wieder Richtung Schlafzimmer. Als sie die Tür erreichte, drehte sie sich noch einmal zu Moa um. »Ich bin wirklich froh, dass du hierbleibst.«

KAPITEL 24

Ein Tag war vergangen, seit Moa beschlossen hatte, die Wohnung zu behalten. Ein ganzer Tag, an dem sich das schlechte Gewissen und die Glücksgefühle abwechselten. Moa streckte die Beine aus und Iris hob den Kopf. An den letzten Abenden war die Hündin zu ihr ins Bett gehüpft, hatte sich immer erst ein paarmal um die eigene Achse gedreht und sich schließlich am Fußende zusammengerollt. Es war beruhigend, beim Aufwachen Iris' Gewicht an den Füßen zu spüren, stellte Moa fest und ließ sich zurück in die Kissen sinken. Sie kam sich fast wie eine Schulschwänzerin vor, obwohl Artur und Anette ihr versichert hatten, dass es geradezu vernünftig sei, sich während Susannes Abwesenheit einen Tag freizunehmen. Wenn sie erst wieder im Büro war, würde es noch viel mehr zu tun geben.

Jetzt hatte Moa Zeit, all das anzugehen, was sie sich vorgenommen hatte. Gestern hatte sie die Schranktüren zum Lackieren gegeben, und Gunnar hatte ihr versprochen, beim Abschleifen des Bodens zu helfen. Die Frage war, ob sie das diese Woche noch schafften. Moas Blick fiel auf einen Karton in einer Ecke des Raumes. Die Holzfiguren! Die hatte sie fast vergessen. Moa rappelte sich auf und trat an die überquellende Box heran. Jede Figur war einzigartig und unterschied sich durch kleine Details von den anderen. Moa nahm einen Hasen in die Hand, der gerade zum Sprung ansetzte. Mit dem Finger fuhr sie eine der geschnitzten Linien nach. Das Holz fühlte sich glatt an, und sie betrachtete die kleinen Bleistiftmarkierungen, die angaben, in welcher Farbe die unterschiedlichen Flächenabschnitte angemalt werden sollten. Wieder fragte sie sich, woher diese Figuren kamen. Soweit sie wusste, hatten weder ihre Großmutter noch ihr Großvater geschnitzt, geschweige denn solche Kunstwerke produziert. Nachdenklich betrachtete Moa die nächste Figur, einen kleinen Wichtel, der auf einem Baumstumpf saß und ein Buch las. Neben ihm stand ein Sack, aus dem einige Weihnachtsgeschenke herausschauten. Die Figur war unglaublich detailreich und kunstvoll gestaltet.

Spontan schnappte Moa sich den Wichtel, den Hasen und ein paar unbemalte Hähne und ging in die Küche. Irgendwo hatte ihre Großmutter doch bestimmt Farben und Pinsel aufbewahrt?

Nachdem sie nicht auf Anhieb fündig wurde, frühstückte sie zunächst und drehte mit Iris eine Runde um den Block. Als sie wieder zu Hause war, stieß sie schließlich im begehbaren Kleiderschrank auf eine Schachtel voller Farbtuben und Pinsel. Sie untersuchte die Hähne eingehend und stellte fest, dass sie gar nicht viele verschiedene Farben brauchte, um sie zu bemalen. Langsam begann die Sache richtig Spaß zu machen. Früher hatte sie viel gemalt, sogar während ihrer Ausbildung. Meistens waren es Aquarelle gewesen, die ihre Großmutter anschließend im Sommerhaus aufgehängt hatte. Moa schraubte den Deckel einer Tube mit glänzendem Azurblau auf und drückte einen kleinen Tropfen auf eine fleckige Palette. Sie tauchte den Pinsel in die Farbe, drückte ihn sanft gegen die glatte Oberfläche des Hahns und malte mit langsamen Pinselstrichen das erste Feld aus. Nach einer Stunde hatte sie den Hahn fertig koloriert, und ehe sie sichs versah, hielt sie schon den nächsten in der Hand.

Ab und zu schielte sie in Richtung des Wichtels auf dem Baumstumpf, aber die Figur war so filigran, dass sie sich noch nicht heranwagte.

Fünf Stunden später hatte Moa fünf Hähne bemalt und mit einem weiteren angefangen. Bei den ersten Figuren hatte sie die Bleistiftanweisungen noch genau befolgt, zum Schluss aber ihrer Kreativität freien Lauf gelassen. Sie hatte Farben miteinander gemischt und einen perfekten Rosaton kreiert, den sie mit Grün und Korallenrot kombinierte. Das Ergebnis sah besser aus als erwartet. Mitten im Pinselstrich hielt Moa inne. Das hier fühlte sich richtig gut an. Sich voll und ganz in etwas hineinzuknien, während alles andere um einen herum an Bedeutung verlor. In diesem Moment meldete sich ihr Magen lautstark zu Wort, und Moa fiel auf, dass sie noch gar nicht zu Mittag gegessen hatte.

»Sollen wir spazieren gehen und etwas zu Essen holen?«, fragte sie Iris, die zu ihren Füßen lag.

Der Pudel stellte die Ohren auf und tappte in den Flur. Moa wusch rasch die Pinsel aus und räumte die Farbtuben weg, bevor sie mit dem Hund die Wohnung verließ.

KAPITEL 25

Der Spaziergang mit Iris hatte einige Stunden gedauert. Moa hatte beschlossen, einmal rund um den Årstavikenfjärd zu laufen und dann auf der Terrasse eines Restaurants am Nytorgetpark mittagzuessen. Auf dem Heimweg hatte sie sich noch eine Tüte Lakritz in der Chokladfabriken gekauft, einer Konditorei.

Jetzt ließ sie sich neben dem großen Königspudel in die Kissen sinken. Gerade als sie die Augen schließen wollte, klapperte der Briefschlitz. Seltsam. Es war schon viel zu spät für die Post. Moa richtete sich wieder auf. Konnte das ein weiterer Brief ihrer Großmutter sein?

Voller Vorfreude lief sie in den Flur, und tatsächlich lag dort ein Brief auf dem Boden, der genauso aussah wie die ersten beiden. Moa schnappte sich den Umschlag und riss die Wohnungstür auf, aber im Treppenhaus erwartete sie nur gähnende Leere. Wer konnte das gewesen sein? Moa lauschte angestrengt, hörte aber nicht das leiseste Geräusch. Ihr Blick wanderte zu Vendelas und Gunnars Wohnungstür. Kurz entschlossen ging sie die paar Schritte zu ihren Nachbarn hinüber und drückte auf die Klingel. Sie wartete eine Weile und schellte dann erneut. Iris, die ihr gefolgt war, winselte.

»Ach, stimmt, sie wollten ja heute Abend ausgehen«, sagte Moa. Doch wer sonst konnte den Brief abgegeben haben? Sie wurde einfach nicht schlau aus der Geschichte.

Moa schaute noch einmal die Treppe hinauf und hinunter –
aber niemand ließ sich blicken, also drehte sie sich wieder um
und ging zurück in ihre Wohnung. Während die Tür hinter ihr
ins Schloss fiel, riss sie den Umschlag auf.

Liebste Moa!
Ich hoffe, es geht dir gut und du fühlst dich in der Woh-
nung wohl. Allein der Gedanke, dass du jetzt dort lebst
und sie zu deinem Zuhause gemacht hast, stimmt mich
unfassbar glücklich. Ich weiß, du wolltest nie, dass ich
mich in dein Leben einmische. Vielleicht willst du es jetzt
immer noch nicht. Aber ich möchte nur dein Bestes. Du
darfst deine vielen Talente nicht vernachlässigen. Manch-
mal vergisst du bei deinem Streben nach Anerkennung,
was du alles kannst. Ich habe den gleichen Fehler gemacht,
und das hatte schwerwiegende Folgen. Zurück also zu
meiner Geschichte: Je länger der Krieg andauerte, desto
schlechter ging es Göta bei ihrer Familie, und sie wollte,
dass wir uns zusammen ein Zimmer nehmen. Ich aber
zögerte, da es mir gut ging, wo ich war. Schließlich fand
Göta eine Wohnung, die sie mit einigen anderen jungen
Mädchen teilte.
Irgendwann lernte sie diesen Mann kennen. Gustaf.
Ich weiß bis heute nicht, wo sie ihn getroffen hatte, aber
Göta versicherte mir, dass er uns bessere Arbeitsstellen
vermitteln könne, möglicherweise als Sekretärinnen bei
ausländischen Diplomaten oder Geschäftsleuten.
Wir ließen uns von all seinem Geld, seinem schicken Wa-
gen und seinen illustren Bekanntschaften blenden. Er lud
uns zum Abendessen ein, beschaffte Dinge, die damals

kaum zu bekommen waren, und gab uns das Gefühl, etwas Besonderes zu sein. Als er feststellte, dass ich Deutsch sprach, stieg sein Interesse an mir noch weiter. Bald erkannte ich mich selbst nicht wieder. Mein bescheidenes Zimmer, das ich früher so geliebt hatte, kam mir nur noch wie eine Bruchbude vor, ich schämte mich für meine spärliche Garderobe und gab mich für jemand anderes aus, als ich wirklich war.

Stück für Stück verlor ich mich selbst, aber erst, als es zu spät war, verstand ich, dass all das zu Gustafs Plan gehörte. Er hatte überall Kontakte und verwickelte mich und Göta in eine Geschichte, aus der wir uns nicht mehr herauswinden konnten und deren Tragweite ich mir nie hätte ausmalen können.

Du wirst bald erfahren, wie es weiterging. Aber zunächst habe ich noch einen Wunsch. In ein paar Tagen erhältst du einen Briefumschlag mit tausend Kronen. Ich möchte, dass du das Geld nimmst und dir davon einen Reitausflug gönnst. Ich finde es sehr schade, dass du das Reiten aufgegeben hast, obwohl du immer so gern im Stall gewesen bist und pausenlos über Pferde gesprochen hast. Manchmal brauchen wir jemanden, der uns anschubst, damit wir erkennen, was uns wirklich wichtig ist. Das hier ist mein Schubser für dich. Mach einen Ausritt, das ist alles, worum ich dich bitte.

Oma

Moa las den Brief noch einmal. Es fiel ihr schwer, sich das Leben ihrer Großmutter während der Kriegsjahre in Stockholm vorzustellen. In was für eine Geschichte war sie nur von diesem

Gustaf verwickelt worden? Moa holte ihren Laptop aus dem Schlafzimmer und begann zu recherchieren. Sie las Artikel über den Beginn des Kriegs, die Zeit der Bereitschaft, die Rationierungen, den blühenden Schwarzmarkthandel und die damit verbundenen Regelverstöße. Kein Wunder, dass sich ihre Großmutter und Göta von Gustaf hatten blenden lassen, der ihnen alles beschaffen konnte, was zu teuer oder in keinem Laden erhältlich war.

Moa schaute aus dem Fenster und stellte überrascht fest, dass es bereits dunkel war. Auf dem Bürgersteig huschte eine Gestalt vorbei, und bei näherem Hinsehen erkannte Moa Lukas, der eine Art Sporttasche über der Schulter trug. Plötzlich hob er den Kopf, als hätte er gemerkt, dass er beobachtet wurde, und ihre Blicke trafen sich. Moas Herz machte einen Satz, und als er die Hand hob und lächelte, erwiderte sie seinen Gruß. Lukas zeigte zum Dach hinauf und spreizte die Hand. Seine Lippen formten eine Frage: in fünf Minuten auf der Dachterrasse? Moa nickte, und als er ihr ein weiteres Mal zulächelte, breitete sich ein wohliges Gefühl in ihrem Körper aus und sie grinste zurück.

*

»Hu, ist ja schon ein bisschen kalt hier oben«, stellte Moa fest und erschauderte, als sie auf die Dachterrasse trat.

»Ja, ein bisschen, aber ich finde es ganz erfrischend.« Lukas trat einen Schritt auf Moa zu, blieb dann aber stehen.

Offenbar wusste er ebenso wenig wie sie, welche Begrüßung angebracht war. Eine Umarmung? Oder sollten sie sich lieber gleich hinsetzen? Moa steckte die Hände in die Taschen. »Warst du beim Sport?«

»Nur kurz. Ich hatte einen langen Arbeitstag und musste mich ein bisschen austoben.«

»Ich dachte immer, nach einem langen Arbeitstag sollte man sich erholen«, sagte Moa.

Lukas erwiderte ihr Lächeln. »Verspannungen lösen sich am besten durch Bewegung. Solltest du mal ausprobieren.«

»Oh, das brauche ich nicht. Ich bin meistens ganz entspannt.«

In diesem Moment rasselte etwas am Dach und Moa fuhr erschrocken herum. Eine Taube!

»Ganz entspannt. Das sehe ich.« Moa bemerkte das Glitzern in Lukas' Augen und lachte laut auf.

»Gut, vielleicht nicht immer.«

»Und was machst du so, um dich zu entspannen?« Lukas holte die Korbstühle hervor, die jemand unter den niedrigen Dachüberstand gestellt hatte, und zog sie in die Mitte der Terrasse.

Moa dachte einen Augenblick nach. »Herumwerkeln. Heute habe ich ein paar Stunden gemalt.«

»Cool. Was malst du so?«

»Ich habe beim Ausräumen der Wohnung ein paar Holzfiguren gefunden.« Moa berichtete von ihrer Entdeckung und erzählte, wie sie zunächst die Anweisungen befolgt und dann ihre eigenen Farben gemischt hatte. »Ich weiß nicht, was ich mit den Figuren anfangen soll, aber es hat Spaß gemacht, sie zu bemalen.«

»Könntest du sie nicht verkaufen?«

»Ich kann mir nicht vorstellen, dass die irgendjemand haben möchte. Ein paar kann ich in die Wohnung stellen, aber die anderen packe ich wohl wieder in den Karton.«

»Unterschätze dich mal nicht. Es hängt alles davon ab, wie man sein Produkt bewirbt.«

Moa lachte. »Vielleicht hast du recht. Aber ich bin eigentlich nur froh darüber, wieder Spaß am Basteln und Malen zu haben. In den letzten Jahren bin ich nicht dazu gekommen, weil ich immer so viel bei der Arbeit zu tun hatte. Mittlerweile glaube ich, dass die Kreativität verschwindet, wenn man ständig unter Strom steht.«

»Das klingt logisch.«

»Dieses Kribbeln im Magen ist erst wiedergekommen, als ich mit dem Ausräumen und Umgestalten von Omas Wohnung angefangen habe. Weißt du, was ich meine?«

»Nicht wirklich, aber ich weiß, wie es sich anfühlt, nach einem Tief wieder Spaß an etwas zu haben.«

»Meinst du mit Tief deinen Job in New York?«, fragte Moa. Sie erinnerte sich daran, dass er erwähnt hatte, sein Leben in New York hätte nur aus Arbeit bestanden.

»Teilweise. Während meiner Zeit in New York ist mein Vater schwer erkrankt, und ich glaube, dadurch ist mir klar geworden, dass ich im Begriff war, vor lauter Arbeit das Leben zu vergessen.«

»Das tut mir leid.«

»Ich bin damals zurück nach Schweden gezogen. Zum Glück geht es meinem Vater wieder gut.«

»Ist die Finanzbranche hier nicht auch ziemlich hektisch?«

»Sie kann es sein, ja, einige Kollegen arbeiten so viel wie ich damals in New York, aber ich versuche, darauf zu achten, dass sich meine Mitarbeiter den Urlaub nehmen, den sie brauchen und der ihnen zusteht. Ich denke nicht, dass man umso bessere Ergebnisse erzielt, je länger man arbeitet.«

»Wahrscheinlich nicht.«

Eine Weile saßen sie still nebeneinander. »Wie läuft es mit der Wohnung?«, fragte Lukas dann.

»Ganz gut. Ich habe fast alles fortgeschafft, was weggeworfen und verschenkt werden soll, und ein paar Möbel sind auch abgeholt worden.« Moa lächelte. »Langsam wird es richtig schön.«

»Weißt du schon, wann du die Besichtigungen machst?«

Moa zögerte. »Ich verkaufe die Wohnung nicht.«

Lukas hob eine Augenbraue. »Dann willst du hierbleiben?«

»Ja.« Allein es auszusprechen, fühlte sich unglaublich gut an. Als nähme ihre Entscheidung immer festere Formen an, je mehr Menschen sie von ihren Plänen erzählte.

»Zieht dein Freund auch hier ein?«

»Ich hoffe es, aber ich habe ihm noch nichts gesagt …«

»Du hast ihm nicht gesagt, dass du die Wohnung behalten willst?«, fragte Lukas erstaunt.

»Nein. Oder nicht wirklich. Ich habe versucht, es ihm zu sagen, aber er hat wohl gedacht, ich mache Witze.«

»Und du hast das nicht richtiggestellt?«

»Nicht wirklich.« Moa dachte an das Gespräch mit Ruben zurück. Er hatte sich so auf die andere Wohnung eingeschossen und nicht mal versucht, ihr zuzuhören. »Ich glaube, wir sprechen besser darüber, wenn er wieder da ist. Dann kann ich ihm alles zeigen, was ich bis dahin geschafft habe.«

Lukas nickte, verzichtete aber auf einen Kommentar. Stattdessen lehnte er sich in seinem Korbsessel zurück und schloss die Augen.

»Du glaubst, dass ich einen Fehler mache, oder?«

»Das habe ich nicht gesagt.« Lukas drehte den Kopf in Moas Richtung, und ihre Blicke trafen sich.

Moa schluckte schwer. »Als wir uns das letzte Mal getroffen haben, hast du gesagt, man sollte zu sich stehen. Und sich nicht selbst aufgeben, nur um jemand anderen glücklich zu machen. Oder nicht?«

»Ich glaube nur, dass du es dir unnötig schwer machst.«

Moa öffnete den Mund, um etwas zu erwidern, schloss ihn aber unverrichteter Dinge. Er hatte recht. Allerdings war das alles nicht so einfach. Wenn sie versuchte, über ihre Gefühle zu sprechen, wechselte Ruben das Thema, falls er nicht sowieso mit anderen Dingen beschäftigt war. *Ich muss herausfinden, was ich eigentlich will.* Moa seufzte. Warum musste alles so kompliziert sein?

KAPITEL 26

Schwanzwedelnd sausten Iris und Krümel durch die Tür zu Sofias Büro, und nur Sofias blitzschnelle Reaktionsfähigkeit verhinderte, dass die beiden Hunde ihr die Kaffeetasse aus der Hand schlugen.

»Hoppla, wer überfällt mich denn da?« Sofia stellte die Kaffeetasse auf den Schreibtisch und tätschelte Krümel, der es gelungen war, sich trotz des größenbedingten Nachteils vorzudrängeln. Als Iris sich dazwischenschob und Sofia durchs Gesicht leckte, quiekte die kurz auf. »Hey, keine Küsse ins Gesicht!« Lachend schob sie Iris zurück und stand auf, um Moa zu umarmen. »Sie ist ein ganz anderer Hund als der, den du aus der Hundepension geholt hast.«

»Ich weiß. Ich glaube, langsam gewöhnt sie sich an mich. Aber manchmal ist sie immer noch ziemlich zurückhaltend.«

»Hab ein bisschen Geduld mit ihr. Das wird schon noch.«

»Hoffentlich.« Moa schaute sich die Illustration auf Sofias Computerbildschirm an und stieß einen anerkennenden Pfiff aus.

»Gefällt dir der Entwurf?«

»Er ist umwerfend. Da sehnt man sich doch Weihnachten herbei.« Moa betrachtete die Holzhäuser in der verschneiten Landschaft. Auf der Veranda eines Hauses stand ein mit Lichtern geschmückter Weihnachtsbaum und an den Türen hingen verschiedene Kränze.

»Die Dekorationen in den Fenstern sind richtig hübsch!«

»Vielen Dank.« Sofia lächelte.

»Und diese Lichterketten um die Geländer. Das sieht aus wie im Märchen. Man möchte am liebsten direkt ins Bild hineinsteigen«, sagte Moa. »Deine Illustrationen sind fantastisch. Ich finde, du verdienst eine eigene Ausstellung.«

»Irgendwann vielleicht.«

Moa schaute sich das Bild noch näher an. »Die beiden Kinder, die dort aus dem Fenster schauen, sind auch klasse. Es sieht aus, als würden sie auf jemanden warten.«

»Wahrscheinlich auf den Weihnachtsmann«, erwiderte Sofia und lachte. »Willst du etwas zu trinken?«

»Nein danke, ich muss gleich wieder los.« Moa konnte nicht nachvollziehen, warum Sofia sich immer so zierte, wenn man die Möglichkeit ansprach, dass ihre Arbeiten ausgestellt werden könnten. Ihre Illustrationen und Gemälde waren fabelhaft. »Ich wollte dich eigentlich nur fragen, ob du Lust auf einen Mittagsspaziergang mit mir und den Hunden hast.«

»Tut mir leid, keine Zeit. Ich habe heute Nachmittag eine Deadline und muss dafür noch eine Illustration fertigstellen.«

»Oh, schade.«

Moa leinte die Hunde wieder an. Im selben Moment klingelte Sofias Handy. Sie schaute auf das Display und presste die Lippen zu einer schmalen Linie zusammen.

»Willst du nicht rangehen?«

»Das ist nur Daniel. Das kann warten«, erwiderte Sofia leise. Wären sie nicht so lange befreundet gewesen, hätte Moa das schwache Zittern in ihrer Stimme vielleicht nicht wahrgenommen.

»Wie läuft es eigentlich bei euch?«, fragte sie.

»Alles soweit in …« Sofia unterbrach sich selbst und seufzte schwer. »Nein, eigentlich ist im Moment nichts in Ordnung.«

»Du kannst immer mit mir reden, das weißt du, ja?«

»Ich weiß. Ich muss nur erst mal meine eigenen Gedanken ordnen.«

Moa umarmte Sofia lange. »Versprich mir, dich zu melden, wenn du mich brauchst.«

»Versprochen«, sagte Sofia und erwiderte die Umarmung. »Aber sag mal, solltest du nicht bei der Arbeit sein?«

»Ich habe mir für den Rest der Woche freigenommen«, erklärte Moa und grinste beim Anblick von Sofias überraschter Miene. »Susanne ist nicht da, und als ihre persönliche Assistentin habe ich dann natürlich nicht viel zu tun.«

»Das klingt ja wunderbar!«

»Hast du morgen vielleicht Zeit für einen Spaziergang?«

»Vielleicht.« Sofia schaut wieder in Richtung ihres Bildschirms. »Oder wollen wir morgen Abend irgendwo ein Glas Wein trinken?«

»Da kommt Ruben aus Mailand wieder. Wie wäre es mit nächster Woche? Du könntest zum Abendessen vorbeikommen. Wenn es nicht zu kalt ist, können wir draußen auf dem Balkon essen.«

»Hast du da auch schon angefangen herumzuwerkeln?«, fragte Sofia erstaunt.

»Noch nicht. Vielleicht wird das mein heutiges Projekt.« Eigentlich keine schlechte Idee. Momentan herrschte auf dem Balkon gähnende Leere, abgesehen von einem Kaffeetisch und zwei Stühlen. Mit ein bisschen Arbeit ließ er sich aber bestimmt in eine kleine Wohlfühloase verwandeln. Ja, das würde Spaß machen. Im Kellerabteil standen unzählige Töpfe. Moa müsste nur Leinölfarbe für den Tisch und die Stühle besorgen und winterfeste Gewächse und Blumen kaufen.

»Hallo, Erde an Moa!«

»Oh, entschuldige. Ich war in Gedanken bei dem Balkon.«

»Ich habe nur gesagt, dass ich dich später anrufe. Dann können wir einen Termin ausmachen«, sagte Sofia lächelnd.

»Perfekt.« Moa öffnete die Tür. »Bis später.«

*

Das in Grün- und Goldtönen schimmernde Wandmosaik war atemberaubend, und Moa konnte kaum fassen, dass der Mann im Malergeschäft es ihr völlig kostenlos überlassen hatte. Als sie ihm erzählt hatte, dass sie die Wohnung ihrer Großmutter renovierte, hatte er ihr außer dem Mosaik verschiedene Tapeten-Restposten gezeigt, an denen sie sich nach Lust und Laune bedienen durfte. Jetzt schaute Moa zufrieden auf die Materialien hinab, die vor ihr lagen. Außer dem Mosaik hatte sie grüne Leinölfarbe für die Balkonmöbel und ein paar Tapetenmuster mitgebracht, mit denen sie die Schubladen einer ihrer Kommoden verkleiden wollte. Moa hatte das Gefühl, als ob der Schaffensdrang, der die ganzen letzten Jahre in ihr geruht hatte, förmlich aus ihr heraussprudelte. Sie dachte an ihr Gespräch mit Lukas am vorigen Abend. Er war ja sehr nett, aber die Atmosphäre hatte sich irgendwie verändert, als sie das Gespräch auf die Wohnung und Ruben gebracht hatte. Moa seufzte und holte einen großen Müllsack auf den Balkon hinaus. Eigentlich wäre es vernünftig, den Winter abzuwarten und sich erst danach um den Balkon zu kümmern, aber jetzt im September war die Wahrscheinlichkeit einigermaßen groß, dass es noch ein paar sonnige Tage gab, an denen man sich hier ausruhen konnte. Moas Gedanken wanderten zurück zu Lukas und ihrem Treffen auf der Dachterrasse. Sie fragte sich, ob sie ihn bald wiedersehen würde. Wenn sie ehrlich war, hoffte sie ein wenig darauf.

*

Drei Stunden waren vergangen, seit Moa angefangen hatte, die Balkonmöbel abzuschmirgeln und zu putzen. Laut Anleitung mussten sie mindestens sechzehn Stunden trocknen, bevor sie mit dem Streichen beginnen konnte. Also nahm sie sich erst einmal die alten Terrakottatöpfe vor, die schon seit Monaten auf dem Balkon herumstanden, und säuberte sie im Badezimmerwaschbecken. Als sie den letzten Topf schrubbte, rief Ruben an.

»Hallo, Schatz«, begrüßte er sie gut gelaunt. »Ich war gestern bei einem wirklich spannenden Mittagessen, und ich glaube, dass dich auch interessieren könnte, was dabei herausgekommen ist.«

»Klingt toll.« Moa trocknete sich die Hände am Handtuch ab. »Mit wem hast du zu Mittag gegessen?«

»Mit Donald. Er leitet das Unternehmen in Mailand. Ich habe doch bestimmt mal erwähnt, dass er vor einem halben Jahr mit seiner Familie nach Italien gezogen ist, oder?«

»Ich glaube schon.« Moa trug die Töpfe in die Küche, griff nach dem Mosaik und ordnete alles auf dem Küchentisch an.

»Wie dem auch sei. Ich habe Donald erzählt, dass du nicht mehr in deiner alten Agentur arbeitest und nach einem neuen Job suchst. Daraufhin meinte er, er kenne Claes Andersson.«

»Okay.« Moa versuchte, sich daran zu erinnern, wer Claes Andersson war, aber da klingelte nichts. War das auch einer von Rubens Geschäftspartnern?

»Er ist der Personalchef von Almqvists, der Werbeagentur. Donald sagt, die suchen gerade neue Mitarbeiter, und er könne dich weiterempfehlen.«

»Oh, das hat er gesagt?« Almqvists war zurzeit die Agentur, die allgemein als die hippste galt. Wirklich jeder wollte dorthin. Moa konnte sich nicht vorstellen, dass Claes Andersson sie würde kennenlernen wollen, wenn er seine Wahl unter den Besten der Branche treffen konnte. Aber es war lieb von Ruben, dass er versuchte, ihr zu helfen.

»Er hat es sogar schon getan, und heute hat sich Claes zurückgemeldet. Sie haben sich dein LinkedIn-Profil angeschaut und würden dich gern kennenlernen.«

Moa unterbrach ihre Arbeit. »Sie wollen mich zum Gespräch einladen?«

»Ja«, antwortete Ruben begeistert. »Sie fanden dein Profil interessant. Aber erwähne beim Gespräch besser nicht, dass du gerade in einem Auktionshaus arbeitest.«

»Warum nicht?«

»Na ja, das klingt nicht gerade prestigeträchtig, meinst du nicht? Sag lieber, dass du den Sommer über an eigenen Projekten gearbeitet hast.«

»Und was sage ich, wenn sie irgendwelche Beispiele dafür sehen wollen?«

»Dann musst du dir eben was einfallen lassen.« Ruben begrüßte irgendjemanden im Hintergrund. »Ich muss jetzt los, wir haben gleich ein Teamleitungsmeeting. Aber schau mal in deine E-Mails. Du müsstest schon eine Nachricht haben.«

Ruben beendete das Gespräch, und eine Weile saß Moa einfach nur da und starrte vor sich hin. *Almqvists will mich kennenlernen. Eine der renommiertesten Werbeagenturen in ganz Schweden.* Das war eine Gelegenheit, die sie nicht verstreichen lassen durfte. Mit zitternden Händen klappte Moa ihren Laptop auf und loggte sich in ihr E-Mail-Postfach ein. Ruben hatte recht. Die E-Mail von Claes Andersson, der sie bat, sich mit ihm in Verbindung zu setzen, wartete bereits in ihrem Posteingang.

KAPITEL 27

Die große Maisonettewohnung am Strandvägen war voller
Menschen, die gekommen waren, um Rubens Kollegin Petra
hochleben zu lassen. Moa hatte Petra und ihren Mann Joakim
auf anderen Partys getroffen, kannte sie aber nicht sehr gut
und hatte nie mehr als ein paar Worte mit ihnen gewechselt.

Sie nahm einen Drink von dem Barkeeper entgegen, der
extra für die Party angeheuert worden war, und schaute sich
nach Ruben um. Er war nirgends zu sehen. Moa lächelte einigen Frauen zu, die sie vage wiedererkannte, wenngleich sie
noch nie mit ihnen gesprochen hatte. Dann bewegte sie sich
in Richtung des Wohnzimmers. Ruben hatte, kaum dass sie
zur Tür hereingekommen waren, einen Kollegen in ein Gespräch verwickelt, und als Moa ihren Mantel aufgehängt hatte, war er wie vom Erdboden verschluckt gewesen. Sie nippte
an ihrem Drink und schaute sich im Raum um. Alles unterhielt sich, lachte, und eine Sekunde lang wünschte sie sich,
gar nicht hierhergekommen zu sein. In einem Raum voller
Menschen herumzustehen und niemanden zum Reden zu haben, war unangenehm. Mehr als unangenehm.

»Hi.«

Moa zuckte zusammen und verschüttete beinahe ihr Getränk. Sie drehte sich schnell um und sah sich Lukas gegenüber. Sein blaues Hemd betonte seine Augen, und es sah aus,
als hätte er sein dunkles Haar erst kürzlich schneiden lassen.

Keine Spur von seiner früheren Nachlässigkeit – er fügte sich optisch perfekt in die Partygesellschaft ein.

»Hi. Was machst du denn hier? Ich hätte nicht gedacht, dass ...«

»Was hättest du nicht gedacht?«

»Ach, nichts.«

»Dass ich auf Partys wie diese hier stehe?«

»So ähnlich«, gestand Moa und errötete. »Entschuldige, da war ich wohl voreingenommen.«

»Tu ich eigentlich auch nicht, aber Jocke ist einer meiner ältesten Freunde, da lässt man sich auf dem Geburtstag seiner Frau natürlich blicken«, antwortete Lukas und grinste. »Und was tust du hier?«

»Das hier sind Freunde und Kollegen meines Freundes.«

»Aha, und wer ist dein Freund?«

»Ruben Svantesson. Kennt ihr euch?«

Lukas schüttelte den Kopf. »Leider nicht, aber da Petra offenbar die halbe Stadt eingeladen hat, überrascht mich das nicht.« Er sah sich um. »Wo ist er jetzt?«

»Keine Ahnung, er ist gleich, nachdem wir hier angekommen sind, verschwunden.«

»Dann bist du also gerade allein unterwegs?«

»Ja, wie gesagt, ich kenne hier nicht so viele Leute ...« Moa strich mit der Hand über ihren Rock.

»Mich kennst du schon einmal«, stellte Lukas fest. Moa erwiderte sein Lächeln. Obwohl es ihr merkwürdig vorkam, sich mit ihm auf dieser Party zu unterhalten, und nicht allein auf der Dachterrasse, war sie froh, ihn zu sehen.

»Übrigens, es tut mir leid, dass unser letztes Treffen zum Schluss so blöd gelaufen ist.«

»Eure Beziehung geht mich nichts an, eigentlich sollte ich dich um Entschuldigung bitten«, erwiderte Lukas.

»Im Grunde hast du ja recht. Ruben und ich sollten miteinander reden.«

»Habt ihr das denn immer noch nicht getan?« Lukas schaute Moa neugierig an, während sie den Kopf schüttelte.

»Ruben ist gestern Abend erst spät aus Mailand zurückgekommen, und jetzt sind wir hier. Aber ich rede nachher mit ihm.« Sie fächerte sich mit der Hand Luft zu. »Ist das warm hier.«

»Ganz deiner Meinung«, antwortete Lukas. »Wollen wir ein bisschen raus auf den Balkon?«

»Gerne.« Moa schaute sich noch einmal nach Ruben um, aber weit und breit war nichts von ihm zu sehen. *Dann suche ich ihn eben später,* dachte sie und folgte Lukas.

Im Obergeschoss war weniger los, und Moa schaute sich interessiert um. Petra und Joakim hatten ein Faible für Inneneinrichtung. Sie besaßen mehrere Designklassiker und Moa erkannte ein Sofa von Svenskt Tenn.

»Schön hier«, stellte sie fest, als sie die große Lounge durchquerten und auf einen großen Balkon hinaustraten. »Wow, was für eine Aussicht.« Sie konnte über ganz Djurgården und den Djurgårdsbrunnsviken blicken. »Man sieht ja fast bis zu unserem Haus.«

»Ja, das hat was.« Lukas lehnte sich gegen das Balkongeländer, sodass er dem Ausblick den Rücken und Moa das Gesicht zuwandte.

»Aber unsere Aussicht ist besser.« Moa warf Lukas einen Blick zu und er erwiderte ihr Lächeln. »Wie kommt es, dass du Jocke kennst?«

»Unsere Eltern sind Bekannte.«

»Sind sie auch Diplomaten?«

Lukas nickte. »Wir sind an mehreren Orten zusammen zur Schule gegangen und auch in Kontakt geblieben, als wir in unterschiedlichen Ländern gelebt haben.«

»Die Wohnung hier ist jedenfalls unglaublich.«

»Jocke ist eigentlich ein ganz normaler Typ.«

»Ach wirklich!« Moa hob eine Augenbraue und brachte Lukas damit zum Grinsen.

»Hand drauf. Ein ganz normaler Typ mit einem schrägen Hobby: Er ist ein passionierter Gamer und hat sogar ein eigenes Spiel entwickelt.«

»Und das dann für einen Haufen Kohle verkauft?«

»So ähnlich.«

»Zockst du auch?«

»Manchmal, aber nicht so ausgiebig wie Jocke.«

Moa stützte sich mit den Unterarmen auf dem Balkongeländer ab und schaute auf die Gäste auf der unteren Terrasse hinab. Die meisten standen in kleinen Gruppen herum und unterhielten sich angeregt, während Kellner umhergingen und Häppchen und Champagner reichten. Alle gaben sich so weltgewandt, als wären Partys wie diese und der ganze Luxus etwas vollkommen Alltägliches für sie.

»Woran denkst du?« Lukas stellte sich neben Moa und spähte ebenfalls auf die Partygesellschaft hinunter.

»Dass ich nicht hierhergehöre.«

»Wie meinst du das?«

»Ach, nicht wichtig«, murmelte Moa und bereute es, den Mund aufgemacht zu haben.

»Doch, sag schon.«

»Ich weiß, dass es albern ist, aber in Situationen wie diesen fühle ich mich oft richtig verloren. Ich war so froh, als du aufgetaucht bist.«

»Warum fühlst du dich verloren?«

»Ich weiß nicht. Vielleicht, weil alle hier so erfolgreich und außergewöhnlich sind. Ich kann so gar nichts beitragen.«

»Dir ist schon klar, dass es den meisten Leuten da unten genauso geht, oder?« Lukas warf Moa einen Blick zu. »Jeder macht sich Sorgen, nicht gut oder interessant genug zu sein.«

»Meinst du?«

»Absolut. Diese Angst bringt so viele Leute dazu, sich zu verstellen. Aber es ist wichtig, sich nicht zu verbiegen. Du bist mindestens genauso viel wert wie alle anderen hier.«

»Findest du wirklich?«

»Jetzt fischst du aber nach Komplimenten«, sagte Lukas grinsend.

Moa kicherte. »Gut möglich.«

Ihre Blicke trafen sich und Lukas beugte sich vor. »Du hast da was«, sagte er und strich mit dem Finger über ihre Wange. Moas Magen schlug einen Salto.

»Ich glaube, du …«, setzte Lukas an, hielt dann aber inne, wandte den Blick ab und schaute zu der Gesellschaft hinunter. »Vielleicht sollten wir wieder nach unten gehen?«

Moa bemühte sich, ihre Stimme unter Kontrolle zu bringen. »Das klingt vernünftig.«

Während sie den Balkon verließen und die Treppe hinuntergingen, versuchte sie, das Gedankenwirrwarr in ihrem Kopf zu sortieren. Obwohl Lukas nur eine Handbreit entfernt neben ihr ging, wagte sie nicht, ihn anzusehen. Wenn sie das täte … *Nein, reiß dich zusammen. Wir sind nur Freunde.*

»Ich glaube, ich sollte mal Ruben suchen gehen«, sagte sie betont fröhlich, als sie das Wohnzimmer betraten.

Lukas musterte sie prüfend und nickte dann. »Und ich sollte mich mal mit ein paar Freunden unterhalten.«

Einen langen Augenblick schauten sie einander schweigend an. Bevor einer von ihnen ein Wort sagen konnte, rief jemand Lukas' Namen, woraufhin er sich entschuldigte und auf der unteren Terrasse verschwand.

Moa schaute sich im Gedränge nach Ruben um. Ob er sie und Lukas miteinander gesehen hatte? Aber was hätte er da schon sehen sollen? Sie hatten nichts weiter getan, als sich zu unterhalten. Langsam bewegte Moa sich in Richtung Küche. Es war fast ein Ding der Unmöglichkeit, sich zwischen den kleinen Gruppen schnatternder Gäste hindurchzudrängen, und mehr als einmal musste sie ausweichen, weil jemand zu unbedacht sein Glas schwenkte. In der Bibliothek stieß sie nach langem Suchen auf Ruben. Er war in ein augenscheinlich interessantes Gespräch mit einem Typen vertieft, der Moa vage bekannt vorkam. Als sie sich zu ihnen gesellte, schaute Ruben irritiert auf.

»Hallo, Schatz. Alles in Ordnung bei dir?«

»Absolut. Und bei euch?«, fragte Moa und versuchte, ein Lächeln zustande zu bringen. Nach der Begegnung mit Lukas fühlte sie sich immer noch etwas benommen.

»So weit, so gut.« Ruben gestikulierte in Richtung seines Gesprächspartners. »Das ist Angelo. Wir arbeiten zusammen.«

Moa begrüßte Angelo und versuchte zerstreut, dem Gespräch zu folgen, das die beiden wieder aufnahmen, aber ihre Gedanken kehrten immer wieder zu Lukas zurück. Eigentlich war nichts zwischen ihnen vorgefallen, und doch war eine ganze Menge passiert. Oder hatte sie sich das Kribbeln zwischen ihnen nur eingebildet?

Nachdem sie Ruben und Angelo noch eine Weile zugehört, sich einen neuen Drink geholt und sich im Small Talk mit einigen Gästen versucht hatte, ging sie wieder ins Wohnzimmer. Irgendjemand hatte die Musik aufgedreht und einige Gäste tanzten. Moa schaute sich verstohlen um, konnte Lukas aber nirgendwo entdecken. Ob er nach Hause gegangen war?

»Angelo fragt, ob wir noch mit ihm ins F12 wollen.« Plötzlich tauchte Ruben wieder an Moas Seite auf. »Ich denke, das könnte ganz gut werden.«

»Na ja, wir haben uns in letzter Zeit kaum gesehen. Wollen wir nicht lieber nach Hause?«, fragte Moa. Sie wusste, dass Ruben gerne bis in die Puppen unterwegs war, aber sie hatte keine Lust, jetzt noch irgendwo anders hinzugehen. Im Grunde wollte sie nichts weiter, als mit Ruben allein zu sein, ihm die Wohnung zu zeigen und neben ihm einzuschlafen. Bereits am Montag musste er wieder in Mailand sein, und bis dahin wollte sie noch ein bisschen Zweisamkeit.

Ruben runzelte die Stirn. »Na ja, ich würde eigentlich lieber noch ausgehen. Ich war schon eine ganze Weile nicht mehr in der Stadt, und es ist lange her, dass ich das letzte Mal etwas mit Freunden unternommen habe.«

»Aber …«

»Komm schon. Warum können wir nicht noch eine Weile mit?«

»Ich glaube, ich kriege sowieso Kopfschmerzen. Schließ du dich doch den anderen an. Und wir sehen uns dann später?«

»Musst du noch den Hundesitter für Iris spielen?« Ruben schaute sich im Raum um und winkte einem Grüppchen zu, das im Begriff war, die Party zu verlassen, bevor er seine Aufmerksamkeit wieder Moa zuwandte.

»Vendela und Gunnar haben versprochen, sie mir vorbeizubringen, bevor sie schlafen gehen.« Moa sah Ruben direkt in die Augen. »Ich dachte, du willst vielleicht bei mir übernachten?«

Ruben wich ihrem Blick aus. »Na ja, es wird bestimmt ziemlich spät. Wollen wir uns nicht lieber morgen treffen? Dann störe ich dich auch nicht, wenn ich nach Hause komme.«

Moa rang sich ein Lächeln ab und versuchte, ihre Enttäuschung zu verbergen. »Okay.«

Ruben gab ihr einen Kuss auf den Mund. »Ich wusste, dass du das verstehst.« Er schaute auf die Uhr. »Wir gehen dann wohl gleich los. Ich rufe dich morgen an.«

KAPITEL 28

Am Sonntagmorgen wachte Moa früh auf. Sie hatte eine unruhige Nacht gehabt, mit Gedanken, die in ihrem Kopf Achterbahn fuhren und ihr stundenlang den Schlaf raubten. Dass Ruben nach der Party noch weitergezogen war und danach nicht einmal bei ihr übernachtet hatte, fühlte sich falsch an. Moa kam es so vor, als stünde sie auf seiner Prioritätenliste immer auf dem letzten Platz, und mittlerweile wusste sie nicht mehr, wie sie damit umgehen sollte. Und dann war da auch noch Lukas. Was entwickelte sich da eigentlich zwischen ihnen?

Moa schlüpfte in eine Jeans und einen Strickpullover und verließ mit Iris im Schlepptau die Wohnung. Vor der Haustür setzte sie sich die Sonnenbrille auf die Nase und machte sich auf den Weg zum Nytorget, einem bezaubernden Platz ein paar Häuserblocks entfernt. Sie ignorierte das anhaltende stechende Gefühl in ihrem Magen und hielt kurz bei einem Café an, um sich einen Milchkaffee zu kaufen, bevor sie weiter in Richtung Norra Hammarbyhamnen ging. Dort war es um diese Zeit noch menschenleer, und Moa genoss die Ruhe, während sie am Kai entlangspazierte. Sie passierten das Hallenbad und die große Kleingartenkolonie. Mittlerweile war es nach acht, und nachdem Moa eine Weile mit sich selbst gehadert hatte, schickte sie Ruben eine Nachricht und lud ihn zum Frühstück in ihre Wohnung ein. Sie mussten endlich über ihre Beziehung sprechen. Kurz darauf bekam sie Rubens Antwort:

Muss mir gestern Nacht eine Lebensmittelvergiftung zuge-
zogen haben. War wahrscheinlich der Hamburger. Können
uns heute leider nicht sehen. Vermisse dich und verspreche
dir, dich zu einem richtigen Luxusdinner einzuladen, wenn
ich das nächste Mal aus Mailand zurückkomme. Muss heute
Abend schon wieder los. Kuss.

Lebensmittelvergiftung? Moa lachte laut auf. Warum konnte
er nicht einfach zugeben, dass er zu verkatert war, um sich mit
ihr zu treffen? Moa spürte, wie ihr die Tränen in die Augen
stiegen. Sie hob ein Stöckchen vom Boden auf und schleuder-
te es fort. Sofort machte Iris einen Satz nach vorn und zerrte
so heftig an der Leine, dass Moa ins Straucheln geriet.

»Ganz ruhig, Süße.« Sie schaute sich verstohlen um, bevor
sie Iris' Leine löste. »Ich glaube nicht, dass man Hunde hier
frei herumlaufen lassen darf, sag's also nicht weiter!«

Iris stürmte los, hob das Stöckchen auf und legte es Moa
vor die Füße. Die wischte sich mit dem Handrücken die Tränen aus den Augenwinkeln, warf den Stock so weit fort, wie
sie konnte, und beobachtete Iris, die ihm glücklich hinterher-
sprang. Es war schön zu sehen, wie sehr die Hündin es genoss,
draußen umherzuspringen. Wie ein Flummi hüpfte sie den
Gehweg auf und ab.

Als ihnen jemand entgegenkam, rief Moa Iris wieder zurück, und der Pudel gehorchte aufs Wort.

»Braves Mädchen.« Moa tätschelte Iris. Als sie aufblickte,
machte ihr Herz einen Satz. »Hi! Ich dachte, ich wäre die Einzige, die so früh auf den Beinen ist.«

Moa ließ Iris los, die direkt davonsprang.

»Ich habe nicht gut geschlafen«, erwiderte Lukas und gesellte sich zu Moa. »Bist du gestern Abend früh verschwunden?«

»Ruben wollte noch um die Häuser ziehen und ich hatte ein bisschen Kopfschmerzen«, erklärte Moa. »Und …«

»Apropos gestern …«, setzte Lukas gleichzeitig an.

»Du zuerst«, sagte Moa lächelnd.

»Okay. Ich wollte sagen, dass es gestern zwischen uns vielleicht ein wenig seltsam war.«

»Ja, ein wenig.«

»Und, ich weiß nicht … Vielleicht sind wir etwas zu weit gegangen.« Lukas kratzte sich am Kopf und sah plötzlich ganz unbeholfen aus.

»Obwohl ja gar nichts passiert ist.«

»Ich weiß. Ich wollte damit nur sagen, dass ich wirklich gerne Zeit mit dir verbringe und mich freuen würde, wenn wir einfach Freunde werden.«

»Geht mir genauso«, sagte Moa schnell und verdrängte das eigenartige Gefühl der Enttäuschung, das in ihr aufkeimte.

»Gut.« Ein Hauch Rot stieg in seine Wangen.

Moa räusperte sich. »Und du warst gerade laufen?« *Etwas Besseres ist dir jetzt nicht eingefallen?* »Ich meine, bestimmt warst du laufen, das sehe ich ja … an dem, was du anhast …« *Klappe, Moa. Sei einfach still.*

Lukas grinste. »Ich bin eine Runde um die Bucht gejoggt.«

»Wie schön.« Moa gab sich Mühe, begeistert zu klingen.

»Eigentlich ist es langweilig. Aber gut, um in Bewegung zu bleiben.« Lukas hob den Stock auf, den Iris erneut auf dem Boden vor ihnen abgelegt hatte, und warf ihn fort, woraufhin der Königspudel wieder davonraste. »Wollen wir zusammen zurückgehen?«

Sie machten sich auf den Weg entlang der Bucht und ließen Iris weiter frei laufen. Im Tantolundenpark wuselte sie los, um mit dem Labrador eines älteren Herrn zu spielen, den Moa schon einige Male auf ihren Spaziergängen getroffen hatte. Sie winkte dem Mann zu, und er erwiderte ihren Gruß. Als sie die Häuser des Ringvägen erreichten, leinte Moa Iris wieder an. In einem kleinen Park schienen gerade Dreharbeiten stattzufinden.

»Weißt du, was die dort filmen?«, fragte Moa.

»Keine Ahnung.«

»Die haben unglaublich schöne Pferde dabei«, stellte sie fest und betrachtete eines von ihnen, einen grazil einherschreitenden Araber, mit sehnsuchtsvollem Blick. »Als ich ein Kind war, hatte meine Mutter einen Shagya-Araber. Attila. Er war ein richtiges Energiebündel.«

»Würdest du gerne mal wieder reiten?«, fragte Lukas neugierig.

»Schon ein bisschen.«

»Nur ein bisschen?«

»Okay, ein bisschen sehr«, gestand Moa und lächelte. »Jahrelang waren Pferde mein Ein und Alles.« Sie beobachtete die Reiter im Park. »Im Stall konnte ich alles andere vergessen, so als ob meine Probleme und der ganze Alltagsstress dort keinen Zutritt hätten.«

»Ich weiß genau, was du meinst. Mir geht es so, wenn ich Golf spiele. Man konzentriert sich so stark, dass man gar keine Zeit hat, an etwas anderes zu denken.«

»Genau.« Moa dachte an den Brief ihrer Großmutter. Sie hatte noch keinen Ausritt geplant, aber vielleicht sollte sie das endlich einmal in Angriff nehmen. Die ganzen letzten Jahre hatte sie ihre Hobbys vernachlässigt, und eigentlich hätte sie schon viel früher wieder mit dem Reiten anfangen sollen. Einmal hatte sie es versucht, erinnerte sie sich. Etwa zur gleichen Zeit, als sie mit Ruben zusammengekommen war, hatte sie ein Pferd für eine Reitbeteiligung gefunden, aber die Arbeit im Stall hatte sie so sehr in Anspruch genommen, dass sie das Reiten wieder an den Nagel gehängt hatte.

Jetzt bogen sie in die Folkungagatan ein, und während Lukas in eine Bäckerei ging, um ihnen je ein Sandwich und einen Becher Kaffee zu kaufen, wartete Moa mit Iris draußen vor der Tür. Sie lehnte sich an die Hauswand, schloss die Augen und hielt das Gesicht in die Sonne. Der Spaziergang war angenehmer geworden, als sie erwartet hatte, und plötzlich wurde ihr klar, dass sie kaum einen Gedanken an Ruben verschwendet hatte.

KAPITEL 29

»Hast du Lust, mich zu einer Begutachtung nach Nyköping zu begleiten?«, fragte Artur und steckte den Kopf durch die Bürotür.

»Das klingt spannend. Wann denn?«, fragte Moa und schaute von ihrer Arbeit auf. Sie war schon früh im Büro gewesen, um die E-Mails, die sich während ihrer freien Tage angehäuft hatten, zu beantworten, und hatte schon eine Präsentation überarbeitet. Susanne hatte sie damit beauftragt, alle Präsentationen durchzugehen und ihnen ein einheitliches Design zu verpassen. Das war eine Aufgabe, die Moa lag und ihr sogar richtig Spaß machte.

»Jetzt«, sagte Artur und betrat den Raum. »Ich dachte, du möchtest vielleicht einmal sehen, wie so etwas abläuft.«

»Meinst du, Susanne ist damit einverstanden?«

»Los, fahr schon mit Artur«, schaltete sich Anette vom anderen Schreibtisch her ein. »Oder hast du gerade viel zu tun?«

»Jedenfalls nichts Dringendes.«

»Na siehst du«, sagte Anette und lächelte aufmunternd. »Wir halten hier die Stellung, wenn irgendetwas sein sollte.«

»Susanne hat mich auch immer begleitet, als sie hier angefangen hat«, erklärte Artur auf dem Weg zum Auto. »Dabei kann man richtig viel lernen.«

»Ich bin schon ganz gespannt. Wie kommt es, dass wir bis nach Nyköping fahren?«

»Manchmal bekommen wir Anfragen außerhalb Stockholms. Meistens sagen wir zu, wir wollen uns ja keine Schätze durch die Lappen gehen lassen.«

Moa nickte. In diesem Moment klingelte ihr Handy und sie warf einen Blick auf das Display.

Lust auf einen Ausflug am Samstag? Lukas

Lukas? Wie war der denn an ihre Nummer gekommen? Moa begann, eine Antwort zu tippen, wurde aber durch die nächste Nachricht unterbrochen.

Ich habe Vendela gefragt, ob sie mir deine Nummer geben kann. Hoffe, das war okay?

Moa grinste. Sie hatte am Samstag noch nichts vor, außer vielleicht, sich mit Ruben zu treffen. Aber wenn der Ausflug nicht den ganzen Tag dauerte, war danach noch Zeit dafür. Außerdem war sie immer noch enttäuscht von Rubens Verhalten am letzten Wochenende und verspürte keine Lust, sich nach seinem Terminkalender zu richten.

Klar. Ich komme gerne mit. Wo soll es hingehen?

Das ist ein Geheimnis. Wäre aber gut, wenn du Reitkleidung anziehen würdest. ☺

Das lässt sich einrichten. ☺

Wie gut, dass sie ihre alten Reithosen noch nicht aussortiert hatte. Jetzt musste sie sie nur noch wiederfinden.

Perfekt. Dann sehen wir uns Samstag um sieben unten an der Tür. Hab einen schönen Tag.

Moa lächelte immer noch, als sie in Arturs Auto einstieg. Jetzt hoffte sie, die Woche würde möglichst schnell vergehen. Sie freute sich so auf das Reiten! Und ja, zugegeben, auf Lukas auch ein bisschen. Aber nur, weil es so nett war, Zeit mit ihm zu verbringen. Das war alles.

*

Zwei Stunden später schlenderten Moa und Artur die Hauptstraße in Nyköping entlang. Vor einem Haus in einer Querstraße blieben sie schließlich stehen und warteten. Kurze Zeit später kam eine Frau in den Fünfzigern vom Parkplatz her auf sie zugeeilt. Die Nachlassverwalterin. Ihr roter Rock flatterte beim Gehen um ihre Beine, und ihre dunkelblaue Bluse spannte sich eng über Brust und Bauch.

»Entschuldigen Sie die Verspätung. Ich bin Vilma Angerlund. Warten Sie schon lange? Meine Tochter hat sich gestern mein Auto ausgeliehen und die Schlüssel verlegt.« Die Frau schnappte nach Luft. »Gott sei Dank konnte ich mir das Auto meines Nachbarn ausleihen.«

»Alles in Ordnung, wir sind auch gerade erst angekommen«, antwortete Artur. »Also, wollen wir einen Blick wagen?«

»Natürlich.« Vilma Angerlund fummelte an einem großen Schlüsselbund herum und schloss die Eingangstür auf. »Ich war schon eine Weile nicht mehr hier. Wie gesagt, ich verwalte nur den Nachlass. Die Dame, die hier gelebt hat, hatte keine Verwandten oder engen Freunde. Sie hatte auch keinen Pflegedienst beauftragt und war selten unterwegs, deswegen hat sie zunächst niemand vermisst ...«

»Das ist traurig«, murmelte Moa.

»Unheimlich tragisch, aber leider nichts Ungewöhnliches.« Die Nachlassverwalterin öffnete die Tür zur Wohnung. »Hier steht ziemlich viel Zeug herum, aber es ist alles sauber. Wir haben vor einiger Zeit eine Reinigungsfirma beauftragt, weil ... sie eine ganze Weile hier herumgelegen hat.«

Moa schluckte und folgte den anderen in die Wohnung. Sie war ordentlich und aufgeräumt, mit dunklen Möbeln und Perserteppichen in fast jedem Zimmer. Vilma Angerlund führte sie in die Küche, wo eine Wanduhr laut vernehmlich vor sich hin tickte. Moa stellte sich vor, wie es war, hier allein zu leben, tagein, tagaus, immer mit dem rhythmischen Ticken der Uhr im Hintergrund. Einer ständigen Erinnerung daran, dass die Zeit verstrich, während man selbst isoliert war, ohne Kontakt zur Außenwelt. Wie geriet man in eine solche Situation, ohne Freunde, Familie oder Angehörige? War die Einsamkeit der Verstorbenen selbst gewählt gewesen oder unfreiwillig?

Moa schaute dabei zu, wie die beiden anderen die Möbel durchgingen und Artur seine Einschätzungen abgab. Er erklärte, durch welche Besonderheiten sich bestimmte Stücke auszeichneten, oder wies auf die Stempel der Hersteller hin, anhand deren sich die Echtheit eines Objekts bestimmen ließ. Moa blieb vor einer Kommode stehen, auf der mehrere Fotos aufgereiht waren. Die Frau war verheiratet gewesen, und den Fotos nach zu urteilen, hatte sie fast ihr ganzes Leben mit ihrem Ehemann verbracht.

»Ihr Mann ist vor drei Jahren verstorben. Wie gesagt, andere Verwandte gab es nicht.«

»Hat denn niemand sie besucht?«

»Wie gesagt, sie kam allein zurecht. Am Ende hat sie drei Monate hier gelegen, bevor die Nachbarn Alarm schlugen … Nein, ich glaube nicht, dass irgendjemand sie besucht hat.«

Kaum vorzustellen, dass ein Leben auf diese Weise enden konnte. Dass es keinen Menschen mehr gab, dem man etwas bedeutete. Während Artur und Vilma Angerlund sich wieder den Möbeln zuwandten, ging Moa in die Küche. An der Wand hing ein Kalender. Er war leer. Keine Verabredungen, Treffen, Arzttermine. Es gab keinen einzigen Eintrag.

»Ich bleibe noch eine Weile hier. Nachher kommen ein paar Leute von einem Trödelladen«, erklärte die Nachlassverwalterin, als sie mit der Schätzung fertig waren. »Die nehmen alles Wertlose mit.«

»Und wir lassen die Möbel und Gegenstände abholen, über die wir gesprochen haben«, erwiderte Artur und setzte sich seinen Hut auf. »Ich bitte die Kollegen, sich mit Ihnen in Verbindung zu setzen, damit Sie einen Termin ausmachen können.«

»Was passiert mit den ganzen persönlichen Sachen?«, fragte Moa.

»Die werden weggeworfen«, antwortete Vilma. »Danke, dass Sie den weiten Weg auf sich genommen haben.«

»Gern geschehen«, sagte Artur und tippte gegen die Krempe seines Huts, bevor er mit Moa die Wohnung verließ.

*

Moa und Artur saßen schweigend nebeneinander, während er den Wagen aus dem Parkhaus lenkte und sich vom Navi zur Autobahn leiten ließ. Das war ein erschütternder Besuch gewesen. Moa fühlte sich, als hätte jemand sie plötzlich brutal in die Realität hineingeworfen und ihr dazu noch einen Faustschlag in den Magen verpasst.

»Das war anstrengend«, sagte sie, als sie die Autobahnauffahrt erreichten.

»Ja, so etwas öffnet einem die Augen«, antwortete Artur, ohne den Blick von der Straße abzuwenden.

»Glaubst du, dass so etwas oft passiert?«

»Wahrscheinlich schon. Denk mal an all die Menschen, die allein in Pflege- oder Seniorenheimen leben. Oder die ohne Hilfe ihre Wohnungen gar nicht mehr verlassen können.«

»Aber die meisten haben doch sicher wenigstens einen Verwandten oder Freund.« Natürlich hatte Moa schon von einsamen Menschen gehört, um die sich niemand kümmerte. Aber eine Wohnung zu betreten, Bilder von einer Person und dem Leben, das sie geführt hatte, zu sehen, während man wusste, dass alles in Einsamkeit geendet hatte und sich niemand mehr an den Menschen erinnerte, war etwas ganz anderes.

»Auch wenn man Verwandte oder Familie hat, bekommt man nicht zwingend Besuch.« Artur presste den Kiefer zusammen. »Manchmal meint es das Schicksal eben nicht gut mit einem.«

»Aber das klingt furchtbar.« Moa starrte aus dem Autofenster. Im Laufe des Tages hatte sich das Wetter geändert, und nun peitschte der Regen gegen die Fenster. Ein eindeutiges Zeichen dafür, dass sich der Sommer und die Hitze nun endgültig verabschiedeten.

Moas Handy klingelte und sie zog es aus der Tasche. Als sie sah, dass es sich bei dem Anrufer um Ruben handelte, drückte sie das Gespräch weg. Sie hatte keine Lust, jetzt mit ihm zu reden. Artur ließ sich nichts anmerken und fuhr ungerührt weiter in Richtung Stockholm. Moa stieß einen tiefen Seufzer aus.

»So etwas öffnet einem die Augen«, stellte Artur erneut fest und blinkte, um die Spur zu wechseln.

»Allerdings.« Moa starrte auf ihre Hände hinunter. »Ich bin froh, dass meine Großmutter ein geselliges Leben geführt hat und viel Zeit mit Freunden verbringen konnte.«

»Und sie hatte dich und deine Familie.«

»Zum Ende hin war ich nicht mehr so oft da.« Moa dachte über ihren Streit nach. Nein, eigentlich war es kein Streit gewesen. Ihre Großmutter hatte sie gefragt, warum sie ihr Leben wegwarf und ständig das tat, was andere von ihr verlangten, anstatt ihren eigenen Träumen zu folgen. Das hatte Moa härter getroffen, als sie zugeben wollte. Durch dieses Gespräch hatte sich eine Kluft zwischen ihnen aufgetan, aber mittlerweile war Moa klar, dass ihre Großmutter nicht ganz unrecht gehabt hatte.

KAPITEL 30

Auf dem Display leuchtete eine Nachricht von Ruben auf, und Moa las sie mehrere Male, bevor sie den Blick von ihrem Handy löste und in die Ferne starrte. Ruben hatte ein Angebot für die Wohnung abgegeben! Mit zitternden Fingern durchsuchte Moa ihre Kontakte nach seiner Nummer und wartete, während der Freiton erklang. Ihr war klar, wie gern Ruben das Apartment kaufen wollte – aber einfach ein Angebot zu machen? Was hatte er sich dabei gedacht?

»Ich weiß, was du sagen willst«, wurde sie von Ruben begrüßt, noch bevor sie überhaupt den Mund öffnen konnte. »Vielleicht war das ein bisschen schnell und impulsiv, aber wir wollen die Wohnung schließlich haben. Außerdem hatte ein anderes Paar ebenfalls Interesse bekundet, und ich dachte mir, es wäre doch schade, wenn wir uns die Gelegenheit entgehen ließen.«

Moa holte tief Luft. Sie hatte nicht vor, einen Streit vom Zaun zu brechen, aber darüber reden mussten sie in jedem Fall. Ruben konnte nicht einfach so tun, als wäre alles zwischen ihnen in Ordnung.

»Warum hast du mich nicht zuerst angerufen?«, fragte sie, um etwas Zeit zu gewinnen.

»Ich habe versucht, dich zu erreichen, aber du bist nicht ans Telefon gegangen.« Mit einem Mal klang Ruben defensiv. »Ich habe doch erst einmal nur ein Angebot abgegeben.«

»Ja, ich weiß. Aber ich finde, wir sollten das Ganze erst noch ein wenig durchdenken.« Moa kam allmählich in Fahrt. »Willst du das alles wirklich?« Jetzt war heraus, worüber sie sich seit der Party den Kopf zerbrach.

»Wie meinst du das?«

»Ich denke nur daran, wie das Wochenende abgelaufen ist.« Moa biss sich auf die Unterlippe. »Ich habe irgendwie den Eindruck gewonnen, dass du gar nicht mehr so versessen darauf bist, eine gemeinsame Wohnung zu kaufen. Du hast dich kaum für mich interessiert. Wir hatten uns so lange nicht gesehen, und dann warst du endlich zu Hause und wolltest dich lieber mit irgendwelchen anderen Leuten treffen.« Moa schloss die Augen, als sie merkte, wie vorwurfsvoll sie klang.

»Wie kommst du jetzt auf einmal darauf?«

»Wir haben uns letztes Wochenende kaum gesehen.« Es konnte doch nicht sein, dass Ruben nicht kapierte, wovon sie sprach?

Ruben seufzte. »Ich weiß, das war alles ein bisschen verkorkst, und ich war wirklich viel unterwegs in letzter Zeit. Aber du bist doch auch nie zu Hause. Das heißt noch lange nicht, dass wir uns trennen sollten.« Rubens Tonfall wurde sanfter. »Uns geht es doch gut miteinander.«

»Ja, aber …«

»Es tut mir leid, wie es zuletzt gelaufen ist. Ich hätte am Wochenende mit dir nach Hause kommen sollen. Wenn ich das nächste Mal in Stockholm bin, wird es besser.«

»Dass du mich allein gelassen hast, hat mich sehr verletzt«, sagte Moa leise.

»Ich weiß, und dafür möchte ich mich entschuldigen«, antwortete Ruben. »Ich liebe dich, Moa. Wenn du deine Wohnung verkauft hast und ich nicht mehr so viel verreisen muss, wird alles wieder wie früher.«

Moa erwiderte nichts darauf. Sie wollte gar nicht, dass alles wieder wie früher wurde. Sie wollte mit Ruben in der Wohnung ihrer Großmutter leben. Jeden Tag fühlte sie sich stärker mit der Wohnung verbunden. Sie war zu ihrem Zuhause geworden. Schon wenn sie durch die Tür trat, keimte ein ganz besonderes Gefühl in ihr auf. Aber wie sollte sie Ruben das beibringen? *Ich muss es ihm jetzt sagen,* dachte sie. *Ich kann nicht damit warten, bis wir uns wiedersehen.*

»Ich muss dir was …«

»Ich weiß, dass du dir Sorgen wegen des Wasserschadens machst, aber ich bin mir sicher, dass wir den Einzugstermin nach hinten verschieben können. In der Zwischenzeit hast du Zeit für alle nötigen Reparaturen und kannst die Wohnung verkaufen. Mit ein bisschen Glück werden wir bis dahin nicht überboten.«

»Was hast du denn überhaupt geboten?«

»Zehn Millionen Kronen.«

Moa schnappte nach Luft. »Das ist eine Menge Geld.«

»So viel kosten solche Wohnungen nun einmal. Weil ich die anderen Interessenten im Nacken hatte, habe ich noch ein bisschen mehr draufgelegt. Wir können es uns gut leisten.« Ruben klang richtig glücklich. »Das wird einfach klasse. Ich bin mir sicher, dass wir dort eine tolle Zeit haben werden.«

»Können wir noch einmal darüber reden, wenn du wieder zu Hause bist? Ich koche uns am Freitag was Schönes.«

»Da kann ich nicht, ich habe doch den Jungs versprochen, mir das Spiel anzusehen.«

»Aha.«

»Hey, sei nicht traurig. Ich weiß, ich hätte nicht zusagen sollen, aber ich dachte, das wäre schon in Ordnung, weil du sowieso mit der Wohnung beschäftigt bist«, sagte Ruben. »Willst du nicht wieder nach Hause kommen? Iris kannst du doch bestimmt irgendwo anders unterbringen.«

»Ich kann sie unmöglich abgeben.«

»Warum nicht?«

»Sie hängt total an mir, und ich will nicht, dass sie schon wieder umziehen muss.«

»Aber demnächst nimmt dein Vater sie doch sowieso zu sich, oder nicht?«

»Ich will nicht, dass sie ständig aus ihrem Umfeld herausgerissen wird«, antwortete Moa. Iris wegzugeben war das Letzte, woran sie dachte. Die Hündin sollte nicht ständig herumgereicht werden. Sie brauchte Geborgenheit und Stabilität.

»Vielleicht hast du recht. Tut mir leid, ich bin nur egoistisch und hätte dich am liebsten ganz für mich allein«, antwortete Ruben. »Ich muss jetzt weiterarbeiten, aber wir können heute Abend noch mal reden. Und Samstagabend haben wir ein Date, ja?«

Moa seufzte. »Okay, aber dann müssen wir noch einmal über die Wohnung reden. Das ist wirklich wichtig.«

KAPITEL 31

Kalender, Fotoalben, Notizbücher, ein rosafarbenes Sommerkleid, ein paar Briefe und ein gerahmtes Bild ihrer Großmutter lagen wild auf dem Boden verstreut. Moa nahm den Taschenkalender von 1940 in die Hand. Nach ihrem Gespräch mit Ruben hatte sie beschlossen, den Koffer weiter zu durchstöbern, um sich etwas abzulenken. Wenn sie ehrlich zu sich selbst war, wusste sie nicht, wie es mit ihrer Beziehung weitergehen sollte.

Sie begann, den Kalender durchzublättern. Ihre Großmutter hatte hier und da kleine Erinnerungen festgehalten. Schon beim Anblick der vertrauten Handschrift stiegen Moa die Tränen in die Augen. Obwohl Elsas Tod nun schon eine Weile her war, vermisste Moa sie schmerzlich. Immer wieder ertappte sie sich bei dem Gedanken, dass sie ihrer Großmutter unbedingt etwas erzählen musste, und merkte dann erst, dass das nicht mehr möglich war. Aber gerade jetzt wollte sie mehr denn je mit ihr über all die Gefühle und Gedanken sprechen, die in ihrem Kopf herumwirbelten.

Moa zog ein Foto hervor, das zwischen zwei Kalenderseiten eingeklemmt war. Es zeigte Elsa in Gesellschaft einiger anderer Frauen vor dem winterlichen Nybroviken.

Sie las den Text auf der Rückseite:

Ich, Göta, Malin und Anna-Lisa. Mein Mantel ist neu.
Ich bekam ihn von der Gräfin von Frisendorf. Sie meinte,
sein Rot passe gut zu meinen Haaren. Wie schade, dass
die Farbe auf dem Bild nicht zu sehen ist, der Mantel ist
das schönste Kleidungsstück, das ich je besessen habe.

Moa kam es so vor, als bekäme sie mit jeder Notiz neue, kleine
Puzzleteilchen geschenkt, Hinweise, die sich langsam zu einem
Bild ihrer Großmutter zusammensetzten und Aufschluss darüber gaben, wer Elsa gewesen war und was sie erlebt hatte.
Moa nahm den Kalender mit zum Sofa im Wohnzimmer, ließ
sich im Schneidersitz nieder und las weiter. Manchmal hatte
ihre Großmutter nur eingetragen, mit wem sie verabredet war.
Dann wiederum hatte sie ihre Treffen mit Bill beschrieben. Sie
hatten sich kennengelernt, als er Freigang hatte, und sie schrieb
über Nachmittage im Park, Tanzabende und Feiern mit Freunden. An einer Stelle las Moa:

Jetzt habe ich Bill seit einem Monat nicht mehr gesehen.
Ich vermisse ihn jeden Tag und hoffe, es geht ihm gut.

Moa blätterte weiter, fand aber keine weiteren Einträge. Im
Koffer stieß sie schließlich auf den Kalender von 1941 und las
weiter:

Bin mit Bill spazieren gegangen.

An anderer Stelle hieß es:

Bill tanzt wunderbar. Wäre dieser Abend doch nie zu Ende gegangen.

Bei einem längeren Eintrag im Juni blieb Moa hängen.

Ich hätte nicht gedacht, dass man sich so Hals über Kopf verlieben kann. Bill ist der Mann, auf den ich immer gewartet habe. Wir versuchen, so viel Zeit wie möglich miteinander zu verbringen. Ich habe noch nie jemanden wie ihn kennengelernt. So weltgewandt und so zuvorkommend. Heute Abend gehen wir zusammen auf ein Fest. Ich habe mir ein Kleid von Göta geborgt. Wir werden einen fantastischen Abend haben.

Moa blätterte die Seite um und stieß auf einen weiteren Text, den ihre Großmutter geschrieben hatte.

Ich weiß nicht, wo ich anfangen soll. Wir wurden bei unserem Abschied vor der Kaserne von Bills Vorgesetztem überrascht. Was für ein ungehobelter und boshafter Kerl! Er dachte wohl, ich sei eines seiner Dienstmädchen, und sagte, ich solle mich um meine eigenen Angelegenheiten kümmern und Bill nicht den Kopf verdrehen. Bills Zukunft halte Besseres bereit als jemanden wie mich. Morgen steht ein weiterer Militäreinsatz an. Ich weiß nicht, worum es geht, aber Bill wird eine Weile fort sein. Als er mich nach Hause begleitete, bat er mich, auf ihn zu warten. Selbstverständlich werde ich das tun. Er ist mein Ein und Alles, und ich liebe ihn.

Hatte ihre Großmutter hier ihr letztes Treffen mit Bill beschrieben?, fragte sich Moa.

Auf der Seite des 8. Oktobers wurde sie fündig.

Göta hat einen neuen Mann kennengelernt. Er heißt Gustaf und hat ihr Kaffee, Tee und Schokolade mitgebracht. Ich weiß nicht, wie er an all das Zeug herankommt, aber er hat sehr gute Verbindungen. Göta hat mir erzählt, Gustaf sei in wichtige Angelegenheiten involviert. Geheime Geschäfte. Ich hielt das zunächst für Angeberei. Aber dann fragte sie mich, ob ich ein bisschen mithelfen wolle. Nichts Gefährliches, meinte sie. Nur Petitessen. Aber zum Wohle Schwedens. Ich musste ein Kichern unterdrücken, als sie das so sagte. Wahrscheinlich ist das Ganze nicht so dramatisch, wie Göta es darstellt, aber es klingt spannend. Sie hat mich gebeten, sie nächsten Monat mit zu einer Abendgesellschaft zu begleiten. Ich sagte ihr, ich denke darüber nach. Von Bill habe ich nichts gehört. Er ist vor drei Monaten abgereist, seither gab es kein Lebenszeichen. Ich hoffe, er hat mich nicht vergessen.

Das war der letzte Eintrag, und obwohl Moa den ganzen Koffer durchsuchte, fand sie keinen weiteren Kalender. Sie holte ihren Laptop und recherchierte wieder zur Lage Schwedens im Zweiten Weltkrieg, aber weil sie nicht wusste, wonach sie suchen sollte, ergriff die Frustration von ihr Besitz. Würden noch mehr Briefe von ihrer Großmutter kommen? Zuletzt war jedes Mal ein neuer eingetrudelt, wenn sie die Wünsche ihrer Oma erfüllt hatte. Aber wer behielt das eigentlich im Blick?

*

»Hi, Papa.«

»Hallo, Schatz. Wir haben gerade von dir gesprochen.«

»Ja?« Moa lehnte sich in ihrem mit Lammfell bezogenen Lamino-Sessel zurück.

»Wir haben uns gefragt, wie du in Omas Wohnung zurechtkommst.«

»Ganz gut.« Moa zögerte einen Moment. »Ich habe beschlossen, sie zu behalten.«

»Wirklich?«

»Ich bringe es nicht übers Herz, sie zu verkaufen. Außerdem hatte ich noch nie eine eigene Wohnung. Vielleicht ist es jetzt mal an der Zeit.«

»Da hast du vielleicht recht«, erwiderte ihr Vater, »und ich hatte eigentlich auch gehofft, dass du dich so entscheidest.«

»Ja?«

»Absolut. Ich dachte, das könnte deine Chance sein, ein bisschen unabhängiger zu werden.« Er räusperte sich. »Versteh mich nicht falsch. Ich mag Ruben, aber du hast die ganze Zeit bei ihm gewohnt, und wir glauben, dass ein eigenes Zuhause genau das Richtige für dich ist.«

»Das hat Oma wohl auch gedacht.« Moa schaltete die Lampe neben ihrem Sessel ein.

»Was sagt Ruben denn dazu, dass du dort wohnen möchtest?«

»Der findet das in Ordnung. Wer weiß, vielleicht zieht er ja sogar hierher.« Noch während Moa die Lüge aussprach, kam sie sich unfassbar dumm vor, aber andererseits hatte sie keine Lust, ihrem Vater von Ruben und seinem Angebot für die neue Wohnung zu erzählen. Nicht, solange sie keine Ahnung hatte, wie sich alles entwickeln würde. Stattdessen wechselte sie das

Thema. »Beim Ausräumen der Wohnung habe ich ein paar Dinge gefunden.«

»War etwas Interessantes dabei?«, fragte ihr Vater neugierig.

»Ja … Da sind einige Aufzeichnungen und Fotos aus den Kriegsjahren.«

»Donnerwetter! Oma hat nie über diese Zeit gesprochen.«

»Mit mir auch nicht. Aber ich habe einiges herausgefunden.« Moa zögerte einen Augenblick. »Sieht so aus, als hätte sie während des Krieges jemanden kennengelernt. Jemand, in den sie sehr verliebt war.«

»Das kann gut sein.«

»Du klingst so, als sei das keine große Neuigkeit.«

»Ich hatte immer den Verdacht, dass es da irgendwann einmal eine heimliche Liebschaft gab. Genau weil sie eben nie über den Krieg oder die Zeit, bevor sie deinen Großvater traf, sprechen wollte.«

»Meinst du, Opa wusste etwas davon?«

Ihr Vater lachte. »Ich glaube nicht. Bring die Fotoalben gerne mal mit, wenn du das nächste Mal nach Hause kommst.«

»Alles klar. Hier ist übrigens auch ein Album mit Kinderbildern von dir.«

»Wirklich?«

»Das zeige ich dir dann auch.« Moa zündete ein paar Kerzen auf dem Wohnzimmertisch an. »Ich wollte noch über etwas anderes mit dir sprechen.«

»Worüber?«

»Ich habe ein paar Briefe bekommen, die mich ziemlich ratlos zurücklassen.«

Ihr Vater verstummte einen Augenblick, bevor er antwortete. »Aha. Was für Briefe?«

»Die sind von Oma.« Moa kam sich seltsam dabei vor, diese Worte auszusprechen. Als hätte sie einen makabren Scherz gemacht. Wie sollte ihre verstorbene Großmutter Briefe verschicken? »Ich habe den ersten bekommen, kurz nachdem ich in Omas Wohnung eingezogen war. Ich dachte, du wüsstest vielleicht etwas darüber?«

»Ich habe keine Ahnung, was es damit auf sich hat. Was steht denn in diesen Briefen?«

»Oma erzählt mir darin aus ihrem Leben und gibt mir zum Schluss Aufgaben.«

»Was für Aufgaben?«

»Nichts Großes. In ihrem ersten Brief hat sie mich gebeten, nichts wegzuwerfen, ohne vorher alles gründlich durchzugehen. Dann wollte sie, dass ich die Wohnung nach meinem eigenen Geschmack gestalte. Und der dritte Brief kam vor ein paar Tagen, darin sagt sie, ich soll wieder reiten.«

»Wie merkwürdig.«

Bildete Moa es sich nur ein, oder schien ihr Vater von den Briefen zu wissen? Oder litt sie mittlerweile unter Verfolgungswahn? »Ich hatte gehofft, Oma hätte dir irgendetwas davon erzählt.«

»Tut mir leid, Herzchen, ich weiß nichts von irgendwelchen Briefen. Wie hast du sie denn bekommen?«

»Nun ja, irgendein Unbekannter wirft sie bei mir in den Briefschlitz.«

»Dann solltest du abwarten, ob noch mehr kommen.« Moas Vater räusperte sich. »Übrigens, Astrid und ich bereiten gerade das Erntedankfest vor. Wir werden hier richtig volles Haus haben.«

»Das klingt toll«, sagte Moa und versuchte, nicht länger an

die Briefe zu denken. *Papa muss davon wissen. Warum gibt er es nicht einfach zu?*

»Wir freuen uns schon sehr auf das Fest.«

»Das kann ich mir vorstellen.« Moa versuchte, sich wieder auf das Gespräch zu konzentrieren. Die Hoffeste bei ihrem Vater waren etwas ganz Besonderes. Das halbe Dorf kam, um zu feiern, gut zu essen und sich zu unterhalten. Jeder brachte irgendetwas mit, das er selbst geerntet oder frisch gebacken hatte, und so kam eine riesige Auswahl zusammen. Als Moa jünger gewesen war, hatte sie sich stets mit Begeisterung durch all die Gerichte probiert. Ihr letztes Erntedankfest bei ihrem Vater lag allerdings schon lange zurück.

»Was ist mit dir? Du kommst doch, oder?«

Moa war versucht, Ja zu sagen, aber dann erinnerte sie sich an die letzten Wochen, die sie in Mölle verbracht hatte. Sie und Astrid hatten sich zerstritten und Moa war daraufhin für eine Weile zu ihrer Großmutter gezogen.

»Ich würde zu gerne kommen, aber ich habe ziemlich viel zu tun«, log sie.

»Verständlich«, antwortete ihr Vater. »Moa, ich habe da auch noch eine Sache, die ich mit dir besprechen muss.«

»Okay?«

»Ich habe beschlossen, Omas Haus zu verkaufen.«

Moa versteifte sich. Das Sommerhaus verkaufen? Plötzlich fühlte es sich an, als hätte jemand eine Schlinge um ihre Brust gelegt und würde mit aller Kraft zuziehen. Sie blinzelte ein paarmal und versuchte, sich zu sammeln. »Muss das sein? Das ist doch dein Elternhaus.«

»Ich weiß«, sagte ihr Vater und klang plötzlich müde. »Aber wir können keine zwei Häuser halten.«

»Kannst du nicht noch ein bisschen damit warten? Bis nach dem Winter?«

»Es wird sich sowieso nicht von jetzt auf gleich jemand finden, der das Haus kauft. Hier unten gehen Häuser nicht so schnell weg wie in Stockholm.«

Moa kniff die Augen fest zusammen. »Ich muss jetzt los, aber vielleicht können wir ja bald noch mal telefonieren? Wenn Fanny ihre Welpen hat?«

»Du bist doch nicht traurig, meine Kleine, oder? Du weißt, dass ich das Haus behalten würde, wenn es möglich wäre.«

»Das ist schon in Ordnung. Ich verstehe es ja.« Obwohl Moa ihre Antwort so ruhig und gefasst über die Lippen brachte, war ihr innerlich nach Schreien zumute. Das Sommerhaus! Das Haus, in dem sie so viel Zeit verbracht hatte. Das sollte einfach verkauft werden? Wahrscheinlich noch an irgendeinen aufgeblasenen Urlauber, der das ganze Haus leer fegen und höchstens eine Woche im Jahr dort verbringen würde?

Nachdem Moa aufgelegt hatte, konnte sie die Tränen nicht mehr zurückhalten. Sie wusste, dass sie sich albern aufführte – es ging schließlich nur um ein Haus. Und doch schien es ihr, als würde ein wichtiger Teil von ihr einfach weggerissen. Das Sommerhaus war ihr Zufluchtsort gewesen, als ihre Mutter gestorben und ihr Vater kurz darauf mit Astrid zusammengekommen war. Im Haus und in den Armen ihrer Großmutter hatte Moa wieder aufatmen können. Nun würde bald alles verschwunden sein, worauf sie sich immer hatte verlassen können.

KAPITEL 32

Als Moa am Dienstagmorgen bei der Arbeit ankam, herrschte bei Sundblad & Ström bereits reges Treiben. An der Warenausgabe warteten ungewöhnlich viele Objekte darauf, von ihren neuen Besitzern abgeholt zu werden, und im Lager war eine große Lieferung mit Möbeln und anderen Einrichtungsgegenständen von einem Gut eingetroffen. Das Lager platzte förmlich aus allen Nähten, und die neu eingetroffenen Objekte mussten geschätzt, fotografiert und untergebracht werden. Moa grüßte einige Kollegen und machte sich auf den Weg ins Büro. Nach dem Telefonat mit ihrem Vater war sie erst spät eingeschlafen. Obwohl sie wusste, dass es vernünftig war, das Sommerhaus zu verkaufen, hatte sie das Gefühl, damit einen bedeutenden Teil ihrer Kindheit zu verlieren. Und dann war da noch Ruben, der unbedingt diese neue Wohnung haben wollte. Moa seufzte. Sie hoffte wirklich, dass er seine Meinung ändern würde und dass sie eine Lösung für ihre Probleme fanden, wenn sie sich das nächste Mal sahen. Vor dem Büro blieb sie kurz stehen, nahm eine aufrechte Haltung ein und öffnete dann die Tür.

»Guten Morgen«, sagte sie zu Anette, stellte ihre Tasche auf den Schreibtisch und zog den Mantel aus.

»Morgen.« Anette stand von ihrem Stuhl auf. »Lust auf einen Kaffee in der Küche?«

»Aber sicher doch.« Moa schaltete den Computer ein und schloss sich ihrer Kollegin an.

»Susanne kommt diese Woche auch nicht«, sagte Anette, als sie durch den Flur zur Küche gingen.

»Ich hoffe, es ist nichts Ernstes passiert. So lange wegzubleiben, sieht ihr eigentlich gar nicht ähnlich.«

»Ehrlich gesagt finde ich es im Büro ohne sie gar nicht übel. Wer weiß, was da los ist, vielleicht steht sie ja kurz vor dem Rauswurf.«

»Meinst du?« Moa war sich nicht sicher, was sie davon halten sollte. Susanne war wirklich gut in ihrem Job. Natürlich hatte sie hohe Ansprüche an alle Angestellten, aber auf die Firma und die Ergebnisse der Arbeit wirkte sich das positiv aus. Eigentlich war sie auch erst in den letzten Wochen so abwesend und schroff geworden.

»Ich weiß nicht. Irgendetwas stimmt da nicht. Ich konnte sie nie besonders gut leiden«, sagte Anette mit einem Blick in Moas Richtung, während sie den Kaffee einschenkte.

Moa wusste nicht, was sie darauf erwidern sollte. Ihr gefiel es nicht, über Susanne zu lästern.

»Ja, sie kann auch nett sein, aber ich hatte immer das Gefühl, dass sie noch eine andere Seite hat«, fuhr Anette fort und wartete darauf, dass Moa sich ihren Kaffee nahm. »Und damit hatte ich recht.«

»Moa, hast du einen Augenblick Zeit?« Moa drehte sich erschrocken um, als Arturs Stimme hinter ihr erklang, und ihr Kaffee schwappte beinahe über den Rand ihrer Tasse. »Ich bräuchte mal deine Hilfe.«

»Klar, kein Problem«, antwortete Moa und rang sich ein Lächeln ab. Hatte Artur ihr Gespräch mit angehört?

»Komm mal mit.« Artur drehte sich um und lief mit langen Schritten durch den Korridor. An einer der Türen direkt vorm

Eingang zum Lager blieb er stehen und zog einen Schlüssel aus der Tasche.

Hinter der Tür verbarg sich ein weiteres Büro. Ein kleiner Raum mit Blick auf das Wasser. Moa schaute sich in dem Zimmer um. In den Regalen standen dicke Nachschlagewerke und Bücher über Antiquitäten und Geschichtswissenschaft. Die Schreibtischoberfläche war vor lauter Zetteln und Kleinkram kaum noch zu sehen.

»Wessen Büro ist das?«

»Meins!« Artur deutete auf den Besucherstuhl, bevor er selbst sich auf der anderen Seite des Schreibtisches niederließ.

»Ich habe gehört, wie ihr da draußen über Susanne gesprochen habt.« Artur schaute sie durchdringend an, prüfend und nicht so freundlich wie sonst.

»Na ja, wir …«

»Wir teilen der Belegschaft demnächst mit, dass Susanne für eine Weile ausfällt und jemand sie vorübergehend als Geschäftsführer ersetzen wird.«

»Das tut mir leid.«

»Ja, mir auch. Wir haben die ganze Zeit gehofft, dass sich bei Susanne alles wieder einrenkt, aber momentan sieht es nicht danach aus.« Artur schluckte. »Ihr Sohn hat schwere Leukämie, und sie hat beschlossen, die nächste Zeit kürzerzutreten, um bei ihm zu Hause bleiben zu können.«

»Ich hatte ja keine Ahnung …«

»Ich glaube, das hat niemand. Sie hat mir vor ein paar Wochen von der Krankheit ihres Sohnes erzählt, und wir waren uns einig, dass die Familie Vorrang vor der Arbeit hat.«

Artur fiel es sichtlich schwer, darüber zu sprechen. Seine Augen glänzten.

»Ihr steht euch ziemlich nahe, oder?«

»Ich kenne Susanne seit mehr als dreißig Jahren. Als Teenager war sie sehr darauf bedacht, es immer allen recht zu machen, und ein bisschen übervorsichtig.« Artur lächelte. »Ich habe gesehen, was in ihr steckt, und wusste damals schon, dass sie es wirklich weit bringen würde. Sie musste sich nur aus ihrer Komfortzone herauswagen und mehr Selbstvertrauen entwickeln.« Er schaute Moa an. »Ihr beiden seid euch ziemlich ähnlich.«

Was? Verglich Artur sie gerade mit Susanne? Moa sah ihre Chefin vor sich. Sie war entschlossen, pragmatisch, überließ nichts dem Zufall und ließ sich niemals überrumpeln. Moa fiel niemand ein, mit dem sie weniger Ähnlichkeit hatte.

»Dir stünde etwas mehr Selbstvertrauen auch gut zu Gesicht«, erklärte Artur und lächelte freundlich. »Du hast viel mehr Potenzial, als du denkst.«

»Danke, dass du an mich glaubst.«

Eine Zeit lang saßen sie schweigend da. Moa sah sich im Raum um. »Wie kommt es, dass du dein eigenes Büro hast?«

Artur antwortete nicht sofort. »Was ich dir jetzt sage, bleibt bitte unter uns: Ich bin Teilhaber von Sundblad & Ström.«

»Dann habt ihr die Firma damals also nicht verkauft?«

»Doch, das hat mein Großvater schon getan. Ich habe vor ein paar Jahren allerdings einen Teil zurückgekauft. Wir haben das nicht an die große Glocke gehängt, weil ich kein Aufsehen erregen wollte.«

»Aber du arbeitest doch ganz normal mit uns zusammen?«

»So ist mir das ja auch am liebsten. Ich war noch nie ein Schreibtischhengst. Der Kundenkontakt und die Arbeit mit den Möbeln, das ist es, was mir liegt.«

»Aber eigentlich bist du hier der Chef?«

»Susanne ist die Geschäftsführerin. Ich bin eher eine Art Berater, würde ich sagen.«

Moa dachte über Arturs Worte nach. So überraschend sein Geständnis auch war, erklärte es doch, warum er oft tat, wonach ihm gerade der Sinn stand, und immer noch arbeitete, obwohl er das Rentenalter längst erreicht hatte.

»Wahrscheinlich werde ich den Posten des Geschäftsführers übernehmen, bis Susanne wieder da ist. Aber wir ziehen auch noch andere Möglichkeiten in Erwägung.«

»Wärst du denn nicht gerne Geschäftsführer?«

»Nicht, wenn es sich vermeiden lässt.« Artur setzte ein schiefes Grinsen auf. »Ich erzähle dir das alles, weil ich dir vertraue, Moa. Du bist engagiert und an allem interessiert. Susanne ist das auch gleich aufgefallen, und ich schätze, dass sie dich deswegen als Assistentin eingestellt hat, obwohl du einen ganz anderen beruflichen Hintergrund hast.«

So war das also. Moa war tatsächlich überrascht gewesen, als sie die Stelle bekommen hatte. Sofia hatte ihr damals zwar den Tipp gegeben, dass bei Sundblad & Ström eine Aushilfe gesucht wurde, aber Moa war nicht die einzige Bewerberin gewesen und wahrscheinlich auch nicht diejenige mit den besten Qualifikationen.

Moa dachte unwillkürlich an die E-Mail von Almqvists, der Werbeagentur. In einer Woche sollte ihr Vorstellungsgespräch stattfinden, und sie war sich immer noch nicht sicher, was genau sie wollte. Vielleicht kam ihr die Erkenntnis ja, wenn sie erst einmal dort war. Hier hatte sie schließlich nur einen Vertretungsjob – und Artur würde es doch sicherlich verstehen, wenn sie weiterzog!

KAPITEL 33

Nach stundenlanger Knochenarbeit hatten Moa und Sofia es geschafft, das letzte Stück Linoleum vom Küchenboden zu kratzen. Moa blickte auf die freigelegten Holzdielen hinab. Jetzt mussten sie nur noch die letzten Kleberreste entfernen, damit Gunnar ihnen beim Abschleifen helfen konnte.

»Uff, das war anstrengender, als ich dachte«, stellte Sofia fest. »Was machen wir jetzt mit den ganzen Bodenresten?«

»Weg damit«, antwortete Moa und deutete auf die Rolle schwarzer Müllsäcke.

Trotz der Anstrengungen, die das Renovieren mit sich brachte, freute sie sich immer mehr darüber, wie sehr sich die Wohnung verwandelt hatte. Am Sonntag hatte sie die letzten Kleider ihrer Großmutter in einen Second-Hand-Laden gebracht. Alles, was jetzt noch übrig war, würde sie behalten. Außerdem hatte sie ein neues Bett bestellt, aber das war das Einzige, was sie sich neu kaufen wollte. Auf verschiedenen Trödelmärkten hatte sie schon das eine oder andere Schnäppchen gemacht.

»Wirst du den Abfall noch vor dem Wochenende los?«

»Ich wollte Vendela und Gunnar fragen, ob ich mir morgen nach der Arbeit ihr Auto ausleihen kann«, antwortete Moa und knotete einen der Müllsäcke zu.

»Und was hast du jetzt noch hier zu tun?«

»Wir haben das meiste geschafft.« Moa schaute sich um,

und ein Gefühl der Zufriedenheit überkam sie, als sie sah, was sie in der Wohnung erreicht hatte.

»Brauchst du noch was für das große Schlafzimmer?«

»Ich habe ein paar Stücke aus Malmö bei einer Auktion ersteigert, weiß aber nicht, ob die noch im Laufe der Woche geliefert werden. Das Bett kommt nächste Woche.«

Sofia schaute durch die offene Balkontür nach draußen. »So frisch gestrichen sind der Kaffeetisch und die Stühle richtig hübsch. Sie geben dem Balkon wirklich das gewisse Etwas.«

»Absolut.« Moa drückte auf den Lichtschalter und brachte die Lichterkette am Geländer zum Leuchten. »So eine wollte ich immer schon mal haben. Ist das nicht schön?«

»Absolut. Könnte man nicht noch ein paar Kissen und Decken auf die Stühle legen?«

»Daran hatte ich auch schon gedacht. Auf dem Boden würde sich einer von Omas Flickenteppichen gut machen. Aber ich glaube, damit warte ich bis zum Frühjahr. Die Kissen und Decken bleiben auch erst einmal im Wohnzimmer. Wenn ich sie brauche, kann ich sie mit nach draußen nehmen.« Moa lächelte Sofia an. »Unfassbar, was in der kurzen Zeit passiert ist.«

»Als hättest du eine ganz neue Wohnung geschaffen.« Sofia stutzte, als sie die Holzfiguren bemerkte, die Moa auf einem der Küchenregale aufgereiht hatte.

»Hast du die bemalt?«

»Ja, letzte Woche, als ich frei hatte.«

»Die sind toll geworden.«

»Danke, mir gefallen sie auch.« Moa nahm einen Hahn, den sie mit einem Schachmuster versehen hatte, vom Regal. Auf den anderen Figuren hatte sie noch einige weitere Muster ausprobiert.

»Der hier ist auch schön.« Sofia griff nach einem Hahn mit einem anspruchsvollen Zickzackmuster.

»War gar nicht so einfach, das Muster!«

Sofia drehte den Hahn in den Händen und schaute dann mit einem breiten Grinsen auf. »Ich habe eine Idee!«

»Lass hören.«

»Du sagst doch immer, ich müsste eine eigene Ausstellung machen. Was hältst du davon, wenn wir uns einen gemeinsamen Instagram-Account erstellen und dort alles posten, was wir entwerfen? Meine Illustrationen und Gemälde und deine Holzfiguren und diese wunderschönen Mosaiktöpfe, die du gebastelt hast.«

»Ich weiß ja nicht …«

»Vielleicht wird ja gar nichts Großes draus, aber wäre es nicht cool, öffentlich zu zeigen, was wir alles machen?«

»Aber ich habe doch gar nichts Besonderes gemacht.«

Sofia hielt eine der Holzfiguren hoch. »Die sind fantastisch. Du bist einfach nur zu selbstkritisch«, erklärte sie. »Ich kann mich gerne um den Account kümmern. Du musst gar nichts tun.«

*

Moa und Sofia setzten sich mit je einem Glas Wein in der Hand auf den Balkon und schauten auf das Wasser hinaus. Moas Arme schmerzten von der Plackerei mit dem Linoleumboden, aber sie war zufrieden mit dem Ergebnis.

»Die Aussicht hier ist magisch«, sagte Sofia. »Mit einem Heizstrahler könntest du die Balkonsaison noch verlängern.«

»Ja, abends ist es jetzt schon ganz schön kühl«, stimmte Moa ihrer Freundin zu und wickelte sich in eine Decke. Sie blickte über die Stockholmer Bucht hinaus. Das gleißende Licht der Straßenlaternen spiegelte sich auf der Wasseroberfläche wider und ein Schärenboot glitt gemächlich vorbei. »Was hältst du von einem Ausflug nach Utö oder Sandhamn, bevor es zu kalt wird?«

»Super Idee.« Sofia warf Moa einen Blick zu. »Hast du Ruben eigentlich schon gesagt, dass du die Wohnung behalten willst?«

»Wir treffen uns am Samstag.« Moa dachte an ihre letzte Unterhaltung zurück. Die Beziehung hing am seidenen Faden. Trotzdem: Ihr war es wichtig, Ruben gegenüber ihren Standpunkt deutlich zu machen.

»Ist er wieder in Mailand?«

»Ja, die nächsten Wochen muss er immer montags bis freitags dorthin.«

»Wow. Wie kommst du damit klar?«

»Ich weiß nicht.« Moa starrte auf ihre Hände. »Es ist so weit in Ordnung, weil ich viel hier in der Wohnung bin. Gleichzeitig habe ich aber auch das Gefühl, dass wir uns voneinander entfernen und ich nichts dagegen tun kann.«

»Vielleicht ist das ja nur eine Phase?«

»Ja, vielleicht …«

»Und du glaubst wirklich, dass Ruben auch hier wohnen will?«, fragte Sofia. Der Zweifel in ihrer Stimme war nicht zu überhören.

Ja, würde Ruben nachgeben? Moa war sich nicht sicher. Zurzeit war die Stimmung zwischen ihnen sonderbar angespannt. Aber wenn sie ehrlich zu sich selbst war, hatte das schon lange, bevor sie die Wohnung geerbt hatte, begonnen. Da waren diese kleinen, subtilen Hinweise darauf gewesen, dass es in ihrer Beziehung vielleicht doch nicht so gut lief, wie sie dachte. Manchmal wünschte sich Moa, von Ruben so angeschaut zu werden wie Sofia von Daniel. Immer so, als wäre sie die einzige Person im Raum. Moa versuchte, diesen Gedanken zu verdrängen. *Hör auf zu spinnen. Bestimmt sieht Ruben dich genauso an.* Sie drehte ihr Weinglas in den Händen. *Gefühle verändern sich eben – und selbst wenn er mich nicht mehr so ansieht, als wäre ich die einzige Frau im Raum, geht es uns doch gut zusammen. Wir haben gerade nur ein kleines Tief.*

Ja, ein Tief. Das traf es ziemlich gut. Monatelang hatte Moa die Augen davor verschlossen, aber Ruben und sie hatten sich definitiv immer weiter voneinander entfernt. Dass sie den ganzen Sommer über ohne einen einzigen freien Tag im Auktionshaus gearbeitet hatte, war der ganzen Situation nicht zuträglich gewesen. Ruben wiederum hatte sich mehr denn je in das Mailänder Projekt hineingekniet. Im Juli war er dann zwei Wochen lang mit seinen Freunden verreist, und Moa hatte ihm den Urlaub aufrichtig gegönnt. Sie zwang sich, an etwas anderes zu denken. »Und, wie läuft es bei dir und Daniel? Ist es etwas besser geworden?«

»Alles gut soweit …« Sofias Stimme brach ab. »Obwohl, nein, das ist es nicht. Ehrlich gesagt bin ich mir nicht sicher, wie lange das mit uns noch gut geht.«

»Was?«

»Ich will nicht, dass wir uns trennen, aber wenn er erfährt, dass …« Sofia vergrub ihr Gesicht in den Händen und murmelte irgendetwas vor sich hin.

»Was hast du gesagt?«

»Ich kann keine Kinder bekommen.« Sofia sprach immer noch so leise, dass Moa sich im ersten Moment nicht sicher war, ob sie richtig gehört hatte.

»Du kannst keine Kinder bekommen?«

»Daniel will eine Familie gründen, aber ich kann das nicht.«

»Weil du nicht willst?« Moa legte die Hand auf Sofias Schulter. »Warum wartet ihr nicht einfach noch eine Weile, wenn du dir nicht sicher bist?«

»Doch, ich möchte ja auch Kinder haben. Mehr als alles andere«, unterbrach Sofia sie und wischte sich über die Augen. »Aber ich kann …« Sie verstummte einen Moment, bevor sie herausplatzte: »Ich kann nicht schwanger werden.«

Moa wusste nicht, was sie sagen sollte. Das kam so plötzlich, so unerwartet. »Bist du sicher? Hast du schon alles …«

»Ich bin mir sicher!« Sofia griff nach einem Papiertaschentuch und putzte sich die Nase, während die Tränen weiter über ihre Wangen liefen. »Ich habe eine Ovulationsstörung aufgrund von PCOS. Das polyzystische Ovar-Syndrom«, erklärte sie. »Wir versuchen es schon seit Jahren. Ich habe alle Untersuchungen hinter mir, die man sich vorstellen kann. Ich habe eine Hormontherapie gemacht, und als die nicht angeschlagen hat, haben wir es mit künstlicher Befruchtung versucht.«

Moa streichelte Sofias Arm. »Habt ihr schon viele Versuche hinter euch?«

»Verdammt viele. Und nach dem letzten Mal habe ich gemerkt, dass ich es einfach nicht mehr schaffe. Diese Behandlungen sind anstrengend, und dann kommt das Warten, das Hoffen und Bangen, nur um festzustellen, dass es doch wieder nicht geklappt hat.« Sofia schloss die Augen. »Nachdem der letzte Versuch gescheitert war, bekam ich allein beim Anblick eines Kinderwagens einen Nervenzusammenbruch.«

»Das tut mir so leid.« Moa umarmte Sofia fest.

»Du bist die Erste, der ich das alles erzähle.«

»Was meint Daniel denn dazu, dass du es nicht weiter versuchen willst?«

»Ich habe es ihm noch nicht gesagt.« Sofia schluchzte wieder auf. »Er möchte so gerne Vater werden. Wenn ich ihm jetzt sage, dass ich einfach nicht mehr kann …« Ihre Stimme brach, und sie umklammerte ihr Taschentuch. »Dann verlässt er mich bestimmt.«

»Ich weiß nicht, ob dich das tröstet, aber ich kann mir beim besten Willen nicht vorstellen, dass Daniel dich deswegen verlässt«, sagte Moa. »Er liebt dich doch.«

»Ich bin mir nicht sicher, ob ich will, dass er unter diesen Voraussetzungen an mir festhält.«

»Aber …«

»Egal, wie sehr ich ihn liebe, ich kann ihm keine Kinder schenken. Er verdient eine Partnerin, mit der er eine Familie gründen kann. Nicht mich.«

»Sag das nicht.« Moa legte wieder den Arm um ihre Freundin. »Ihr beide seid füreinander geschaffen. Jeder sieht, wie sehr ihr euch liebt, und ihr findet bestimmt einen Weg, das gemeinsam durchzustehen.«

Sofia rang sich ein winziges Lächeln ab, bevor sie wieder ernst wurde. »Ich habe nur das Gefühl, als würde ich Daniel der Möglichkeit berauben, Vater zu werden.«

»So darfst du das nicht sehen«, antwortete Moa. »Aber du solltest den Mut haben, ihm zu sagen, wie du dich fühlst.«

»Ich weiß. Aber das ist wirklich nicht so einfach.« Sofia versuchte es wieder mit einem Lächeln. »Danke jedenfalls, dass du für mich da bist.«

KAPITEL 34

Am Samstagmorgen klingelte Moas Wecker schon um halb sechs. Blind tastete sie nach dem Aus-Knopf, bis ihr einfiel, dass sie den Wecker am anderen Ende des Zimmers platziert hatte, um den Reitausflug auf keinen Fall zu verpassen.

Mit Iris im Schlepptau stolperte Moa in die Küche. Sofia hatte die letzten Tage bei ihr übernachtet, war aber gestern Abend in ihre eigene Wohnung zurückgekehrt. Sie hatten viel über Sofias vergebliche Versuche, schwanger zu werden, gesprochen. Im Nachhinein begriff Moa nicht, warum ihr nichts aufgefallen war. Sicher, Sofia war in der letzten Zeit oft verstimmt gewesen, hatte das aber immer damit erklärt, dass sie müde war, sich mit Daniel gestritten oder bei der Arbeit viel zu tun hatte. Hätte Sofia sich ihr doch nur früher anvertraut, dachte Moa, dann hätte sie ihrer Freundin besser beistehen können. Andererseits konnte sie nachvollziehen, weshalb Sofia so lange Stillschweigen bewahrt hatte. Wenn man keine Lust auf mitleidige Blicke oder unliebsame Fragen verspürte, hängte man seine Probleme besser nicht an die große Glocke. Moa konnte sich gut in Sofias Situation hineinversetzen. Als ihre Mutter gestorben war, hatte sie das Mitleid und die unbeholfenen Versuche, etwas Tröstendes zu sagen, verabscheut, weshalb sie sich bei ihrem Umzug nach Stockholm dazu entschieden hatte, niemandem vom Tod ihrer Mutter zu erzählen. Erst nach einer Ewigkeit hatte sie sich Sofia anvertraut.

Moa erinnerte sich noch gut daran, wie fürsorglich und liebevoll Sofia daraufhin mit ihr umgegangen war, und sie hoffte, dass sie es jetzt im Gegenzug geschafft hatte, ihre Freundin davon zu überzeugen, dass ihre Beziehung stark genug war, und Sofia den Mut aufbrachte, mit Daniel über ihre Gefühle zu sprechen. Sofias Unsicherheit zum Trotz war Moa davon überzeugt, dass er Verständnis haben würde.

Moa fütterte Iris, aß selbst ein Schälchen Joghurt und zog sich an. In einer Stunde war sie mit Lukas verabredet, und ihr Magen rumorte beim Gedanken an den Ausflug. Sie holte Krümel bei Vendela und Gunnar ab und drehte mit den Hunden eine Runde durch den Park. Es war ein schöner Morgen, ganz ohne den Nieselregen und Wind der letzten Tage. Moa schaute zum wolkenlosen Himmel hinauf. So ein Morgen war ganz nach ihrem Geschmack; die Sonne ging gerade auf, die Luft war knackig kühl und ein feiner Dunst lag über dem Park. Ein perfekter Tag für einen Ausritt. Als sie wieder durch die Haustür trat, wartete Lukas schon auf sie. Er lächelte, und Moa spürte ein erwartungsvolles Kribbeln auf der Haut. Lukas trug keine Reitbekleidung, sondern ein Paar abgewetzter Jeans, Turnschuhe und einen langärmeligen Hoodie.

»Bist du so weit?«

»Ich bringe nur noch die Hunde nach oben.«

Lukas nickte und lehnte sich an die Wand. »Geh ruhig hoch, ich warte hier.«

Moa freute sich. Seit Langem hatte sie nicht mehr so auf etwas hin gefiebert. Sie hoffte nur, dass Lukas kein gänzlich unerfahrener Reiter war, denn sie war in der richtigen Stimmung für einen Adrenalinrausch.

*

Als sie den Stall in Ladugårdsgärdet betrat und den Geruch nach Pferden und Mist einatmete, fühlte Moa sich wie in die Vergangenheit zurückversetzt. Sie schloss für einen kurzen Moment die Augen und nahm alles in sich auf; die rhythmischen Kaugeräusche, mit denen die Pferde die Heulage zermalmten, das Klopfen, das aus einer Box drang, und das leise Wiehern der Tiere, die noch auf ihr Futter warteten. Ganz in Moas Nähe stand ein großer, brauner Wallach. Er sah dem Pferd, das sie selbst einmal besessen hatte, so ähnlich, dass sie überrascht nach Luft schnappte. *Albin,* las sie auf seinem Namensschild. *Geboren 2009.* Also war er zehn Jahre alt – im selben Alter war Moskito gestorben. Moa hielt die Hand an die Gitterstäbe, und das Pferd schnupperte sanft an ihren Fingern, bevor es sich wieder seinem Frühstück widmete.

»So einen Wallach hatte ich als Teenager auch«, sagte Moa zu Lukas. »Mit ihm habe ich sogar an Springturnieren teilgenommen.«

»Steht er noch bei deinen Eltern?«

»Er ist mit zehn Jahren an einer Kolik gestorben.«

»Das war sicher sehr schlimm für dich.«

»Wir waren gar nicht dabei, als es passiert ist. Meine Mutter war zu der Zeit im Krankenhaus …« Moa erinnerte sich, als wäre es gestern gewesen. Wie sie aus der Klinik nach Hause kam, Moskito von der Weide holen wollte und ihn nirgendwo finden konnte. Als sie ihn schließlich in einer Ecke der Koppel im Gras liegen sah, war sie immer noch nicht vom Schlimmsten ausgegangen. *Wahrscheinlich ruht er sich nur aus,* hatte sie gedacht. Erst als sie sich ihm näherte, wurde ihr klar, dass etwas nicht stimmte. Dass Moskito tot war. Moa verdrängte die Gedanken an ihr Pferd. »Es ist schon lange her.«

Sie machten sich auf den Weg durch den Stall in Richtung Sattel- und Futterkammer, wo sie von einer etwa fünfzig Jahre alten Frau in Empfang genommen wurden.

»Hallo zusammen«, begrüßte sie Moa und Lukas strahlend. »Ihr wollt also einen Ausritt machen?«

»So war das gedacht«, antwortete Lukas. »Das hier ist Moa.«

»Und ich heiße Kerstin. Lukas hat mir erzählt, dass du schon Reiterfahrung hast?«

»Ich bin mit Pferden aufgewachsen und habe an Turnieren im Springreiten teilgenommen. Mein letztes Mal auf einem Pferd ist aber schon ein paar Jahre her.«

»Das ist wie Fahrradfahren. Einmal gelernt ...«

»... vergisst man es nicht«, ergänzte Moa und sie lächelten einander an.

Kerstin führte sie in die Sattelkammer, wo Moa und Lukas sich mit Sätteln und Zaumzeug beluden.

»Eigentlich ist bei den Reittouren immer ein Kollege dabei, aber wer so viel Erfahrung mitbringt wie ihr beide, darf auch allein los.«

»Ich wusste gar nicht, dass du auch reiten kannst.« Moa knuffte Lukas, der laut auflachte.

»Meine Mutter ist verrückt nach Pferden, und wenn ich nicht gerade mit Golfspielen beschäftigt war, musste ich mit ihr in den Stall.«

»Das klingt toll.«

»Das war es auch.«

»Reitest du immer noch?«

»Schon lange nicht mehr.«

»So lange ist es doch gar nicht her«, warf Kerstin ein. »Hast du die Dreharbeiten für den Werbespot schon vergessen?«

Lukas lachte auf.

»Werbespot?« Moa schaute Lukas fragend an. »Du scheinst ja eine ganze Menge heimlicher Talente zu haben.«

»Ein Freund von mir arbeitet bei einer Produktionsfirma, und die brauchten für einen Spot jemanden, den es beim Galopp nicht gleich aus dem Sattel befördert.«

»Er war umwerfend. Du hättest ihn mal über die Wiese galoppieren sehen sollen«, sagte Kerstin und tätschelte Lukas' Arm. »Du bist viel zu bescheiden.«

Moa musterte Lukas verstohlen, der seinen Sattel und das Zaumzeug an einen Sattelhalter vor einer der Boxen hängte.

»Komm mit, Moa, du darfst heute auf Champion reiten«, sagte Kerstin. Moa wandte sich von Lukas ab und folgte ihr in den anderen Gang des Stalls.

»Alle hier lieben Champion. Sie ist gut ausgebildet und zuverlässig.«

»Hallo, du«, murmelte Moa und ließ die Stute an ihrer Hand schnuppern.

»Sie ist wirklich ein gutes Mädchen. Und sie springt gerne.«

»Das klingt ja, als könnten wir gut miteinander auskommen.«

Moa legte der Stute das Zaumzeug an und führte sie in die Stallgasse, während Kerstin ein paar Bürsten zusammensuchte.

»Wenn ihr von eurem Ausflug zurück seid, könnt ihr euch gern noch ein wenig auf unserem Springparcours austoben.«

»Klingt super!« Moa betete, dass alles gut ging, schließlich war es schon eine Weile her, seit sie das letzte Mal im Sattel gesessen hatte. Doch irgendwie fühlte es sich so an, als wäre sie endlich wieder zu Hause angekommen – oder nie fort gewesen.

Moa sattelte Champion und führte sie auf den Hof hinaus. Lukas, der inzwischen ebenfalls in Reithose und Stiefeln steckte, wartete bereits auf sie, und nachdem sie den Sattelgurt festgezurrt und die Steigbügel eingestellt hatte, stieg Moa aufs Pferd. Sie tätschelte Champions Nacken. »Schauen wir mal, wie es läuft.«

»Bist du so weit?«

Lukas und Moa schauten einander an. Die Wärme, die aus seinem Blick sprach, ließ Moas Herz einen Schlag aussetzen.

»Dann schauen wir mal, ob du mithalten kannst.«

»Willst du mich herausfordern?«

»Vielleicht.« Moa grinste, schnalzte mit der Zunge und trieb ihr Pferd an.

*

Blätter fielen auf sie herab, als sie den Reitweg entlang galoppierten. Champion war ein Traumpferd. Jeder einzelne Muskel ihres Körpers schien unter Strom zu stehen, während sie durch den Wald trabten. Die Lichter der Sonnenstrahlen, die es schafften, sich durch die noch dichten Baumkronen zu zwängen, tanzten vor ihnen auf dem Pfad. Als sie sich einem Baumstamm näherten, der quer auf dem Weg lag, nahm Moa die Zügel kürzer und richtete sich im Sattel auf. Champion flog über das Hindernis, als wäre es kaum der Rede wert. Moa lachte laut auf. Wie sehr sie es vermisst hatte, einfach Spaß zu haben und eins mit dem Pferd zu werden! Ein neues, etwas höheres Hindernis tauchte vor ihr auf, und Champion setzte zum Sprung an. Ein paar Sekunden lang meinte Moa, mit dem Pferd in der Luft zu schweben. Als Champions Hufe den Boden berührten, machte sie einen Satz, der Moa kurz aus dem Gleichgewicht brachte. Dann schaffte sie es aber, sich aufzurichten und das ausgelassene Pferd zu bändigen.

»Was für ein Galopp«, schnaufte sie, als Lukas zu ihr aufschloss, und tätschelte Champion am Hals. »Es fühlt sich an, als würden ihre Hufe den Boden kaum berühren.«

»Sie ist Kerstins ganzer Stolz«, erklärte Lukas und zügelte sein Pferd. »Bei den Dreharbeiten hat sie sich großartig gemacht.«

»Dann bist du beim Dreh auf ihr geritten?«

Lukas nickte. »Unter anderem.«

Sie ließen die Zügel locker und schlugen in langsamem Schritttempo den Weg in Richtung eines Kanals ein.

»Das war eine tolle Idee mit dem Ausflug! Du glaubst gar nicht, wie viel mir das alles hier bedeutet.«

»Schön, dass es dir gefällt.«

»Nein, im Ernst. Das ist der beste Samstag seit Langem.« Moa schaute einem jungen Paar hinterher, das in einem Kanu auf dem Wasser herumpaddelte. »Meine Großmutter wollte, dass ich wieder mit dem Reiten anfange, und sie hatte recht. Ich hätte es schon viel früher tun sollen.«

»Habt ihr darüber gesprochen, bevor sie gestorben ist?«

»Ich habe ein paar Briefe bekommen …« Sollte sie Lukas wirklich davon erzählen? Vielleicht hatte er ja irgendetwas mitbekommen? Moa fasste sich ein Herz und fuhr fort: »Irgendjemand wirft sie bei mir in den Briefschlitz, aber der Absender ist meine Großmutter.«

»Sie hat dir also vor ihrem Tod Briefe geschrieben?« Lukas lenkte sein Pferd etwas zur Seite, um einen Radfahrer vorbeifahren zu lassen.

»Genau.«

»Und was hat sie dir geschrieben?«

»Sie hat von ihrer Jugend und den Kriegsjahren erzählt, was irgendwie seltsam ist, zu Lebzeiten hat sie nämlich kaum ein Wort über ihre Vergangenheit verloren.«

»Aber jetzt schon?«

»Ja, in jedem Brief erzählt sie mir ein Stück ihrer Geschichte und bittet mich dann, ihr irgendeinen Wunsch zu erfüllen. Im letzten Brief stand, dass ich wieder mit dem Reiten anfangen soll. Sie hat mir sogar das Geld dafür zukommen lassen.« Moa schaute auf Champions Mähne hinunter. »Außerdem wollte sie, dass ich mich um die Wohnung kümmere. Eigentlich ist mir erst durch ihre Briefe klar geworden, dass ich dort wohnen möchte.«

»Das klingt, als ob deine Großmutter auch nach ihrem Tod noch versucht, dir zu helfen, dein Leben zu verändern.«

»Das stimmt«, sagte Moa und lachte. »Aber so war sie schon immer. Sie wollte immer allen helfen – egal, ob man sich helfen lassen wollte oder nicht. Wir sind …« Sollte sie Lukas von dem Streit erzählen? »Im Frühjahr hatten wir einen ziemlich heftigen Streit. Ich meine, wir haben uns nicht angebrüllt, aber Oma hat mir sehr direkt ihre Meinung zu der Art und Weise, wie ich mein Leben führe, an den Kopf geworfen. Sie wusste, dass ich in meinem Job nicht zufrieden war, und sie meinte, ich sollte eine Zeit lang alleine leben und mich nicht so abhängig von Ruben machen.« Moa seufzte. »Jetzt hat sie ja, was sie wollte.«

»Und fühlt sich das falsch an?«

»Das ist ja das Schlimme. Ich glaube, sie hatte in allem recht«, gab Moa zu. »In den letzten Wochen hatte ich das Gefühl, nach und nach zu mir selbst zu finden. Weißt du, was ich meine?«

»Ich denke schon.« Lukas bog vom Reitweg ab und sie ritten

wieder in den Wald hinein. »Manchmal braucht man wohl nur einen Schubs in die richtige Richtung.«

»Ja, kann sein.« Moa dachte an alles zurück, was geschehen war, seit sie die Wohnung geerbt hatte. »Kennst du auch das Gefühl, dass du dich verlaufen hast?«

»Was meinst du damit?«

»Als wärst du an einer Kreuzung falsch abgebogen und wüsstest nicht recht, wie du wieder zurückfinden sollst.«

»So hast du dich also gefühlt?«

»Ach, ich weiß nicht.« Moa ignorierte die Melancholie, die plötzlich Besitz von ihr ergriff. »Ich weiß nur, dass die letzten Wochen mich verändert haben, und ich habe keine Ahnung, ob ich wieder die Alte werde.«

»Als ich von New York wieder nach Hause zurückgekehrt bin, war ich auch etwas orientierungslos.«

»Und wie ist es jetzt?«

»Jetzt geht es mir besser als je zuvor«, sagte Lukas mit einem Lächeln. »Aber um noch einmal auf diese Briefe zurückzukommen ... Was glaubst du, wer sie dir zustellt?«

»Das ist ja das Verrückte daran. Sobald ich den jeweiligen Wunsch erfülle, kommt ein neuer Brief, aber ich habe keinen Schimmer, von wem.« Moa zog die Zügel an, damit Champion ihr Tempo etwas drosselte. »Ich schätze, jetzt nach unserem Ausritt lässt der nächste nicht lange auf sich warten.«

»Was, glaubst du, möchte deine Großmutter als Nächstes von dir?«

»Ich weiß nicht. Oma hat mich dazu gebracht, umzuziehen, eine Wohnung nach meinem Geschmack einzurichten und mein altes Hobby wieder aufzunehmen. Was könnte sie jetzt noch von mir verlangen?«

»Spannend wird es allemal.«

Moa duckte sich unter einem großen Ast hindurch. »Und was ist mit dir? Gibt es in deinem Leben irgendwelche aufregenden Mysterien?«

»Leider gar nicht. Hauptsächlich Arbeit, Sport und Freunde.«

Moa und Lukas wichen kurz vom Weg ab, um zwei Hundebesitzer vorbeizulassen.

»Gefällt dir deine Arbeit denn?«, fragte Moa, als die Spaziergänger mit ihren Hunden an ihnen vorbeigezogen waren.

»Auf jeden Fall. Es geht zwar sehr hektisch zu, aber ich mag das so. Und ich arbeite gerne darauf hin, dass alle um mich herum ihre Ziele erreichen.«

»Du bist gern Chef«, neckte Moa ihn.

Lukas grinste. »Ich arbeite gerne mit Menschen. Ich gebe mir Mühe, das Potenzial in meinen Mitarbeitern zu erkennen, und ich helfe ihnen dabei, es weiterzuentwickeln und das Beste aus ihren persönlichen Fähigkeiten herauszuholen. Und was ist mit dir? Weißt du schon, wie es für dich beruflich weitergeht?«

»Bei mir steht diese Woche ein Vorstellungsgespräch an.« Moa seufzte. »Und zwar bei einer der besten Agenturen in ganz Schweden. Ich habe ja eine ganze Weile in der Werbebranche gearbeitet, und eigentlich fühle ich mich bereit für den Job. Es ist nur … Bitte verstehe mich nicht falsch. Ich habe sehr gerne als Grafikdesignerin gearbeitet, aber irgendwann kam es mir so vor, als wäre der Funke erloschen und alles nur noch oberflächlich.«

»War es denn wirklich so furchtbar?«

Moa zog die Zügel wieder an. »Nein, natürlich nicht. Ich

habe auch an einigen Wohltätigkeitsprojekten gearbeitet, und das war supercool. So ein Agenturalltag kann aber ziemlich stressig sein. Alle dort sind so karrierefixiert. Ich habe mich einfach … nun ja, ersetzbar gefühlt. Wenn ich nicht hart genug gearbeitet beziehungsweise mich überarbeitet hätte, wäre sofort ein potenzieller Nachfolger zur Stelle gewesen.«

»Das Gefühl kenne ich«, antwortete Lukas. »Aber ich fürchte, so ist es in vielen Branchen.«

»Mein Chef war ziemlich anspruchsvoll und hat die Kollegen gegeneinander ausgespielt. Irgendwann habe ich einfach das Interesse an allem verloren.« Das war nicht übertrieben. Dan war ein unangenehmer Typ, der seine Mitarbeiter vor allen anderen zur Schnecke machte, aber am Ende des Tages hatte niemand den Mut gehabt, etwas zu sagen oder ihm Paroli zu bieten. Und irgendwann hatte Moa festgestellt, dass ihre Kreativität und die Freude an der Arbeit einfach verschwunden waren.

»Meine allererste Stelle nach dem Studium hatte ich bei einer wirklich tollen Agentur. Das Arbeitsklima war gut, und wir hatten viel Spaß im Team. Jeder war ein Teil davon und wir haben uns gegenseitig unterstützt, gerade, wenn es einmal nicht so lief wie geplant.« Moa hielt einen Moment inne. Warum hatte sie die Erinnerung daran eigentlich so weit zurückgedrängt? »Wir hatten immer richtig viel zu tun, aber das war gar nicht schlimm, weil wir alle so gut miteinander auskamen. Bei der anderen Agentur war dann aber alles anders.«

»Vielleicht war es dann sogar ganz gut, dass du entlassen worden bist?«

»Das war wahrscheinlich das Beste, was mir passieren konnte«, stimmte Moa ihm zu, und zum ersten Mal wurde ihr bewusst, wie schlecht es ihr damals wirklich gegangen war. Sie war so oft so niedergeschlagen gewesen! Und mitten im Geschehen hatte sie gar nicht verstanden, wie toxisch ihre Arbeitsumgebung war.

KAPITEL 35

Moa rubbelte sich die Haare mit einem Handtuch trocken und dachte über ihren wunderbaren Reitausflug nach. Kaum zu glauben, dass Lukas das alles arrangiert hatte, nachdem sie nur ein einziges Mal erwähnt hatte, wie sehr sie die Pferde und das Reiten vermisste. Sie lächelte vor sich hin, als sie den Morgen noch einmal Revue passieren ließ. Erst der Signalton ihres Handys riss sie aus ihren Gedanken. Ruben schrieb, er sei jetzt auf dem Weg, also legte Moa das Handtuch zur Seite und hastete ins Schlafzimmer. Er hatte sie angerufen, als sie mit Lukas gerade wieder am Stall angekommen war, und Moa hatte vorgeschlagen, sich gegen Mittag zu treffen. Jetzt war es Viertel vor zwölf. Während sie sich anzog, dachte sie an das bevorstehende Treffen.

Was würde Ruben sagen, wenn sie ihm ihren Entschluss, die Wohnung zu behalten, beichtete? Seit er ihr von seinem Angebot für das andere Apartment erzählt hatte, hatten sie nicht viel geredet. Gab es überhaupt den Hauch einer Chance, dass er seine Meinung noch einmal änderte? Moa begann, sich die Haare zu kämmen, aber im selben Moment meldete sich ihr Telefon schon wieder. Sie sah, dass es Sofia war, und nahm das Gespräch so schnell es ging an.

»Störe ich?«

Moa legte die Bürste aus der Hand. »Kein bisschen. Ich komme gerade vom Reiten.«

»Oha, ich wusste gar nicht, dass du wieder damit angefangen hast.«

»Ein Nachbar hat mich dazu eingeladen, und ich dachte, wieso eigentlich nicht?«

»Jetzt sag aber nicht, dass das der gut aussehende Typ war, den wir mal im Treppenhaus getroffen haben?«

Moa lachte. »Ja, genau der.«

Diese Information musste Sofia erst einmal verdauen. Schließlich fragte sie: »Läuft da was zwischen euch?«

»Auf gar keinen Fall. Wir sind nur Freunde.« Moa griff wieder nach der Bürste. »Ich verbringe einfach gerne Zeit mit ihm.«

»Wenn du das sagst ...«, sagte Sofia und lachte. »Wie war euer Ausflug denn?«

»Einfach fantastisch. So gut, dass ich beschlossen habe, ab jetzt wieder einmal in der Woche reiten zu gehen«, antwortete Moa und versuchte, den Gedanken an Lukas abzuschütteln.

»Das ist schön. Ich habe mich schon länger gefragt, warum du nicht wieder damit anfängst.«

»Ach ja?«

»Na ja, so oft, wie du vom Reiten sprichst, muss es dir wirklich viel bedeutet haben.«

»Ich habe nie so richtig darüber nachgedacht, aber du hast recht. Mir hat das Reiten wirklich sehr gefehlt.«

»Ich freue mich auf jeden Fall für dich. Es ist schön, dass du machst, was dir guttut. Du wirkst insgesamt auch viel glücklicher als in den ganzen letzten Monaten.«

»Das bin ich auch. Nach allem, was passiert ist, habe ich wohl gelernt, mehr auf mein Bauchgefühl zu hören«, antwortete Moa. Dann rief sie sich selbst zur Raison: »Entschuldige, ich bin so eine Idiotin! Jetzt quassle ich die ganze Zeit nur über mich selbst.«

»Schon in Ordnung. Ich bin ja froh, dass es dir so gut geht.«

»Und du?«, fragte Moa leise. »Was hat Daniel gesagt?«

»Wir haben lange miteinander geredet, als ich wieder zu Hause war. Zuerst war er natürlich ziemlich schockiert und sauer, weil ich nicht offen mit ihm gesprochen habe.«

»Das kann ich irgendwie nachvollziehen.«

»Ja.« Sofia räusperte sich. »In den letzten Wochen hat er … Na ja, er hat geglaubt, ich wollte ihn verlassen und hätte mich deshalb so von ihm distanziert.«

»Und dabei war das Gegenteil der Fall.« Moa dachte an den verpassten Anruf vor ein paar Wochen. Bestimmt hatte Daniel mit ihr über seine Sorgen sprechen wollen.

»Ich konnte es zuerst gar nicht fassen, dass Daniel an meinen Gefühlen gezweifelt hat.« Sofia hielt einen Moment inne. »Als ich ihm dann gesagt habe, warum ich mich so zurückgezogen hatte, und dass ich keinen weiteren IVF-Versuch mehr schaffe, ist er aus dem Haus gestürmt.«

»Das tut mir so leid …«

»Ein paar Stunden später war er wieder da. Aber in der Zwischenzeit habe ich die schlimmsten Stunden meines Lebens durchgemacht.« Sofias Stimme zitterte. »Du kannst dir gar nicht vorstellen, wie viel Angst ich hatte. Ich dachte wirklich, das war es jetzt mit unserer Beziehung. Aber dann meinte Daniel, er liebe mich, und eigentlich müsse ich doch wissen, dass er sein Leben mit mir verbringen will, egal, ob wir Kinder haben oder nicht.«

Moa spürte, wie ihr die Tränen in die Augen stiegen. »Ich war mir sicher, dass er dich verstehen würde.«

»Ich hätte einfach schon früher mit ihm reden sollen, habe mich aber aus Angst, er könnte mich verlassen, davor gedrückt. Ihn hat vor allem wütend gemacht, dass ich kein Vertrauen in ihn und seine Gefühle für mich hatte.« Sofia sprach sehr leise, doch Moa konnte deutlich heraushören, dass ihr Tonfall sanfter geworden war und sie nicht mehr so angespannt klang wie zuvor. »Jetzt müssen wir zwar noch einiges besprechen, aber ich bin so froh, dass endlich ein Anfang gemacht ist.«

»Manchmal braucht man ein bisschen, bis man gewisse Dinge ansprechen kann.«

»Da hast du recht. Ich glaube, jetzt muss ich Daniel die Zeit lassen, alles zu verdauen, und dann … Ich weiß auch nicht, aber irgendwie wird es schon weitergehen.« Sofia hüstelte. »Und wie sieht es bei dir aus? Hast du Ruben schon von deinen Plänen mit der Wohnung erzählt?«

»Noch nicht«, antwortete Moa. »Aber er wird jeden Moment hier sein.«

»Bist du dir sicher, dass …«

»Dass was?«

»Ach, nichts«, wich Sofia aus. »Ich drücke dir jedenfalls die Daumen. Sag auf jeden Fall Bescheid, wie es gelaufen ist.«

KAPITEL 36

Ruben tauchte eine halbe Stunde zu spät auf, und Moa empfing ihn bereits im Hausflur. Sie hatte ein letztes Mal aufgeräumt und ging nun ihm voraus in die Wohnung. Obwohl sie nach ihrem letzten Treffen nicht im Streit auseinandergegangen waren, hatte Moa den Eindruck, dass sie einander ein wenig steif begegneten, und als Ruben versuchte, sie zu umarmen, fiel es ihr schwer, sich zu entspannen.

»Schön, dich zu sehen.«

»Ebenso«, murmelte Moa mit dem Kopf an Rubens Brust. »Willst du sehen, was ich aus der Wohnung gemacht habe?«

Ruben nickte und sie führte ihn ins Schlafzimmer.

»Die Tapete hast du also behalten?« Ruben berührte das großflächige Blumenmuster.

»Das kann man ja immer noch ändern«, antwortete Moa. Bloß nicht gleich zu Anfang schon einen Streit vom Zaun brechen. Sie streckte die Hand aus. »Hier fällt morgens die Sonne hinein, ist das nicht schön?«

»Total. Und man kann direkt auf das Wasser hinausschauen.«

Moa stieß den Atem aus und schenkte Ruben ein Lächeln. Vielleicht war er der Wohnung ja doch nicht so abgeneigt? Nach der Besichtigung des Schlafzimmers führte sie ihn direkt weiter ins Wohnzimmer, in der Hoffnung, dass ihm die Veränderungen, die sie hier vorgenommen hatte, gefallen würden. Das war definitiv der schönste Raum von allen, dachte sie bei sich. Wohnlich und einladend, eine Mischung aus Alt und Neu. Moa beobachtete Ruben dabei, wie er durch das Wohnzimmer schritt. Es kam ihr so vor, als nähme sie an einem Wettbewerb teil, dessen Ausgang über ihre Zukunft bestimmte.

»Warum hast du denn die Couch ausgewechselt?« Ruben blieb wie angewurzelt stehen und starrte auf das rosa Samtsofa.

»Das habe ich bei einer Auktion gekauft. Ist das nicht der Hammer?« Moa deutete auf den Kamin. »Übrigens, diese Woche war ein Brandschutzexperte hier, also können wir jetzt sogar Feuer machen.«

Ruben schaute vom Sofa auf und nickte. »Schön.«

Moa beeilte sich, ihm den Rest der Wohnung zu zeigen. *Das läuft ganz und gar nicht, wie ich es mir erhofft hatte.*

»Bist du nicht auch der Meinung, dass es hier ganz schön geworden ist? Gemütlich?«, wagte sie einen neuen Vorstoß.

»Ja, ich denke schon«, antwortete Ruben. Als er versuchte, die Badezimmertür zu öffnen, fiel die Klinke ab.

»Ups, die wollte ich eigentlich noch reparieren. Da fehlt nur eine Schraube.« Hastig befestigte Moa die Türklinke und schloss einen kurzen Moment die Augen, als Ruben ihr den Rücken zuwandte.

»Wo ist denn der Wasserschaden?«

»Äh, der ist ...« Moa überlegte krampfhaft, wie sie sich aus dieser Situation herauswinden sollte. »Der ist verschwunden«, sagte sie schließlich mit einem erzwungenen Lächeln. »Seltsam, ich weiß. Aber umso besser.«

»Erzähl doch keinen Blödsinn, eine feuchte Stelle geht doch nicht einfach von allein weg.« Ruben lehnte sich nach vorn. »War das hier, hinter der Toilette?«

Fragend schaute er zu Moa, die seinen Blick bemerkte und den Mund öffnete, um irgendetwas zu erwidern. Dann überlegte sie es sich anders. So konnte es nicht weitergehen. Sie musste ihm reinen Wein einschenken.

»Wir müssen reden«, sagte sie, bemüht, nicht allzu zittrig zu klingen.

»Okay.« Ruben richtete sich auf. »Worüber denn?« Er wirkte nicht einmal überrascht.

»Wollen wir uns in die Küche setzen?«

Auf dem Weg dorthin überlegte Moa, wie sie das Gespräch beginnen sollte. War es überhaupt möglich, einen Kompromiss zwischen ihren und Rubens Vorstellungen zu finden?

Sie ließ sich auf der Kante eines Küchenstuhls nieder. Die Wachsdecke ihrer Großmutter lag immer noch auf dem Tisch, und Moa erinnerte sich daran, wie sie die Wohnung das erste Mal nach der Beerdigung betreten hatte. Wie traurig sie gewesen war, weil alles hier sie an ihre Oma erinnert hatte. Das war auch immer noch so, aber irgendetwas hatte sich verändert. *Sie hat es mir ermöglicht, ein neues Leben aufzubauen. Das kann ich nicht einfach wegwerfen.*

»Also, worüber willst du reden?«, fragte Ruben und musterte sie prüfend.

»Über die Wohnung.«

Ruben starrte sie einen schier endlosen Moment lang an. »Du kommst nicht wieder nach Hause, oder?«

»Nein.« Moas Stimme brach weg. »Es war nicht geplant, aber nachdem ich die letzten Wochen hier verbracht habe … Ich fühle mich hier mittlerweile richtig wohl.«

»Und bei mir nicht?«

»Das hast du jetzt gesagt. Willst du nicht einfach hierherziehen? Wir können die Wohnung auch noch weiter umgestalten. Ich weiß ja nicht, was dir so vorschwebt, aber wir könnten die Küche und das Bad renovieren, die Tapeten abreißen und ...«

»Das will ich aber nicht«, fiel Ruben ihr ins Wort. »Ich dachte, wir hätten abgemacht, in eines dieser modernen Apartments zu ziehen. Die haben dir doch auch gefallen.«

»Ja, die sind toll, aber ich will hierbleiben. Ich weiß, ich hätte dir das schon früher sagen sollen, aber ich lebe zum ersten Mal in einer Wohnung, in der es mir wirklich gefällt.«

»Ich weiß nicht, was ich sagen soll.« Ruben rieb sich die Stirn. »Ich erkenne dich kaum wieder. Seit du die Wohnung geerbt hast, hast du dich komplett verändert. Du bist direkt hier eingezogen, hast auf einmal einen Hund, wirkst immer abwesend und ich kriege dich kaum noch zu Gesicht.«

»Aber darüber haben wir doch schon gesprochen. Du warst fast die ganzen letzten Wochen in Mailand. Und du warst derjenige, der sich am Wochenende lieber mit anderen verabredet hat. Ich hätte die Zeit gerne mit dir verbracht.«

»Okay, du hast ja recht«, antwortete Ruben und seufzte. »Ich weiß, dass ich mich letztes Wochenende nicht so nett verhalten habe. Aber dafür habe ich mich entschuldigt.« Er nahm Moas Hand in seine. »Denkst du nicht, es geht in erster Linie darum, dass du deine Großmutter nicht loslassen willst? Wir hatten doch immer eine tolle Zeit zusammen und haben unser Leben so geführt, wie wir es wollen. Dass es zuletzt nicht so gut lief, muss doch nicht das Ende unserer Beziehung bedeuten.«

»Es hat nichts damit zu tun, dass ich nicht loslassen will. Seit ich hier wohne, habe ich endlich wieder zu mir selbst gefunden.« Moa hielt inne. Jahrelang hatte sie sich ständig verstellt und sich unbewusst angepasst – um die Person zu sein, die andere in ihr sehen wollten. Sie hatte alle ihre Interessen aufgegeben. Und wozu?

»Ich verstehe nicht, wie du mir das antun kannst. Oder vielmehr uns.« Ruben ließ ihre Hand los. »Du machst alles kaputt, worauf wir hingearbeitet haben.«

»Worauf du hingearbeitet hast.«

»Wie meinst du das?«

Moa spürte einen Kloß im Hals. »Du bist derjenige, der in dieses neue Apartment ziehen will. Als ich nur erwähnt habe, dass wir auch hier wohnen könnten, hast du auf Durchzug geschaltet. Du wolltest nicht einmal, dass ich ein paar Möbel von hier in deine Wohnung mitbringe.«

»Die passen dort ja auch nicht hinein«, erwiderte Ruben frustriert. »Sie sind alt und abgenutzt, keine richtigen Antiquitäten. Wenn du unbedingt eine alte Kommode haben möchtest, dann geh zu einer Auktion und besorge dir eine. Eine, die auch einen gewissen Wert hat.«

»Hier geht es doch überhaupt nicht ums Geld. Es geht darum, was die Möbel mir bedeuten.« Moa versuchte wieder, Rubens Hand zu nehmen, aber er zog sie weg. »Daran hängen so viele Erinnerungen. Diese Dinge hier machen mich glücklich. Nur ein Beispiel: Jeden Morgen, wenn ich aufwache, sehe ich als Erstes die Kommode, die in meinem Schlafzimmer in Omas Haus in Mölle stand. Das gibt mir ein Gefühl der Sicherheit.«

»Man kann doch nicht alles behalten.«

»Nein, aber man sollte wenigstens ein bisschen was behalten können.« Moa sah Ruben an. »Es tut mir leid, aber ich ziehe nicht wieder zurück. Ich bleibe hier.«

»Du machst also Schluss?« Ruben starrte sie überrascht an. »Einfach so?«

»Ich mache nicht Schluss.« Das hatte Moa damit zumindest nicht sagen wollen. »Aber vielleicht sollten wir einfach eine Zeit lang getrennt wohnen? Um herauszufinden, was wir wirklich wollen?«

»Das ist doch im Grunde so, als würden wir uns trennen.« Ruben stand auf. »Ich weiß, dass die letzte Zeit nicht perfekt war, aber ich dachte, wir könnten gemeinsam einen Neuanfang wagen. Ich habe doch schon ein Angebot gemacht …«

»Ich weiß, und es tut mir leid, dass ich nicht gleich eine klare Ansage gemacht habe«, sagte Moa leise. »Aber du hast mich nie gefragt, ob ich das Apartment auch kaufen möchte.«

»Natürlich habe ich das.«

»Nein, du hast nur angenommen, dass ich dasselbe will wie du.«

Ruben schüttelte den Kopf, als könnte er immer noch nicht begreifen, wovon Moa sprach. Sie wollte irgendetwas sagen, um die Kluft zwischen ihnen zu schließen, obwohl sie wusste, dass es zwecklos war. Ruben würde sie nicht verstehen. Als er seine Jacke anzog und die Wohnung verließ, blieb Moa stumm in der Küche sitzen.

*

»Bist du krank?« Vendela wich einen Schritt zurück. »Du siehst wirklich jämmerlich aus.«

»Ich glaube, ich bin ein bisschen erkältet«, murmelte Moa und schniefte, als müsste sie ihre Worte untermauern. Tatsächlich hatte sie es nur aus dem Bett herausgeschafft, weil die Pflicht rief: Iris brauchte ihre Gassirunde.

»Meine Güte. Es scheint aber wirklich schlimm zu sein.«
Vendela musterte sie einen Augenblick, bevor sie fragte: »Soll
ich mit Iris rausgehen?«

Moa schaute auf die schwanzwedelnde Hündin hinunter,
die Vendelas Hand mit der Schnauze anstupste, als wollte sie
sagen, dass sie ganz genau wisse, worüber sie redeten, und dass
dies der beste Vorschlag des Tages sei.

»Ich wollte eigentlich gerade los, aber …«

»Ich drehe gern eine Runde mit Krümel und Iris.«

»Weißt du was? Lass uns doch zusammen gehen«, verkündete Moa, bevor sie es sich anders überlegen konnte. Ein Spaziergang mit Vendela und Krümel würde ihr guttun, versuchte sie sich selbst zu überzeugen. Das würde sie wenigstens für
eine Weile davon abhalten, über den Streit mit Ruben nachzudenken. Damit tat sie sich nur unnötig weh.

»Solltest du nicht besser zu Hause bleiben und dich ausruhen, wenn es dir nicht gut geht?«

»Ich bin eigentlich nicht krank.« Moa wich Vendelas Blick
aus. »Ich habe nur ein bisschen Kopfschmerzen.«

Vendela beugte sich vor, um ihr ins Gesicht zu schauen.
»Hast du geweint? Deine Augen sind ganz verquollen.«

»Ähm … ein kleines bisschen. Aber es ist nichts Schlimmes.«
Moa hatte keine Lust, sich weiter zu erklären, also schlug sie
vor, direkt loszugehen.

Sie ließen das Eingangstor hinter sich und machten sich auf
den Weg zur Chokladfabriken, wo sie zwei Tassen heiße Schokolade zum Mitnehmen erstanden.

Vendela bat die Verkäuferin um eine Auswahl Pralinen, und
während sie über die verschiedenen Sorten diskutierten, schaute Moa aus dem Schaufenster.

»Das ist das beste Mittel gegen Liebeskummer«, verkündete Vendela schließlich und drückte Moa die Tüte mit den Schokoladenpralinen in die Hand.

»Woher weißt du, dass ich Liebeskummer habe?«, fragte Moa und versuchte erfolglos, ihr die Tüte zurückzugeben.

»Wenn man so alt ist wie ich, hat man ein Gespür dafür«, antwortete Vendela weise. »Und außerdem habe ich gehört, wie dein Freund vor ein paar Stunden gegangen ist und die Tür zugeknallt hat.«

»Es ist vielleicht nicht so schlimm …«

»Nicht schlimm? Du siehst aus, als hätte irgendjemand den Löffel abgegeben.« Vendela presste die Lippen zusammen.

»Entschuldige, ich wollte nicht …«

»Ist schon in Ordnung.« Moa wickelte sich ihren blaugrauen Schal noch ein weiteres Mal um den Hals und beschloss, Vendela die Wahrheit zu sagen. »Ruben und ich haben uns getrennt.«

»Das tut mir wirklich leid. Willst du darüber reden?«

»Es ging um die Wohnung.« Moa und Vendela überquerten die Straße, gingen die Renstiernas gata entlang und bogen schließlich in den Vitabergsparken ein.

»Und das war der einzige Grund?«

»Ja. Oder nein, ich weiß nicht.« Moa dachte einen Moment nach. »Ich habe ihm gesagt, dass ich eine Weile alleine leben möchte, und das hat er gar nicht gut aufgenommen. Eigentlich hatte ich nicht vor, mich von ihm zu trennen, aber als Ruben sagte, dass wir dann ebenso gut richtig Schluss machen könnten … Es ist wohl das Beste so.«

»Manchmal erkennt man erst mit der Zeit, was man wirklich will.«

»Ich weiß.« Moa nippte an der heißen Schokolade. Obwohl sie traurig war, hatte sie das Gefühl, als wäre ihr eine Last von den Schultern genommen worden. Als hätte sie die letzten Jahre in einem Nebel gelebt, der sich nun endlich zu lichten begann.

Rubens Reaktion hatte sie eigentlich nicht überrascht. Im Gegenteil, es war genau so gekommen, wie sie es erwartet hatte. Er wollte sie nicht verstehen und er wollte ihr nicht zuhören. Natürlich hatten sie eine wunderbare Zeit miteinander verbracht, aber mit jedem Monat, den sie zusammen gewesen waren, hatte Moa ein Stück von sich selbst verloren. Ruben trug keine Schuld daran, die schrieb sie sich komplett selbst zu, denn sie hatte ihm nie gesagt, was sie wirklich wollte. Zum ersten Mal seit Langem vertrat sie jetzt ihre eigenen Interessen – und damit konnte Ruben nicht umgehen. Moa blieb stehen und ließ Iris einen Busch beschnüffeln. Der Boden war bereits mit Laub bedeckt. Allmählich wurde es Herbst.

»Als wir uns kennenlernten, war es noch ganz anders, aber nach und nach haben wir uns auseinandergelebt. Ich glaube, ich wollte es mir selbst nicht eingestehen, aber ich habe die ganze Zeit versucht, mich ihm und seinen Vorstellungen anzupassen.«

»Du solltest aufhören, dir Vorwürfe zu machen«, sagte Vendela. »Viele Menschen sind zusammen und merken nicht, dass sie und ihre Partner immer weiter auseinanderdriften.«

»Das mag sein. Trotzdem hätte ich ihn, was die Wohnung anbelangt, nicht anlügen sollen.«

»Und warum hast du es dann getan?«

»Weil ich Angst vor seiner Reaktion hatte«, murmelte Moa. »Zuerst dachte ich, er würde seine Meinung ändern, wenn er die Wohnung sieht. Aber als er heute da war, wurde mir ziemlich direkt klar, dass es so nicht funktioniert. Trotzdem habe ich noch versucht, ihn zum Einzug zu überreden.«

Vendela legte den Arm um Moas Schultern.

»Und jetzt?«

»Keine Ahnung. Ich denke, wir sollten noch einmal miteinander reden. Meine Sachen sind noch bei ihm zu Hause, und ich möchte nicht, dass wir im Streit auseinandergehen.«

»Lass das Ganze am besten ein paar Tage sacken. Das wird schon.«

An der Sofiakirche blieben Moa und Vendela stehen und schauten über die Dächer von Södermalm.

»Ich finde, nach diesem Spaziergang haben wir uns eine Belohnung verdient. Wollen wir mit dem Bus zur Markthalle fahren, bevor wir nach Hause gehen? Dort kann man himmlischen Käse kaufen, den musst du probieren.«

*

Gemächlich schlenderten Vendela und Moa zwischen den Verkaufsständen in der Markthalle herum, blieben stehen, um Honig, Wurstwaren und Käse zu probieren, kauften frischen Mangold und krumme Möhren aus regionalem Anbau. In einem kleinen Laden wurden große Kübel mit selbst gemachten Marmeladen angeboten, und die Dame hinter dem Tresen erzählte, dass sie ihr Konfitüren- und Saftgeschäft schon seit fast zwanzig Jahren führte. Moa kaufte zwei Flaschen hausgemachten Holundersaft, und während Vendela weiter mit der Verkäuferin plauderte, steuerte sie den nächsten Stand an, wo sie sich mit Wachsbohnen und zwei Schalen goldgelber Pfifferlinge eindeckte.

»Hallo, Moa.«

Moa drehte sich um und sah sich Artur gegenüber. »Hallo, was machst du denn hier?«

»Nina bereitet zu Hause eine Dinnerparty vor. Sie ist furchtbar perfektionistisch, also versuche ich, ihr eine Weile aus dem Weg zu gehen.«

Moa lachte. »Das klingt vernünftig.«

»Ist es auch.«

»Da bist du ja!« Vendela tauchte an Moas Seite auf, und ein Strahlen breitete sich auf ihrem Gesicht aus, als sie Artur erblickte. »Hallo, Artur! Wir haben uns ja ewig nicht gesehen.«

Einen kurzen Augenblick verdüsterte sich Arturs Miene, bevor er lächelte und Vendela begrüßte.

»Wie geht es dir?«, wollte die wissen.

»Ganz gut, so weit«, antwortete Artur. »Ich bin nur etwas in Eile. Wie geht es dir?«

»Mir geht es gut. Gunnar hat …«

»Wenn ihr mich bitte entschuldigt, ich habe nicht viel Zeit«, fiel Artur Vendela ins Wort. »Schön, dass wir uns zufällig getroffen haben.«

»Bis Montag«, sagte Moa und schaute ihm hinterher, während er auf einen der Ausgänge zusteuerte.

»Ach, der Arme! Es ist wirklich tragisch«, sagte Vendela, als Artur nicht mehr zu sehen war.

»Was genau?«

»Vor zwei Jahren hat Artur seine Frau verloren, und nur ein paar Monate später ist seine Tochter mit ihrer Familie nach Australien ausgewandert.«

»Bist du dir sicher, dass du ihn nicht verwechselst? Artur und seine Frau geben heute Abend eine Dinnerparty.«

Vendela schaute Moa verwundert an. »Nina und Artur?«

»Ja!«

»Na hör mal, Nina war eine gute Freundin von mir – bis sie vor zwei Jahren den Kampf gegen den Krebs verloren hat.«

KAPITEL 37

Vendela stellte zwei Teller mit eingelegten Birnen und Vanilleeis auf den Tisch und ließ sich Moa gegenüber auf einem Stuhl nieder. »Was war das für ein Nachmittag!«

»Ganz deiner Meinung«, stimmte Moa zu. Sie hatte sich immer noch nicht von Vendelas Enthüllung erholt. Arturs Frau war also tot und seine Tochter lebte in Australien. Warum hatte Artur ihr die Wahrheit verschwiegen?

»Wie hast du Nina und Artur eigentlich kennengelernt?«, fragte sie Vendela.

»Artur und Gunnar waren schon als Kinder miteinander befreundet. Nachdem wir von Barcelona wieder zurück nach Stockholm gezogen waren, haben wir viel Zeit mit den beiden verbracht.« Die Erinnerungen brachten Vendela zum Lächeln. »Nina war so quirlig und gut gelaunt, und sie hat immer darauf geachtet, dass alle um sie herum bestens versorgt und zufrieden sind.«

»Und was ist dann passiert?«

Mit einem Mal sah Vendela niedergeschlagen aus. »Sie bekam Bauchspeicheldrüsenkrebs. Als der Krebs diagnostiziert wurde, hatte er bereits gestreut. Da war nichts mehr zu machen.«

»Das ist wirklich traurig …«

Vendela schaute aus dem Fenster und Moa betrachtete ihr Profil; die feinen Fältchen in ihrer Haut, den entschlossenen Mund und die gerade Nase. Gerade wirkte sie unglaublich traurig.

»Artur hat das Ganze schwer getroffen. Er war Teilhaber des Auktionsunternehmens und hatte gerade erst beschlossen, die Arbeit an den Nagel zu hängen, um mehr Zeit mit Nina verbringen zu können. Die beiden wollten reisen.«

»Und daraus ist dann nichts mehr geworden?«

»Nein, es ging alles sehr schnell. Er hat Nina bis zum Schluss zu Hause gepflegt.«

»Und was war mit der Tochter?«

Vendela schaute Moa offen ins Gesicht. »Ich habe keine Ahnung, was danach passiert ist. Artur hat sich nach Ninas Tod von all seinen Freunden distanziert. Heute habe ich ihn zum ersten Mal seit der Beerdigung wiedergesehen. Gunnar und ich sind davon ausgegangen, dass er, wie geplant, auf Reisen gegangen ist. Allein.«

»Das klingt alles ganz fürchterlich.«

»Das war es auch.« Vendela seufzte. »Ich dachte, dass er …« Sie kam ins Stocken, und Moa wartete, bis sie fortfuhr. »Ich dachte, dass er vielleicht die Zeit braucht, um für sich zu sein und zu trauern.«

»Vielleicht wäre es besser für ihn gewesen, wenn er mit seinen Freunden gesprochen hätte …«

»Ach, ich weiß auch nicht.« Vendela probierte ihren Nachtisch. »Hmm, das ist wirklich gut, wenn ich das mal so sagen darf.«

Moa hätte gern noch weiter nachgehakt, aber sie beschloss, Vendela nicht weiter zu bedrängen. Es stand ihr nicht zu, sich in dieser Angelegenheit einzumischen. Gleichzeitig tat Artur ihr leid. Sie konnte sich nicht vorstellen, wie schwer es für ihn gewesen sein musste, erst seine Frau zu verlieren und dann mitzuerleben, wie die Tochter ans andere Ende der Welt zog. Wenn er sie doch nur nicht angelogen hätte! Dann hätte sie viel besser für ihn da sein können.

KAPITEL 38

Moa nestelte an dem weißen Umschlag herum, der eben durch den Briefschlitz gefallen sein musste. Sie war im Bad gewesen und hatte nicht mitbekommen, wie er eingeworfen worden war. Konnte Lukas etwas damit zu tun haben? Er und Sofia waren die Einzigen, die von dem Reitausflug wussten, und sie war sich sicher, dass dieser neue Brief etwas damit zu tun haben musste. Weder Vendela noch Ruben hatte sie von ihrem Ausritt erzählt, und Ruben war ohnehin der Letzte, der als Omas geheimer Bote infrage kam. Sofia war heute mit Daniel in ihrem Haus in Nacka. Moa ließ sich auf das Sofa sinken und nahm den Brief genauer in Augenschein, bevor sie den Umschlag öffnete.

Liebste Moa!
Ich hoffe, dass dir das Reiten immer noch so viel Spaß macht wie früher. Bitte hör nicht gleich wieder damit auf! Ich kann mich noch daran erinnern, wie du als kleines Mädchen mit Moskito über die Stoppelfelder geritten bist und wie dein Zopf dabei im Wind geflattert hat. Ich habe gern am Fenster gesessen und dich dabei beobachtet. Die Pferde haben dir so viel bedeutet, und ich weiß, wie schwer es dich getroffen hat, Moskito zu verlieren. Was ich dir jetzt erzähle, ist ebenfalls fürchterlich, und ich habe mein ganzes Leben lang Stillschweigen darüber

bewahrt. Aber ich denke, es ist an der Zeit, dass du erfährst, was mir zugestoßen ist. Vergiss dabei nicht, dass ich weit weg von all den schicken Stockholmer Salons aufwuchs und Luxus ein Fremdwort für mich war. Als ich von Göta in Gustafs Glitzerwelt hineingezogen wurde, hatte ich das Gefühl, mitten in einem Märchen gelandet zu sein. Ich fühlte mich wie jemand ganz Besonderes.

In Wirklichkeit war ich nur jung und gewaltig naiv. Bill war zu irgendeinem militärischen Spezialauftrag abkommandiert worden, und ich hatte schon länger nichts mehr von ihm gehört. Als Gustaf neue Kleider und Seidenstrümpfe für Göta und mich besorgte und uns zu einer Abendgesellschaft einlud, sagten wir mit Begeisterung zu. Eine Abendgesellschaft! Das klang unglaublich pompös. Auf der Party empfing Gustaf uns schon an der Tür und drückte uns gleich einen Cocktail in die Hand. Den ganzen Abend sorgte er dafür, dass uns jedes Mal nachgeschenkt wurde, sobald wir den letzten Schluck getrunken hatten.

Gustaf hatte viele Gäste geladen, sogar Diplomaten und andere hochrangige Persönlichkeiten aus verschiedenen Ländern. Er stellte Göta und mich zwei elegant gekleideten Männern vor. Einer von ihnen sprach Deutsch, und ich versuchte, mich weltgewandt zu geben, so, als wären derlei Veranstaltungen etwas ganz Alltägliches für mich. Mein Gesprächspartner schien es zu schätzen, dass ich in seiner Muttersprache mit ihm reden konnte. Ich erinnere mich nicht daran, wie lange wir uns unterhielten oder wie viele Cocktails ich trank. Der Abend verging wie im Flug, wir tanzten, plauderten, und ich hatte Spaß.

Bis heute weiß ich nicht, wie es dazu kam, dass ich mit dem Deutschen allein in einem Schlafzimmer landete. Wahrscheinlich hatte er mich einfach mit sich gezogen. Selbst als er die Tür abschloss, war mir noch nicht klar, was auf mich zukam. Ich protestierte erst, als er mein Kleid aufknöpfte, aber ich weiß nicht, ob er mich verstand, so betrunken, wie ich war. Wahrscheinlich interessierte ihn auch gar nicht, dass ich das alles nicht wollte. Als ich noch einmal in schärferem Ton versuchte, ihn zurückzuweisen, lächelte er nur, zerriss meine Seidenstrümpfe und zog meinen Rock hoch.

In dieser Nacht wurde ich vergewaltigt. Nicht nur von diesem Deutschen, sondern von mehreren Männern. Im Nachhinein verstand ich, dass wir Mädchen aus einem bestimmten Grund eingeladen worden waren: Wir waren Spielzeuge für diese wichtigen Männer, sollten ihnen geben, was sie wollten, und dann versuchen, ihnen Informationen zu entlocken. Informationen für Gustaf und sein Büro.

Göta und ich haben nie über diese Nacht gesprochen. Was wir erlebt hatten, war einfach zu schrecklich und beschämend. Danach gab ich mein Bestes, einen Bogen um diese Partys zu machen, aber Gustaf ließ nicht locker. Er drohte, dafür zu sorgen, dass Fotos von mir und den Männern im Schlafzimmer in den Händen von Bill und meiner Hausherrin landeten, wenn ich nicht tat, was er von mir verlangte. Ich hatte niemanden, den ich um Hilfe bitten konnte, und Gustaf wusste genau, was er sagen musste, damit ich das Gefühl hatte, ihm ganz und gar ausgeliefert zu sein.

Irgendwann begann Göta, als Sekretärin für einen deutschen Militärattaché zu arbeiten, und auch mir wurde eine neue Stelle angeboten. Wir sollten Augen und Ohren offenhalten und alles, was wir erfuhren, an Gustaf und seine Mitarbeiter weitertragen. So wurden wir zu ihren Spioninnen. Ich wünschte, ich könnte behaupten, nie wieder auf einer von Gustafs Partys gewesen zu sein, aber er schaffte es, mich zu zwei weiteren Abendgesellschaften zu schleifen, bis ich ihm sagte, dass ich lieber sterben würde, als das weiter mit mir machen zu lassen. Er verstand, wie ernst mir meine Worte waren, und zwang mich daraufhin, als Zimmermädchen in einem Nobelhotel zu arbeiten. Meine Aufgabe war es, die ausländischen Gäste auszuspionieren und Auffälligkeiten zu melden. Mir ging es immer noch schlecht, nach all dem, was mir widerfahren war, aber nach und nach stellte sich bei mir das Gefühl ein, etwas Wichtiges zu tun, irgendwie einen Beitrag zu leisten.

Ich kann mir vorstellen, wie schwer es dir fallen muss, das alles zu lesen. Ich habe mich oft gefragt, ob ich euch von meinen damaligen Erlebnissen erzählen soll, aber jetzt bin ich mir sicher, dass es das Richtige ist. Ich möchte, dass du meine Geschichte kennst. Ja, ich denke, dass du alles erfahren musst.

Ich habe schreckliche Dinge erlebt, doch obwohl die Wunden nie ganz verheilt sind, habe ich es geschafft, mir ein neues und glückliches Leben aufzubauen.

Apropos neues Leben: Mit dem Tod deiner Mutter sind wir alle ganz unterschiedlich umgegangen, und ich weiß, welche Schwierigkeiten du hattest, zu akzeptieren, dass dein Vater sich so schnell mit Astrid zusammengetan hat.

Ihr seid oft aneinandergeraten, die Situation war für euch beide nicht einfach. Ich verstehe, dass du dich entschieden hast, Mölle zu verlassen, aber mit Weglaufen löst man keine Probleme. Ich war auch einmal gezwungen zu fliehen und habe dadurch geliebte Menschen verloren. Aber dazu wirst du vielleicht später mehr erfahren.

Erst einmal möchte ich dich bitten, deinem Vater und Astrid noch eine Chance zu geben. Sie sind alles, was von deiner Familie noch übrig ist, und die Vorstellung, dass ihr euch womöglich nie versöhnt, kann ich kaum ertragen.

Oma

Langsam ließ Moa den Brief in ihren Schoß sinken. Die Tränen liefen ihr über das Gesicht, und sie musste ein paarmal schlucken, um sich wieder zu sammeln. Sie hatte ja keine Ahnung gehabt, was für schreckliche Dinge ihre Großmutter durchgemacht hatte, die immer so voller Esprit und Freude gewesen war, das Leben geliebt und nie gezeigt hatte, welche Last sie mit sich trug. Als Iris zu ihr aufs Sofa gekrochen kam und den Kopf auf Moas Schulter legte, vergrub sie ihr Gesicht im Fell des Hundes.

KAPITEL 39

Der Sekretär wurde vorsichtig in den Transporter verladen, und als er an Ort und Stelle stand, warf die junge Frau eine Schutzdecke über das Möbelstück.

»Danke für die Hilfe! Ich freu mich so, dass ich den Sekretär meiner Großmutter bekomme«, sagte sie, als alles sicher verstaut war.

»Gern geschehen.« Moa lächelte. Die Frau rückte ihre Jacke zurecht und kletterte auf den Fahrersitz.

»Schön, dass der Sekretär in der Familie bleibt«, stellte Moa an Artur gewandt fest. »Wie kam es dazu?«

»Manche Dinge sind einfach zu wertvoll, um sie wegzuwerfen.«

Moa dachte einen Augenblick lang nach. »Aber manchmal muss man sich auch von Dingen trennen, um sich weiterentwickeln zu können.«

»Da hast du vollkommen recht.« Artur grinste. »Wann bist du so weise geworden?«

»Keine Ahnung. Übers Wochenende, denke ich.« Moa erwiderte sein Grinsen. Keiner von ihnen hatte bisher ein Wort über ihre Begegnung am Samstag verloren. Ob Artur davon ausging, dass Moa über seine Frau Bescheid wusste?

»Hast du kurz Zeit? Ich wollte dich etwas fragen.«

»Ich weiß nicht, ich bin eigentlich ziemlich beschäftigt«, antwortete Artur und wich Moas Blick aus.

»Es geht um meine Großmutter.«

Sofort sah Artur erleichtert aus. »Wenn du möchtest, können wir uns in mein Büro setzen.«

»Klar, gerne.« Moa heftete sich an Arturs Fersen. »Ich bin immer noch nicht darüber hinweg, dass du ein eigenes Büro hast und Teilhaber bist«, stellte sie fest, als sie sich in den Besuchersessel sinken ließ.

Artur lächelte. »Wahrscheinlich komme ich nicht drumherum, das bald öffentlich zu machen.« Er befreite den Stuhl von einem Stapel Papier und ließ sich hinter dem Schreibtisch nieder.

»Warum willst du eigentlich nicht, dass die Mitarbeiter von deiner Position hier wissen?«

»Weil sie mich dann nicht mehr so behandeln würden, wie sie es jetzt tun. Momentan bin ich der nette Onkel, der ein Händchen für Antiquitäten hat. Ich befürchte, dass sich das Verhalten der Kollegen ändert, wenn sie herausfinden, dass ich einer der Kompagnons bin.«

»Vielleicht ist das ja nichts Schlechtes.«

»Ja, vielleicht.« Artur nippte an seinem Kaffee, den er schon die ganze Zeit in der Hand gehalten hatte. »Aber ich will nicht, dass die Leute sich mir gegenüber anders geben, weil sie mich für wichtig halten.«

»Das verstehe ich ja. Andererseits könnte es sein, dass die Leute das Gefühl bekommen, an der Nase herumgeführt worden zu sein, wenn sie die Wahrheit herausfinden. Vielleicht denken sie dann, du würdest ihnen nachspionieren.« Moa räusperte sich. »Entschuldige, das war vielleicht etwas drastisch formuliert.«

»Schon gut. Der Gedanke ist mir selbst schon gekommen«,

beruhigte Artur sie. »Ich muss mir etwas einfallen lassen, wie ich ihnen am besten reinen Wein einschenke. Erst recht, wenn ich wirklich eine Zeit lang für Susanne einspringen sollte.« Artur musterte Moa prüfend. »Also, worüber wolltest du mit mir reden?«

»Ich habe ein paar Briefe von meiner Großmutter bekommen, und in dem letzten hat sie erzählt, dass sie während des Zweiten Weltkriegs in Stockholm als Spionin gearbeitet hat. Du weißt so viel über diese Stadt und ihre Geschichte, da habe ich mich gefragt, ob du etwas über Frauen weißt, die in solche Geschichten verwickelt waren …«

Artur überlegte eine Weile, bevor er erklärte: »Es gab damals eine Abteilung des militärischen Geheimdienstes, die sich das C-Büro nannte. Dort haben sehr viele weibliche Informanten und Agenten gearbeitet. Vielleicht war sie eine von ihnen?«

»Ich weiß nicht genau. Sie wurde wohl von einem Mann namens Gustaf angeworben. Nein, angeworben wurde sie eigentlich nicht. Vielmehr erpresst.«

»Ich weiß natürlich nicht, was genau deine Großmutter getan hat, aber die Frauen im C-Büro haben einiges für den schwedischen Geheimdienst geleistet.«

»Aber Schweden selbst war doch gar nicht am Krieg beteiligt?«

»Spionage gab es auch in neutralen Ländern. Während des Zweiten Weltkriegs hat es in Stockholm von Spionen und Agenten aus verschiedenen Ländern nur so gewimmelt. Man hat die Stadt deshalb auch das Casablanca des Nordens genannt. Und bei vielen Missionen haben Frauen eine wichtige Rolle gespielt.«

»Warum das?«

»Zur damaligen Zeit waren Männer oft unbedarft, was ihre Gesprächsthemen anging, wenn Frauen zugegen waren. Frauen verstanden nichts von Politik, dachten sie, was machte es schon, wenn sie etwas mit anhörten, das nicht für ihre Ohren bestimmt war. Die Spioninnen wurden zum Beispiel als Kuriere eingesetzt, aber oft wurde erwartet, dass sie auch als Begleitpersonen arbeiteten.«

»Als Prostituierte, meinst du?«

»Ja. Manche von ihnen wurden gedrängt, mit Männern aus dem Ausland zu schlafen, um an Informationen zu kommen. Schrecklich. Aber einige von ihnen haben auch nur im deutschen Konsulat gearbeitet, in Hotels und an anderen Orten, wo die Möglichkeit bestand, Gespräche abzuhören und Informationen zu beschaffen.«

»Ich wusste gar nichts von all dem, bis ich den Brief meiner Großmutter gelesen hatte.«

»Dieser Teil der Geschichte wurde lange totgeschwiegen, und leider haben die Frauen nie eine Anerkennung für ihren Einsatz vom Staat bekommen.«

Moa saß reglos da, während die Gedanken in ihrem Kopf herumwirbelten.

»Oft hat es Frauen aus einfachen Verhältnissen getroffen«, fuhr Artur fort und riss Moa dadurch aus ihren Grübeleien. »Viele wurden mit der Aussicht auf schöne Kleidung, Restaurantbesuche, Partys und Geschenke geködert. Wahrscheinlich wussten sie gar nicht, worauf sie sich einließen – bis es zu spät war. Viele Frauen wurden durch ihre Erfahrungen schwer gezeichnet, physisch und psychisch.«

»Wegen des Missbrauchs?«

»Da gab es wirklich heftige Fälle. Einige Frauen wurden misshandelt, sexuell missbraucht, und wenn sie schwanger wurden, hat man sie zur Abtreibung gezwungen. Natürlich bei dubiosen sogenannten Engelmachern, weil Schwangerschaftsabbrüche damals grundsätzlich illegal waren. In den schlimmsten Fällen behielten die Frauen lebenslange Folgeschäden zurück. Manche nahmen sich sogar das Leben.«

Moa schluckte. »Ich weiß nicht, wie ich mit dem Wissen umgehen soll, dass meine Großmutter eine dieser Frauen war.«

Artur warf ihr einen mitfühlenden Blick zu. »Man nannte die Spioninnen auch Schwalben oder Sirenen, aber ich habe mal gelesen, dass sie selbst diese Bezeichnungen als kränkend empfanden.«

»Oma hat geschrieben, dass sie ebenfalls vergewaltigt wurde …«

»Ich fürchte, das war nichts Ungewöhnliches.«

Moa hüstelte und versuchte, ihre Stimme unter Kontrolle zu bekommen. »Woher weißt du das alles?«

»Ich habe vor einiger Zeit ein Buch darüber gelesen. Ein dunkles Kapitel in der schwedischen Geschichte, das lange unter den Teppich gekehrt wurde«, erklärte Artur.

»Ich verstehe nur nicht, warum meine Großmutter mir das alles genau *jetzt* erzählt. Als sie noch lebte, hat sie nie ein Wort über den Krieg verloren, geschweige denn darüber, was sie in dieser Zeit alles durchgemacht hat.«

»Vielleicht steckt ja eine Absicht dahinter.«

Sie möchte, dass ich mein Leben verändere, dachte Moa und schaute auf ihre Hände hinunter. »In jedem ihrer Briefe bittet sie mich, ihr einen Wunsch zu erfüllen. Die ersten Aufgaben waren nicht allzu schwierig, aber ich weiß nicht, ob ich ihren letzten Wunsch erfüllen kann.« Moa seufzte. »Ich frage mich, warum die Leute so viele Geheimnisse voreinander haben.«

»Weil wir uns selbst oder die Menschen um uns herum schützen wollen.«

»Aber es muss doch schrecklich sein, ständig Geheimnisse mit sich herumzutragen.«

»Ich glaube, oft geht es um Selbstschutz. Man möchte nicht, dass andere einen bemitleiden.«

Moa schaute Artur an. »Wir reden nicht mehr über meine Großmutter, oder?«

»Nein, ich denke nicht.« Artur zögerte. »Ich bin nicht ganz ehrlich zu dir gewesen. Also … Meine Frau ist vor zwei Jahren verstorben.«

»Vendela hat mir erzählt, dass sie krank war …«

Artur nickte. »Als wir uns vorgestern getroffen haben, war mir sofort klar, dass mein Geheimnis aufgeflogen ist.« Seine Stimme zitterte. »Nina war mein Ein und Alles. Ihre Krebsdiagnose hat uns beide in eine tiefe Krise gestürzt.«

»Das tut mir so leid.«

»Krebs ist eine furchtbare Krankheit. Er frisst dich von innen auf. Und als Angehöriger …« Artur seufzte. »Wenn es möglich gewesen wäre, hätte ich sofort mit ihr getauscht. Stattdessen konnte ich nur dabei zusehen, wie sie immer mehr verging.«

»Warum ist deine Tochter fortgezogen?«

»Das hatte sie schon lange vor. Sie hat nur noch Ninas Tod abgewartet.« Arturs Rücken zuckte, und Moa zögerte einen Moment, bevor sie den Schreibtisch umrundete und die Hand auf Arturs Schulter legte.

»Habt ihr denn gar keinen Kontakt mehr?«

»Doch, wir telefonieren ab und zu, aber ich habe sie und meine Enkel seitdem nicht mehr wiedergesehen.«

»Warum nicht?«

»Sie führt jetzt einfach ihr eigenes Leben.«

»Aber ihr seid doch eine Familie.«

Artur schaute zu Moa auf. »Ich will ihr nicht im Weg sein.«

»Das bist du bestimmt nicht. Jeder möchte doch seine Familie bei sich haben.« Moa kam ins Stocken. Sie selbst zog es vor, Abstand zu ihrem Vater und Astrid zu halten. Aber das war etwas anderes. Zwischen ihnen war zu viel vorgefallen.

»Ich weiß nicht recht. Warum sollte sie wollen, dass ich bei ihr bin? Ich war nie da, als sie klein war. Ich war hier und habe gearbeitet. Wenn sie traurig war, hat Nina sie getröstet, wenn sie Hilfe bei den Hausaufgaben brauchte, hat Nina ihr geholfen, und wenn sie krank war, hat Nina sich um sie gekümmert. Ich war kein guter Vater, Moa. Da mache ich mir gar nichts vor.«

»Vermisst du sie nicht?«

»Doch, jeden Tag. Aber das spielt keine Rolle. Ich war nie für sie da, wenn sie mich gebraucht hat.«

»Aber wenn du ihr sagst, wie du dich fühlst, wenn du es ihr erklärst … Dann wird sie es doch wohl verstehen, oder nicht?«

»Ich weiß nicht«, antwortete Artur niedergeschlagen, bevor er sich wieder aufrecht hinsetzte. »Aber lassen wir diese ganzen traurigen Themen mal sein.« Er stand auf. »Gestern sind ein paar Statuetten hereingekommen, die ich mir ansehen wollte. Willst du mir helfen?«

*

Moa hatte den ganzen begehbaren Kleiderschrank durchwühlt, ohne auf weitere Hinweise zu stoßen. Nach dem Gespräch mit Artur hatte sich ihr Wunsch, mehr über das Leben ihrer Großmutter und ihre Flucht aus Stockholm herauszufinden, noch verstärkt. Iris stupste ihr Bein an, und Moa streckte automatisch die Hand aus, um den großen Hund zu tätscheln. Mittlerweile heftete Iris sich an ihre Fersen, sobald sie nach Hause kam, und allmählich gewöhnte Moa sich an das leise Tapsen der Pfoten, das ihr überallhin folgte.

»Ich glaube, hier drin finden wir nichts«, sagte sie zu Iris. »Außerdem bekomme ich langsam kalte Füße. Weißt du, wo meine Hausschuhe sind?«

Kurz darauf saß Moa im Wohnzimmer und nippte an einer Tasse Tee, während sie darüber nachdachte, ob sie Sofia anrufen oder den Keller nach weiteren Erinnerungen durchstöbern sollte. Ihre Wahl fiel auf den Keller, und als sie die wenigen Kisten dort unten durchsucht hatte, entdeckte sie unter einem Haufen Kleidungsstücke das, wonach sie suchte: zwei Taschenkalender aus den Jahren 1942 und 1943. Moa schlug den ersten auf und begann zu lesen. Auch in diesem kleinen Buch fand sie kurze Notizen zu den Unternehmungen ihrer Großmutter und den Menschen, die sie getroffen hatte.

6. Juni. Bill hat mich besucht. Mein Herz hat genauso gepocht wie bei unserer ersten Begegnung. Gott, wie ich ihn liebe. Aber wenn er herausfindet, was ich getan habe, wird er mich nie wieder so ansehen wie zuvor. Also habe ich ihn an der Tür abgewiesen. Nie ist mir etwas so schwergefallen.

12. Juni. Bill hat mich noch einmal besucht. Ich konnte nicht widerstehen und habe mich auf einen Spaziergang eingelassen. Er war so zuvorkommend. Ich liebe ihn so sehr. Ob es doch noch eine Zukunft für uns gibt?

3. September. Ich bin guter Hoffnung. Bill und ich werden Eltern. Er weiß es noch nicht, und ich weiß nicht, was er sagen wird. Ist unsere Liebe stark genug?

10. Oktober. Bill ist seit einigen Wochen auf einem Einsatz, und ich habe keine Antwort auf den Brief erhalten, den ich ihm geschickt habe. Wenn Gustaf Lunte riecht, zwingt er mich sicher, zu demselben Quacksalber zu gehen wie dieses andere Mädchen. Das werde ich niemals tun.

5. November. Immer noch keine Nachricht von Bill. Hat er mich vergessen?

11. November. Meine Briefe sind zurückgekommen. Ich muss Stockholm verlassen. Gustaf hat herausgefunden, dass ich ein Kind erwarte, und es ist nur eine Frage der Zeit, bis er mich zwingt, es abzutreiben. Ich habe gehört, wie er zu Herrn Broquist sagte, dass ich zu viel wisse. Was soll ich jetzt tun?

23. Dezember. Ich habe all meinen Schmuck und die Kleider, die ich bekommen habe, versetzt und Stockholm den Rücken gekehrt. Ich hatte keine Wahl. Ich musste fliehen, um mein Kind zu retten. Wir sind jetzt an einem sicheren Ort, aber ich wage es nicht, auch nur einen

Schritt vor die Tür zu setzen. Was, wenn Gustaf erfährt,
wo ich bin? Ich habe es nicht geschafft, Bill vor mei-
nem Aufbruch zu erreichen. Jetzt traue ich mich nicht,
Kontakt mit ihm aufzunehmen. Ich liebe ihn so sehr,
dass es schmerzt. Werden wir uns jemals wiedersehen?

Moa liefen die Tränen über die Wangen. Sie nahm den nächsten Kalender zur Hand und blätterte mit fahrigen Bewegungen darin herum.

25. Februar. Alle hier sind so freundlich. Ich habe ein
Zimmer bei einer Frau aus dem Dorf gemietet. Sie hält
mich für eine Witwe, und ich denke, das ist wohl das
Beste. Das Baby tritt jeden Tag kräftiger zu. Ich liebe Bill
und unser Kind mehr als alles andere.

15. März. Jeden Tag mache ich lange Spaziergänge am
Strand. Und jede Nacht weine ich mich in den Schlaf. Wo
Bill wohl steckt? Ob er an mich denkt?

20. April. Hier nimmt alles seinen gewohnten Lauf. Ich
schreibe Briefe an Bill, die ich nie werde abschicken können.
Ich habe eine Stelle in einer Handelsgärtnerei. Der Besitzer
heißt Frans. Er ist freundlich, gibt mir nur leichte Auf-
gaben und achtet darauf, dass ich nicht schwer hebe. Ich
verdiene die Freundlichkeit, die mir hier entgegengebracht
wird, nicht. Wenn sie wüssten, was ich getan habe, wür-
den sie sich von mir abwenden. Aber sie werden es nicht
erfahren. Niemals!

15. Juni. Sie kam tot zur Welt. Meine geliebte Tochter wurde tot geboren. Sie war so winzig. So schön. Und ich habe sie verloren, bevor ich sie kennenlernen durfte. So, wie ich alle anderen verloren habe, dir mir je etwas bedeutet haben.

KAPITEL 40

Moa legte Champion den Sattel auf, rückte die Schabracke zurecht und zog den Sattelgurt fest, bevor sie die Trense und ihren Reithelm holte. Die letzten Tage waren extrem aufwühlend gewesen, und als Kerstin ihr angeboten hatte, einen Ausritt mit Champion zu machen, hatte Moa sofort zugesagt.

Im Stall hatte sie die Gelegenheit, ihre Gedanken zu ordnen und alles in Ruhe Revue passieren zu lassen. Überrascht stellte sie fest, dass sie die ganze Woche über kaum an Ruben gedacht hatte. Er hatte nicht mehr von sich hören lassen, und sie hatte ebenso wenig Anstalten gemacht, sich bei ihm zu melden. Irgendwie war ihr die Funkstille zwischen ihnen beiden ganz recht. Gleichzeitig war sich Moa bewusst, dass sie sich dringend mit Ruben treffen und über alles reden musste. So durfte es zwischen ihnen nicht enden. Sie streichelte den Hals des Pferdes und schlüpfte in ihre Sicherheitsweste.

Die Enthüllungen ihrer Großmutter hatten ihr einen Schock versetzt, und bis jetzt hatte sie das Ganze noch nicht komplett verdaut. Wie hatte Oma es geschafft, nach so viel Kummer und Schrecken weiterzumachen? Moa hatte immer den Eindruck gehabt, dass ihre Großmutter zufrieden mit ihrem Leben war. Aber wie war sie letztlich in ihrer Ehe gelandet? Hatte sie Moas Großvater ebenso sehr geliebt wie Bill, oder war die Heirat eher eine Überlebensstrategie gewesen? Moa hatte so viele Fragen, und niemand war da, dem sie sie stellen konnte.

Sie führte Champion hinaus auf den Hof. Der Regen hatte nachgelassen und war in ein feines Nieseln übergegangen. Moa wählte eine Strecke durch den Wald. Als sie den Pfad einschlugen, der vom Stall wegführte, ließ sie die Schultern sinken und atmete tief durch. Kurze Zeit später trieb sie Champion zum Trab an, und als sie ein freies Feld erreichten, ließ sie dem Pferd freien Lauf. Der Regen peitschte Moa ins Gesicht, und Champion senkte den Kopf, als sie über das Gras galoppierten. Für eine Weile ließ Moa alle Gedanken an ihre Großmutter und Ruben los. Es gab nur noch sie und ihr Pferd, den Wind, der ihnen um die Ohren pfiff, und den Regen, der auf sie niederprasselte, während sie über die Felder flogen.

*

Moa öffnete die Wohnungstür und legte den Lichtschalter um. Im selben Moment kündigte ihr Telefon eine Nachricht an.

Bist du zu Hause?

Moa spürte ein Kribbeln in der Magengegend, als sie Lukas' SMS las. Seit ihrem Ausritt am Samstag hatten sie nicht mehr miteinander gesprochen, und irgendwie hatte sie seine Gesellschaft vermisst. Schnell tippte sie eine Antwort:

Gerade zu Hause angekommen. War mit Champion unterwegs.

Sie wartete Lukas' Antwort ab und grinste breit, als sie endlich eintrudelte.

Super, nächstes Mal bin ich wieder mit dabei. ☺ Hast
du schon was gegessen?

Wollte er sich mit ihr treffen? Moa zögerte, bevor sie tippte:

Wollte mir gerade was machen.

Soll ich ihn zu mir einladen? Moa warf Iris einen fragenden
Blick zu, aber der Hund hatte sich bereits an ihr vorbeigedrängt
und das Sofa erobert. Kein hilfreicher Beitrag von dieser Seite also. Moa drückte auf ihrem Telefon herum und war kurz
davor, eine weitere Nachricht abzuschicken, als Lukas ihr zu-
vorkam.

Willst du rüberkommen und mit mir essen? Kannst Iris
mitbringen.

Jetzt?

Nur Sekunden später erschien seine Antwort auf dem Bildschirm.

Wieso nicht? Bin auch gerade erst nach Hause gekommen.
Habe etwas zu essen geholt. Schmeckt besser, wenn man es
mit jemandem teilen kann.

Bevor sie es sich womöglich anders überlegte, tippte sie ihre
Antwort:

Gib mir eine halbe Stunde. Nur schnell duschen und umziehen.

*

Lukas hatte eine großzügige Wohnung mit ebenso hohen Decken wie ihre. Allerdings war die Ausstattung hier viel moderner. *Das wäre eine Wohnung für Ruben,* dachte Moa und ging in die Küche. Aber je länger sie sich umschaute, desto weniger erinnerte sie an Rubens Einrichtungsstil, der sich vor allem durch größtmögliche Schlichtheit auszeichnete. Lukas' Wohnung war gemütlich, mit vielen Kissen, Bildern und Pflanzen.

»Schön hast du es hier«, stellte sie fest und betrachtete eine grüne Mohairdecke, die auf einem der Designersessel drapiert war.

»Danke«, erwiderte Lukas, der damit beschäftigt war, den Tisch zu decken. Eigentlich war sein riesiger Holztisch viel zu groß für jemanden, der allein lebte, aber Moa ging davon aus, dass er oft Gäste zu Besuch hatte. Seine Wohnung lud förmlich dazu ein, Dinnerpartys zu geben.

»Setz dich, ich hole schon einmal den Wein.«

Moa folgte seiner Aufforderung und nahm das Essen unter die Lupe, das Lukas aufgetischt hatte. Es gab luftgetrockneten Schinken, Käse und Salami, Oliven, Baguette, Cracker mit Körnern und Meersalz, Grünkohlsalat und verschiedene Dips.

»Hattest du vor, das alles allein zu essen?«

Lukas lachte. »Ehrlich gesagt hatte ich beim Einkaufen schon vor, dich einzuladen.«

Moa erwiderte seinen Blick und spürte, wie sich ein warmes Gefühl in ihrem Körper ausbreitete.

»Lieber Weiß- oder Rotwein?«

»Rot, bitte. Kann ich dir bei irgendetwas helfen?«

»Hast du Lust, die Teelichter auf dem Tisch anzuzünden? Da drüben liegt ein Feuerzeug.«

Moa tat, worum er sie gebeten hatte. Als sie die Kerzen anzündete, stupste Iris sie in die Kniekehlen, und Moa lachte. »Ich glaube, Iris ist nicht ganz zufrieden mit ihrem Trockenfutter.«

»Man hat es nicht leicht als Hund.«

»Scheint so.« Moa und Lukas schauten sich ein paar Sekunden länger als nötig an, bevor er den Blick abwandte und ihre Gläser auffüllte. Ein bisschen seltsam fühlte es sich schon an, hier in seiner Wohnung zu sein. Als hätten sie ein Rendezvous. Was natürlich nicht stimmte.

»Wie ist es bei Almqvists gelaufen?«, fragte Lukas, als er sich zu Moa an den Tisch setzte.

»Ich bin nicht zum Vorstellungsgespräch gegangen.« Moa bediente sich an den Snacks. »An Almqvists gibt es absolut nichts auszusetzen, aber ich will nicht in die Werbebranche zurück.«

»Auch nicht bei so einem Angebot?«

»Wahrscheinlich musste ich erst dieses Angebot bekommen, damit ich erkenne, dass das Ganze nicht mehr mein Ding ist.«

»Ich war immer schon der Meinung, dass man auf sein Bauchgefühl hören sollte«, stimmte Lukas zu. »Wenn dir etwas nicht richtig vorkommt, solltest du es nicht machen.«

»Obwohl es ein toller Job gewesen wäre.«

»Bestimmt.«

»Und von Antiquitäten habe ich eigentlich immer noch keine Ahnung.«

Lukas grinste. »Versuchst du gerade, mich davon zu überzeugen, dass es vielleicht doch ein Fehler war, das Gespräch abzusagen?«

»Entschuldige!« Moa musste wieder lachen, wurde aber gleich darauf ernst. »Ich habe mir die letzten vierundzwanzig Stunden den Kopf darüber zerbrochen, ob es wirklich klug ist, ein Vorstellungsgespräch bei einer der angesagtesten Agenturen sausen zu lassen, und stattdessen in einem Unternehmen zu bleiben, zu dem ich gar nicht passe.«

»Bist du dir da sicher?«

»Womit?«

»Dass du nicht in eure Firma passt. Nur, weil du nicht die optimale Ausbildung hast, musst du dort doch nicht fehl am Platz sein.«

»Meinst du nicht, dass ich mich lieber auf das konzentrieren sollte, was ich gelernt habe?«

»Träume können sich ändern«, erklärte Lukas und arrangierte ein paar Oliven auf seinem Teller.

Moa beobachtete ihn einen Moment lang, bevor sie fragte: »Sprichst du da aus Erfahrung?«

»Ich habe ursprünglich mal Jura studiert, aber kurz vor dem Examen gemerkt, dass es nicht das war, was ich machen wollte. Deswegen habe ich mein Studium abgebrochen.«

»Jura? Dauert es nicht fast fünf Jahre bis zum Examen?«

»Genau.« Lukas grinste und zeigte seine Lachgrübchen. »Guck nicht so entgeistert. Mir geht es ganz gut damit.«

»Was haben deine Eltern dazu gesagt?«

»Meine Mutter war enttäuscht und ziemlich sauer, aber mein Vater hat es verstanden. Er hat sogar gesagt, er wäre in seiner Jugend auch gern so mutig gewesen. Das hat meine

Mutter noch wütender gemacht. Mittlerweile kommt sie damit klar, aber sie hat eine Weile gebraucht, um zu verkraften, dass ich jetzt etwas ganz anderes mache.«

»Deine Eltern sind Diplomaten, hast du gesagt?«

»Ja, alle beide. Als sich mein Vater von seiner Krankheit erholt hatte, sind sie nach Chile gezogen.«

»Siehst du sie oft?«

»Wenn wir die Zeit dazu finden. Ich war im Sommer dort, und sie haben vor, an Weihnachten nach Hause zu kommen.«

»Hast du noch Geschwister?«

»Hab ich, eine Schwester, die aber mit ihrer Familie in London lebt.«

»Wow, ihr habt euch wirklich über die ganze Welt ausgebreitet.«

»Und was ist mit dir? Hast du Geschwister oder bist du ein Einzelkind?«

»Ja, genau, ein Einzelkind.« Moa dachte an ihren Vater und den Hof in Mölle. Sie hatten kein Wort mehr miteinander gewechselt, seit Gusten ihr gesagt hatte, dass er das Sommerhaus verkaufen wolle, und Moa hatte immer noch keine Ahnung, wie sie dem letzten Wunsch ihrer Großmutter nachkommen sollte. Für einen so großen Schritt brauchte sie einfach Bedenkzeit.

»Wie war deine Kindheit?«, fragte Lukas.

»Ganz normal, denke ich. Wir haben zuerst in einem Haus mitten in Mölle gewohnt. Als ich neun war, haben meine Eltern dann einen Hof gekauft und sich Pferde angeschafft. Das war das Beste, was mir passieren konnte.« Die folgenden Jahre waren eine tolle Zeit gewesen. Moa hatte fast schon vergessen, wie schön sie es vor dem Tod ihrer Mutter gehabt hatten. Bevor es im Haus so schrecklich still geworden war. Das alles war so plötzlich passiert. Gerade war Moa noch ein glückliches Mädchen gewesen, dessen einzige Probleme darin bestanden, dass ihr Schwarm aus der Parallelklasse auf ihre beste Freundin stand und dass Moskito genau vor ihrem ersten Springturnier lahmte. Und dann hatte sich von einem auf den anderen Moment ihr ganzes Leben verändert.

»Alles in Ordnung?«

»Entschuldigung, ich war gerade mit den Gedanken woanders.« Moa versuchte vergeblich, ein Lächeln zustande zu bringen. »Meine Mutter ist gestorben, als ich zwölf war. Das war keine einfache Zeit.«

»Was ist passiert?«

»Sie hatte einen Autounfall.«

»Das tut mir wirklich leid.«

»Es war schwierig für mich, es kam so plötzlich. Von einem auf den anderen Tag war sie fort.«

Lukas musterte Moa eindringlich, bevor er sagte: »Ein guter Freund von mir hat auch im Teenageralter seine Eltern verloren. Ich glaube, über einen solchen Kummer kommt man nie ganz hinweg. Es wird mit der Zeit leichter, aber ein gewisser Schmerz bleibt für immer.«

Moa nickte und versuchte, ihre Stimme wieder unter Kontrolle zu bekommen. »Entschuldige, ich hätte gar nicht darüber reden sollen. Das verdirbt immer die Stimmung.«

»Ich bin froh, dass du es getan hast.«

»Wie war deine Kindheit?«

»Gut, soweit, aber wie gesagt, wir sind oft umgezogen, deswegen habe ich mich ziemlich entwurzelt gefühlt«, antwortete Lukas und schnitt ein Stück Käse ab.

»Das kann ich mir vorstellen.«

Sie plauderten noch eine Weile weiter und die Platten vor ihnen leerten sich allmählich. Lukas füllte ihre Weingläser noch einmal auf. Das Zusammensein mit ihm war so einfach. Er war lustig und hörte interessiert zu, als wäre das, was sie zu sagen hatte, wirklich von Bedeutung. Während er sprach, studierte Moa sein Gesicht eingehend, und sie brauchte eine Weile, um zu bemerken, dass er wieder verstummt war.

»Na, in was für Sphären warst du gerade unterwegs?«, fragte er neckend.

»Entschuldige.« Moa spürte, wie ihre Wangen heiß wurden. »Ich musste nur daran denken, wie gerne ich Zeit mit dir verbringe.«

Lukas lächelte. »Geht mir mit dir genauso.«

Moa erwiderte sein Lächeln.

»Also ... Hast du schon mit Ruben über die Wohnung gesprochen?«

»Er war am Samstag hier. Nach unserem Ausritt.«

»Und, wie ist es gelaufen?«

Moa nahm einen Schluck Wein. »Wir haben uns getrennt.«

»Wirklich?«

»Mhm ...« Moa schwenkte ihr Glas. »Wahrscheinlich hätten wir das schon früher tun sollen. Wir sind sehr verschieden, aber *wie* verschieden wir sind, habe ich erst gemerkt, nachdem ich Omas Wohnung geerbt hatte.«

»Dir geht es also gut damit?«

Moa nickte, und als sich ihre Blicke trafen, spürte sie, wie ihr Magen einen Salto schlug. »Wollen wir uns eine Weile auf die Dachterrasse setzen?«, schlug sie vor.

Während sie den Tisch abräumten, überlegte sie, ob sie nicht besser nach Hause gehen sollte. Andererseits wollte sie nichts lieber, als den Rest des Abends bei Lukas zu sein.

*

»Das könnte das letzte Mal sein, dass wir in diesem Jahr hier sitzen«, stellte Moa fest und lehnte sich in ihrem Korbsessel zurück. Obwohl sie die Wolldecken hervorgeholt hatten und direkt neben dem Heizstrahler saßen, war es sehr kühl.

»Dann müssen wir daran zurückdenken.«

»Wie wir Ende September hier herumhocken und frieren?«

Lukas lachte. »Genau«, antwortete er und fügte ernst hinzu: »Wie wir uns hier oben getroffen haben.«

»Ja, die Abende auf der Terrasse«, sagte Moa lächelnd. Sie sahen sich an, und Moa spürte, wie ihr Herz zu pochen begann. Irgendetwas hatte sich zwischen ihnen verändert. Sie konnte nicht genau benennen, was es war, aber ihr gefiel dieses neue Gefühl.

»Die Abende auf der Terrasse«, wiederholte Lukas und sah sie mit unergründlichem Blick an.

Er ist wirklich umwerfend, schaffte Moa noch zu denken, bevor Lukas sich vorbeugte und ihr eine Haarsträhne aus dem Gesicht strich. Er ließ seine Hand ein paar Sekunden lang liegen, und Moas Haut begann zu kribbeln. Nervös befeuchtete sie ihre Lippen mit der Zunge, ohne den Blickkontakt abreißen zu lassen. Als er immer näher kam, machte sie keine Anstalten, ihn aufzuhalten, und als seine Lippen die ihren berührten, schloss sie die Augen. Im selben Moment stupste Iris sie an, drängte sich dazwischen und begann, Moas Gesicht abzulecken.

Moa lachte laut auf.

»Sie hat wirklich ein Händchen dafür, die Stimmung zu ruinieren«, murmelte Lukas, grinste aber und kraulte Iris zwischen den Ohren.

Moa beobachtete ihn dabei, wie er den Hund streichelte. Hatte er sie wirklich gerade geküsst?

»Wahrscheinlich muss Iris noch mal raus«, stellte sie fest. »Willst du mitkommen?«

»Unbedingt.«

Lukas holte seinen Mantel und begleitete sie hinunter in ihre Wohnung. Er nahm Moas Hand in seine, hielt sie fest, und noch bevor sie es die ganze Treppe hinunter geschafft hatten, zog er sie an sich und küsste sie erneut. Moa schlang die Arme um seinen Hals und erwiderte den Kuss.

»Moa?«

Sie zuckte zusammen und rückte von Lukas ab. »Ruben? Was machst du denn hier?«

»Was ich hier mache? Die Frage ist doch vielmehr: Was machst du?« Rubens Gesicht glühte leuchtend rot, und er starrte Moa und Lukas an, als könnte er seinen Augen nicht trauen.

»Ähm, das ist Lukas. Wir …«

»Deshalb wolltest du also hier einziehen? Damit du dich hinter meinem Rücken mit anderen Typen treffen kannst?«

Moa spürte, wie Lukas sich an ihrer Seite versteifte.

»Das stimmt nicht«, antwortete sie und schaute dann zu Lukas. »Also, Ruben …«

»… Ihr habt noch gar nicht Schluss gemacht?«

»Doch, haben wir. Es ist nur …«

»Seid ihr noch zusammen oder nicht?«, fragte Lukas spitz.

»Was zum Teufel geht hier vor sich, Moa?«, platzte Ruben heraus, und sie wandte sich wieder ihm zu. Bevor sie ein Wort sagen konnte, merkte sie, wie Lukas sich hinter ihr bewegte. Sie drehte den Kopf, sah ihn aber nur noch die Treppe hinauf verschwinden.

KAPITEL 41

Moa stellte Ruben eine Tasse Tee vor die Nase. Sie hatten kein Wort miteinander gesprochen, seit sie die Wohnung betreten hatten, und sie wusste nicht, was sie sagen konnte, um das, was passiert war, wieder in Ordnung zu bringen. Stattdessen beobachtete sie Ruben, der mit starrem Gesichtsausdruck und zerzaustem Haar, das aussah, als wäre er sich immer wieder mit den Fingern hindurchgefahren, dahockte. Moa seufzte und frage sich, was Lukas gerade machte. Noch schlechter hätte der Abend nicht enden können.

»Also, wie lange läuft das schon?«

»Was meinst du?« Moa konzentrierte sich wieder auf Ruben.

»Das mit diesem Typen!«

»Da läuft gar nichts. Da ist nur ein einziges Mal was passiert. Heute Abend.«

»Und das soll ich glauben?« Ruben schnaubte, aber Moa konnte sehen, dass seine Unterlippe zitterte. Mit einem Mal fühlte sie sich schuldig. Ihm wehzutun war das Letzte, was sie gewollt hatte.

»Ich habe Lukas kennengelernt, als ich gerade hier eingezogen war, und wir haben uns angefreundet. Was heute Abend passiert ist, war …« *Überraschend und wundervoll.* »Ich dachte, zwischen uns wäre es vorbei.«

»Also hast du dich ihm sofort an den Hals geworfen.«

»Das habe ich überhaupt nicht. Du hast beim letzten Mal

ziemlich deutlich gesagt, was du willst und was nicht. Ich dachte, wir hätten Schluss gemacht.« Moa fingerte an ihrer Tasse herum. »Ehrlich gesagt finde ich auch, dass uns nichts Besseres passieren konnte. Wir haben einfach unterschiedliche Pläne.« Es war ätzend, so hart zu Ruben sein zu müssen, aber sie musste jetzt Tacheles reden und ausnahmsweise mal zu ihren Gefühlen stehen.

»Seltsamerweise habe ich immer gedacht, dass wir das Gleiche wollen«, antwortete Ruben knapp.

»Ich weiß, und es ist zum Teil meine Schuld, dass du das geglaubt hast.«

Sie saßen eine Weile schweigend da, bis Ruben sich räusperte. »Was ist passiert?«, fragte er mit ruhiger Stimme.

Moa schloss für einen Moment die Augen. »Mir ist klar geworden, dass ich nicht mehr die gleichen Wünsche habe wie du. Vielleicht hatte ich das sogar nie und habe nur mitgespielt, weil es der einfachste Weg war.«

Ruben seufzte und rieb sich die Stirn. »Kann sein, dass ich zu weit gegangen bin«, murmelte er. »Mir war klar, dass wir nicht immer einer Meinung waren, aber ich habe mir eingeredet, dass es schon passen würde.«

»Und ich hatte gehofft, dass du deine Meinung zu dieser Wohnung änderst.«

»Ich glaube, wir sind beide gut darin, uns vorzugaukeln, dass andere sich für uns ändern, anstatt einfach die Realität zu akzeptieren.«

Moa und Ruben schauten sich lange an. Dann wandte er den Blick ab. »Tut mir leid, dass ich nicht darauf gehört habe, was du wolltest.«

»Du brauchst dich nicht zu …«

Ruben hob die Hand. »Doch.«

»Und ich hätte ehrlicher zu dir sein sollen.«

»Ja, das ist wahr.« Ruben seufzte.

Moa biss sich auf die Lippe. Sie wusste nicht, was sie sagen sollte. Sie beide trugen Schuld daran, wie sich ihre Beziehung entwickelt hatte, und dass sie bei der Arbeit beide sehr eingespannt gewesen waren, hatte nicht gerade zur Besserung beigetragen. Wenn sie eigentlich Zeit füreinander gehabt hätten, saßen sie in unterschiedlichen Sofaecken, abgelenkt von ihren Smartphones, oder sie verbrachten ihre Feierabende mit anderen. Irgendwann mussten sie verlernt haben, wie man Zweisamkeit genoss und vertrauliche Gespräche führte, und so war ihr gemeinsames Leben immer ärmer geworden. Bis nichts mehr übrig blieb.

Ruben schaute sich in der Küche um. »Die Wohnung passt zu dir.«

»Danke.«

»Eigentlich bin ich hergekommen, um dir etwas anderes zu sagen, aber dann habe ich dich mit …« Er verstummte.

»Was wolltest du mir sagen?«

»Man hat mir einen Vollzeitjob in Mailand angeboten. Das Unternehmen, das wir beraten, möchte mich noch stärker in den Prozess einbinden als ursprünglich geplant, deswegen soll ich ein Jahr komplett dort verbringen.«

»Wow, damit hätte ich nicht gerechnet. Ich meine …«

»Ich weiß, ich war ja selbst überrascht.«

»Und, was hast du vor?«

»Ich werde die Chance wohl nutzen.«

Ihre Blicke trafen sich, und diesmal schaute keiner von beiden weg.

»Ich denke, das ist die richtige Entscheidung.« Moa meinte es ernst. Sie konnte sich gut vorstellen, dass Ruben in Mailand Karriere machte. Er passte dort hin und hatte hart für diese Chance gearbeitet.

»Wirklich?«

Moa nickte und nahm seine Hand in die ihre, während sie den Drang unterdrückte, loszuheulen. »Du bist mir sehr wichtig«, sagte sie leise.

»Und du mir. Aber das reicht wohl nicht?«

»Nein, ich glaube nicht.« Jetzt konnte Moa die Tränen nicht mehr zurückhalten. »Ich wünschte, es wäre anders gelaufen und ich könnte deine Vorstellungen vom Leben teilen, aber wir …«

»Ich weiß.« Ruben nahm Moa in den Arm und streichelte ihr über den Rücken. »Manchmal muss man einander loslassen, um weiterzukommen.«

KAPITEL 42

Der Freitag war wie im Flug vergangen. Susanne war immer noch nicht wieder da, aber mittlerweile hatten sich alle an die neue Situation angepasst und arbeiteten härter als zuvor. Moa schaute hinauf zum Gewölbe und betrachtete die Deckengemälde. Eigentlich hatte sie nicht vorgehabt, an diesem Abend in einer Kirche herumzusitzen, geschweige denn, mehr als eine Stunde dort zu verbringen. Doch als sie nach Feierabend nach Hause geradelt war und die Sofiakirche über der Stadt aufragen sah, hatte sie sich spontan für einen Umweg entschieden, ihr Fahrrad am Rand des Vitabergsparks abgestellt und war den langen Hang zur Kirche hinaufgestiegen.

Nachdem Ruben am Abend zuvor gegangen war, hatte sie noch stundenlang auf dem Sofa gesessen und nachgedacht. Da er schon in ein paar Wochen nach Mailand umziehen würde, hatte sie ihm versprochen, den Rest ihrer Sachen bis dahin bei ihm abzuholen. Er hatte sein Interesse für das andere Apartment bereits direkt nach dem Jobangebot aus Mailand zurückgezogen. Die Konfrontation war alles andere als einfach gewesen, aber Moa war froh, dass sie sich ausgesprochen hatten. Allerdings herrschte zwischen Lukas und ihr Funkstille. Auf ihr Klopfen an seiner Tür, bevor sie am Morgen zur Arbeit gegangen war, und auf ihre Anrufe hatte er nicht reagiert. Sie konnte ihn verstehen. In seinen Augen musste sie wie eine Lügnerin dastehen.

»Wusste gar nicht, dass du auch manchmal hierherkommst.«

Moa drehte sich um, als Vendelas fröhliche Stimme hinter ihr erklang. Ihre Nachbarin stand im Mittelgang und trug einen regenbogenfarbenen Poncho, der ihr fast bis zu den Knien reichte. In den Armen hielt sie einen großen Blumenstrauß.

»Tu ich normalerweise auch nicht«, antwortete Moa.

Vendela ließ sich neben ihr nieder. »Hier drin kann man so schön zur Ruhe kommen.«

»Als würde man die Wirklichkeit einfach draußen zurücklassen.« Moa lächelte. Das Tor dieser Kirche katapultierte einen förmlich in eine andere Welt. Der Verkehrslärm und all die Menschen auf der Straße waren verschwunden. Hier herrschten Ruhe und Frieden.

»Ich hole Iris gleich ab, ich dachte nur …«

»Keine Bange, Gunnar gefällt es ganz gut, wenn er Gesellschaft hat.«

»Warst du einkaufen?«

»Nur ein paar Blumen.«

»Das ist schön.«

Moa beobachtete Vendela. Sie wirkte tatsächlich agiler in letzter Zeit. Ihre Haut war rosig und die Blässe verschwunden.

»Ja … Weißt du, Elsa und ich haben freitags immer einen kleinen Schaufensterbummel gemacht. Wir haben das unser Wochenendvergnügen genannt, und am Ende unserer Runde hat Elsa immer Blumen auf dem Markt gekauft. Ich dachte mir, es ist langsam an der Zeit, unsere Tradition wieder aufleben zu lassen.«

»Das klingt wundervoll.«

»Das war es auch.« Vendela streckte die Beine aus. »Sie fehlt mir.«

»Mir auch.« Moa starrte nach vorn in Richtung des Altars. »Wusstest du, dass ich Briefe von Oma bekomme?«

Vendela blieb ihr eine Antwort schuldig, und Moa drehte sich zu ihr um. »Du weißt davon, oder nicht?«

Einen kurzen Moment schien Vendela Moas Frage verneinen zu wollen, aber dann überlegte sie es sich offenbar anders, nickte und sagte: »Ja.«

»Hast du die Briefe bei mir eingeworfen?«

»Vier Briefe insgesamt. Elsa hat mir klare Anweisungen dazu gegeben. Sie hat wohl gespürt, dass ihre Zeit gekommen war, und ich glaube, sie wollte noch einen Versuch unternehmen, dir zu helfen, dein Leben zu ändern.«

»Woher wusstest du denn von meinem Ausritt?«

»Ich habe gesehen, wie du mit Reithosen das Haus verlassen hast.«

»Aber als ich den dritten Brief bekommen habe, warst du gar nicht zu Hause.«

»Doch, war ich. Ich habe einfach die Tür nicht geöffnet.« Vendela zupfte ihren Poncho zurecht. »Wir haben oft über dich gesprochen, Moa. Elsa hat dich sehr geliebt. Aber sie hat sich auch Sorgen gemacht, dass dich das, was mit deiner Mutter passiert ist, noch stärker belastet, als dir bewusst ist.«

»Hast du … weißt du …«

»Ich weiß, dass deine Mutter bei einem Unfall ums Leben gekommen ist und dein Vater sehr bald darauf eine neue Frau kennengelernt hat.«

»Es hat nur sechs Monate gedauert.«

»Das muss ein ziemlicher Schock für dich gewesen sein.«

Moa schluckte, um nicht auf der Stelle in Tränen auszubrechen. Das war schon das zweite Mal innerhalb von vierundzwanzig Stunden, dass sie über ihre Vergangenheit sprach. »Es hat sich so angefühlt, als wäre meinem Vater alles völlig egal.«

»Die Beweggründe anderer Menschen sind nicht immer leicht nachzuvollziehen, aber jeder trauert nun einmal auf seine eigene Weise.«

»Ich weiß. Astrid und mein Vater sind jetzt seit siebzehn Jahren zusammen, und mir ist klar, was sie füreinander empfinden. Aber es … Es fällt mir nach wie vor schwer, zu akzeptieren, dass es so schnell ging. Es war, als hätte meine Mutter nie eine Rolle in unserem Leben gespielt.«

»Ich bin mir sicher, dass er das nicht gewollt hat.« Vendela legte den Arm um Moas Schultern. »Hattest du jemanden zum Reden?«

»Ja, Oma. Ich bin irgendwann zu ihr gezogen, das war das Beste für alle Beteiligten.« Moa schaute Vendela an. »Ich verstehe nicht, warum Oma mir die Briefe geschrieben hat, anstatt einfach mit mir zu sprechen.«

»Elsa meinte, im Frühjahr hätte sie es versucht.«

Der Streit. Als sie ihr nicht hatte zuhören wollen. »Aber da ging es nur um mich und darum, was ich anders machen sollte. Sie hat mit keinem Wort erwähnt, was sie selbst durchgemacht hat.«

»Nach eurem Streit hat sie wohl erkannt, dass sie einen anderen Weg einschlagen muss. Elsa war klar, dass sie nicht ewig da sein würde, deshalb hat sie dir die Wohnung hinterlassen. Und die Briefe geschrieben. Sie wollte dich zu einem Neuanfang bewegen.«

»In gewisser Weise haben mir ihre Briefe auch geholfen, aber ihren letzten Wunsch kann ich nicht erfüllen.«

»Worum geht es denn?«

»Ich soll mit meinem Vater sprechen und Astrid noch eine Chance geben.« Moa starrte auf ihre Hände.

»Vielleicht muss das ja nicht alles auf einmal sein. Was, wenn du ihnen zunächst einmal sagst, wie du dich fühlst? Schon um deinetwillen.«

»Ich weiß nicht. Das muss ich mir noch einmal durch den Kopf gehen lassen.«

»Nimm dir die Zeit, die du brauchst«, sagte Vendela und stand von der Kirchenbank auf. »Kommst du mit nach Hause?«

Moa nickte und folgte ihr durch den Mittelgang nach draußen. »Glaubst du eigentlich, Oma hat Opa geliebt? Oder war er nur so etwas wie ihr Retter in der Not?«

»Sie hat immer voller Zuneigung von deinem Großvater gesprochen, und ich weiß, dass sie ihr Leben in Mölle geliebt hat.«

»Das hat sie so gesagt?« Moa trat aus der Kirche und erschauderte. In der Zwischenzeit hatte ein eisiger Wind aufgefrischt.

»Ihr wart ihr Ein und Alles.« Vendela raffte den Poncho fester um ihren Körper, aber eine Windböe packte den Stoff und brachte sie ins Straucheln.

»Ich glaube nicht, dass wir es bei diesem Wind heil nach Hause schaffen«, rief Moa Vendela zu, die ihre Blumen schützend gegen ihren Oberkörper presste.

»Oh doch«, rief Vendela zurück. »Wir können alles schaffen, was wir wollen.«

KAPITEL 43

Als Moa am Montag durch die Bürotür trat, saß Susanne bereits an ihrem Schreibtisch.

»Guten Morgen. Wie geht es dir?«

Moa warf einen Blick über die Schulter. Sprach Susanne etwa mit ihr? Sie hüstelte kurz.

»Mir geht es gut. Und dir? Ich habe gehört, dass …«

»Nicht so gut«, unterbrach Susanne sie und schob ihren Stuhl zurück.

Erst jetzt bemerkte Moa, dass sie einiges an Gewicht verloren hatte. Ja, es sah so aus, als hätte Susanne sich förmlich halbiert, und auch ihr Lächeln konnte nicht über ihre Blässe und die feinen, deutlicher als früher hervortretenden Fältchen um ihren Mund hinwegtäuschen. »Ich bin eigentlich nur hier, um meine Sachen zu holen. Wir haben eine gute Vertretung für mich gefunden. Mein Sohn …« Susannes Stimme brach. »Ihm bleibt nicht mehr viel Zeit.«

»Das tut mir so unfassbar leid.«

»Ja, das Leben läuft nicht immer so, wie man es sich vorstellt …« Susanne zwang sich zu einem Lächeln. »Es mag wie ein Klischee klingen, aber nichts ist wichtiger, als immer für die Menschen da zu sein, die man liebt, weil man nie weiß, wie viel Zeit man noch mit ihnen hat.« Sie räusperte sich. »Nun ja. Ich hatte eigentlich nicht vor, so lange zu bleiben. Ich kann den Kollegen im Moment nicht gegenübertreten.«

Susanne schnappte sich ihre Tasche. Als sie voreinander standen, versuchte Moa, irgendetwas zu sagen, aber ihr waren die Worte ausgegangen.

»Ich weiß, dass ich in letzter Zeit nicht sehr umgänglich war, aber ich hoffe, dass du trotzdem hierbleibst und wir noch mal die Chance bekommen, zusammenzuarbeiten.«

»Du hattest gute Gründe.«

»Das ist aber keine Entschuldigung für mein Verhalten. Ich weiß wirklich zu schätzen, was du hier in der letzten Zeit geleistet hast. Dieser Job ist bestimmt nicht das, was du ursprünglich im Sinn hattest, aber du machst deine Arbeit hervorragend. Wir würden dich gern halten.«

»Danke dir. Das bedeutet mir viel.«

Susanne betrachtete sie so lange, dass Moa das Gefühl bekam, sich aus ihrem Blick herauswinden zu müssen. »Ich finde es gut, dass du jeder Aufgabe, die man dir gibt, offen gegenüberstehst. Artur hat mir erzählt, wie engagiert und wissbegierig du bist. Das gefällt mir.«

»Artur ist aber auch ein toller Lehrer.«

»Der beste. Er hat mir auch alles beigebracht, als ich hier angefangen habe, und sein Urteilsvermögen ist über jeden Zweifel erhaben.«

Die beiden Frauen tauschten ein Lächeln aus, bevor Susanne die Tür mit der Schulter aufdrückte. »Wir sehen uns.«

Moa öffnete den Mund, wusste aber schon wieder nicht, was sie sagen sollte. Wie schwierig es manchmal war, die richtigen Worte zu finden. Aber gab es überhaupt richtige Worte für jemanden, der gerade in der schlimmsten Situation steckte, die man sich vorstellen konnte?

Susanne wühlte mit einer Hand in ihrer Tasche herum. »Das

hätte ich fast vergessen.« Sie reichte Moa einen Briefumschlag. »Eigentlich wollte ich ihn auf deinen Schreibtisch legen, aber jetzt kann ich ihn dir auch direkt geben. Er ist von Artur.«

»Artur hat mir einen Brief geschrieben?«

»Er sagte, es sei wichtig.« Susanne lächelte. »Er wird auch für eine Weile fort sein.« Bevor Moa etwas erwidern konnte, hatte Susanne das Büro verlassen.

Langsam öffnete Moa den Umschlag und zog einen gefalteten weißen Zettel heraus. Als sie die kurzen Zeilen überflog, konnte sie sich ein Lächeln nicht verkneifen.

Moa, du hattest recht. Wenn du das hier liest, bin ich schon auf dem Weg nach Australien. Vielleicht ist es doch noch nicht zu spät.

Artur

KAPITEL 44

Auch einige Tage später hatte Moa sich noch nicht daran gewöhnt, dass Artur verschwunden war. Die Woche über hatte sie sich immer wieder dabei ertappt, wie sie unbewusst im Lager und in der Ausstellungshalle nach ihm Ausschau gehalten hatte. Sosehr sie sich darüber freute, dass er versuchte, die Beziehung zu seiner Tochter zu retten, sosehr fehlte er ihr hier bei der Arbeit. Sundblad & Ström ohne Artur war nicht dasselbe, und ihr wurde bewusst, welch großen Anteil er daran hatte, dass sie sich im Auktionshaus so wohl fühlte. Natürlich waren die anderen Kollegen ebenfalls nett, und mit Susannes Vertretung kam sie gut aus, aber ihr fehlten die täglichen Gespräche über Gott und die Welt und all die verschiedenen Möbelstücke und Sammlerobjekte.

Moa blieb stehen, damit Iris einen Baum beschnüffeln konnte, bevor sie die Allee am Skulpturenweg Katarina Bangata entlangschlenderten und dann die Straße überquerten. Es ging schon auf fünf Uhr zu, und Moa hoffte, dass sie Sofia noch bei der Arbeit antraf. Obwohl Sofias Büro nicht weit von Moas Wohnung entfernt lag, hatten sie sich eine ganze Weile nicht mehr gesehen, und Moa fehlte ihre Freundin. Am Ziel angekommen spähte Moa von außen durch das Fenster. Sofia saß über ihren Computer gebeugt am Schreibtisch und sah erschrocken auf, als Moa an die Scheibe klopfte. Dann winkte sie sie zu sich herein.

»Hi!« Sofia nahm Moa fest in den Arm. »Ich habe gerade noch an dich gedacht.«

»Ja, mir hat meine regelmäßige Sofia-Dosis gefehlt.«

Sofia lachte. »Mein Moa-Pegel ist auch schon viel zu weit gesunken.« Ihre Augen funkelten. »Du errätst nie, was passiert ist.«

»Was denn?«

»Der Instagram-Account hat über zweitausend Follower.«

»Welcher Account?«

»*Unser* Account! Den ich für uns beide angelegt habe.« Sofia griff nach ihrem Smartphone und öffnete die App. »Hast du nicht gesehen, dass ich dich markiert habe?«

»Ich war in letzter Zeit nicht auf Instagram.« Moa schaute auf den Smartphone-Bildschirm. »Wann hast du denn die ganzen Bilder gemacht?«

»Als wir deine Wohnung renoviert haben.«

Moa scrollte durch die Fotos. Sofia hatte ihre Werke zu verschiedenen Stillleben arrangiert, die harmonisch und wahnsinnig ansprechend wirkten.

»Lies die Kommentare«, drängte Sofia. »Viele wollen wissen, wo man deine Holzfiguren kaufen kann.«

»Ich bin sprachlos.«

»Tu nicht so überrascht«, sagte Sofia und gab Moa einen Knuff. »Ich habe dir gesagt, wie toll deine Figuren sind. Du hast da etwas ganz Einzigartiges und Authentisches geschaffen. Dir sind keine Grenzen gesetzt.«

»Aber ich habe doch nur zwei Kartons mit Figuren.«

»Und die Vorlagen für die Figuren hast du auch. Du kannst mehr herstellen.«

»Das sind ja nicht meine Entwürfe.«

»Aber du hast die Figuren angemalt, oder nicht? Das macht sie doch erst so besonders. Jede auf ihre Weise.«

»Neulich habe ich noch ein paar Figuren bemalt. Dieses Mal mit Pastellfarben.«

»Das ist großartig! Du könntest verschiedene Stile anbieten, dann ist für jeden was dabei.«

Moa versuchte, mit Sofias Gedanken Schritt zu halten. »Hast du meine Töpfe auch gepostet?« Sie schaute auf den Bildschirm hinunter. »Das sieht wirklich schön aus. Aber deine Aquarelle und Illustrationen sind auch fantastisch.«

»Wir könnten einen Onlineshop eröffnen. Oder wir nehmen einfach über Instagram Bestellungen entgegen.« Sofia sprudelte förmlich vor Tatendrang.

Es war erstaunlich, wie viel Resonanz sie bekommen hatten. Aber der Schritt vom Basteln am eigenen Küchentisch zum Verkauf ihrer Kunstwerke war riesig, und Moa wusste nicht, ob sie dazu bereit war.

»Und, willst du es wagen?«, fragte Sofia. »Wir könnten uns ein Büro teilen.«

Moa lachte auf. »Ich habe gerade erst beschlossen, noch eine Weile bei Sundblad & Ström zu bleiben.«

»Aber warum nicht trotzdem ein bisschen was ausprobieren? Du könntest doch einen Tag in der Woche an diesem Projekt arbeiten.«

»Ich weiß nicht recht …«

Sofia umarmte Moa. »Du hast großes Talent und könntest wirklich etwas aus diesen Figuren machen.«

»Ich muss das alles erst sacken lassen.« Moa grinste und schaute aus dem Fenster. »Hast du Lust auf eine Pause und einen Spaziergang mit mir und den Hunden?«

»Klar, ich muss hier nur noch ein paar Kleinigkeiten fertig machen.«

Kurze Zeit später schlenderten sie am Årstaviken entlang. Moa hatte immer noch nicht verdaut, auf welch großes Interesse ihre Holzfiguren gestoßen waren. Gleichzeitig schwelgte sie in dem Gefühl, etwas geschaffen zu haben, das so eine Begeisterung hervorrief.

»Sieht so aus, als hättest du dich schon ganz gut an dein neues Leben gewöhnt.«

»Ich bin zumindest dabei.« Moa ließ die Gedanken an die Holzfiguren fallen und erzählte Sofia von Rubens Besuch. »Aber komischerweise ist das alles nicht so schwierig, wie ich dachte«, schloss sie ihren Bericht.

»Glaubst du, das kommt noch irgendwann? Wie nach einem Schock, meine ich. Oder ist die Trennung wirklich in Ordnung für dich?«

»Es ist wirklich alles okay. Natürlich werde ich Ruben vermissen, aber zum Schluss hat einfach etwas zwischen uns gefehlt. Dieser Funken, weißt du.«

»Ist es denn nicht normal, dass der nach einer Weile kleiner wird?«

»Ja, aber wahrscheinlich hat er bei uns noch nie geglommen.« Moa schaute zum Wasser und beobachtete eine ältere Dame und einen kleinen Jungen, die ein paar Enten fütterten. Das Lachen des Jungen, der versuchte, die Enten mit den Brotstücken zu sich zu locken, war weithin zu hören. »Ich glaube, wir sind damals aus den falschen Gründen zusammengekommen. Wir haben uns kennengelernt, und irgendwie ist daraus eine Beziehung geworden, obwohl wir immer eher Freunde als ein Liebespaar waren. Jetzt, wo es vorbei ist, habe ich ein bisschen das Gefühl, einen meiner besten Freunde verloren zu haben, aber es tut nicht wirklich weh. Klingt das komisch?«

»Nein, eigentlich nicht«, antwortete Sofia und ließ Krümel einen Busch untersuchen.

»Ruben hat mich zum Beispiel nie so angesehen, wie Daniel dich ansieht.«

»Was?«

»So, als ob du die einzige Person im Raum wärst, auch wenn ringsherum unzählige Menschen sind.«

»Ich glaube, ich weiß, was du meinst.«

»Ihr beide habt etwas ganz Besonderes.«

»So etwas findest du auch noch.«

»Ich hoffe es.«

Sie überquerten eine kleine Holzbrücke und steuerten den Tantolundenpark an. Als Moa das letzte Mal hier gewesen war, hatte sie Lukas getroffen. Sie stieß einen tiefen Seufzer aus. Er hatte immer noch nicht auf ihre SMS und Anrufe reagiert, also musste sie sich wohl damit abfinden, dass sich zwischen ihnen nicht mehr entwickeln würde.

»Und, was hast du als Nächstes vor?«, fragte Sofia und hakte sich bei Moa ein.

»Am Wochenende fahre ich nach Mölle.«

»Um Iris abzugeben?«

»Unter anderem, aber ich will mich auch mit meinem Vater aussprechen.« Die letzten Begegnungen mit Artur und Vendela hatten Moa zum Nachdenken gebracht, und schließlich hatte sie eine Entscheidung getroffen. Sie war lange genug vor allem weggelaufen.

KAPITEL 45

Das Kattegat zeigte sich von seiner besten Seite, und Moa nahm sich ein paar Minuten Zeit, um das ruhige Meer unter dem strahlend blauen Herbsthimmel zu beobachten. Der Garten verströmte den Duft nach überreifen Äpfeln, und dieser vertraute Geruch weckte unzählige Erinnerungen. Moa und Iris verließen die Landstraße, und gerade als sie den Hof erreichten, öffnete sich die Haustür und Gusten trat hinaus auf die Außentreppe.

»Ihr wart ja schnell«, rief er und ging ihnen entgegen. »Hallo, Iris.« Er gab dem Hund einen sanften Klaps und nahm Moa in den Arm. »Ich freue mich so, dass du hier bist.«

»Ich mich auch.« Das war nicht gelogen. »Wo ist Astrid?«

»Sie macht gerade einen Ausritt mit einer Reisegruppe.«

»Ihr habt also immer noch gut zu tun?«

»Im Moment haben wir wirklich viele Buchungen.«

»Tagungsgäste?«

»Größtenteils, aber in ein paar Wochen sind Herbstferien, dann kommen auch wieder mehr Familien.«

Moa folgte ihrem Vater zum Haus. Bevor sie die große Diele betrat, drehte sie sich um und schaute hinüber zum Haus ihrer Großmutter, das vom Hof aus zu sehen war. Normalerweise wäre das ihr erstes Ziel gewesen. Ihr Zimmer, das alte Kinderzimmer ihres Vaters, lag im Obergeschoss.

»Wir haben das Haus noch nicht zum Verkauf angeboten«,

sagte Gusten, der ihrem Blick gefolgt war. »Wir warten damit noch bis zum Frühjahr.«

Moa war erleichtert, obwohl sie wusste, dass das nur eine vorübergehende Lösung war. Wahrscheinlich würde es nicht schwierig werden, das Haus zu verkaufen. Die Lage war ausgezeichnet und das Gebäude in gutem Zustand.

»Weißt du, wo Oma ganz am Anfang gewohnt hat, als sie nach Mölle gezogen ist?«

»Etwas näher am Ortskern, aber ich weiß nicht genau, wo.« Gusten schloss die Tür zur Küche. »Fanny und die Welpen sind in der Waschküche. Ich glaube, es wäre vielleicht besser, noch ein bisschen zu warten, bis wir Iris zu ihnen lassen.«

Moa schaute zu Iris hinunter, die nicht eine Sekunde von ihrer Seite gewichen war, und streichelte das Fell des Pudels. »Ich werde sie vermissen.«

»Das kann ich gut verstehen.« Ihr Vater legte den Kopf zur Seite. »Bist du dir sicher, dass sie hierbleiben soll?«

»Ich denke schon, ich arbeite schließlich sehr viel.«

»Das ist wahr.«

»Hast du etwas dagegen, wenn ich kurz zu Omas Haus hinüberlaufe?«

»Natürlich nicht. Der Schlüssel liegt unter dem größten Blumentopf auf der Terrasse.«

»Dir ist schon klar, dass das der erste Ort wäre, an dem ein Einbrecher nachschauen würde, oder?«

Gusten lachte. »Ich weiß. Astrid liegt mir auch ständig damit in den Ohren, dass ich den Schlüssel doch einfach hier aufbewahren soll.«

Moa zögerte einen Moment und fragte dann: »Willst du mitkommen?«

Er nickte, und während er wieder in seine Stiefel stieg und seine gefütterte Jacke suchte, wartete Moa auf den Stufen des Bauernhauses. Schließlich überquerten sie gemeinsam den Hof und machten sich auf den Weg die Landstraße entlang.

»Mölle hat mir wirklich gefehlt«, sagte Moa und genoss die frische Luft auf ihren Wangen.

»Und du hast uns gefehlt.« Gusten sprach sehr leise, und Moa warf ihm einen Blick zu. Er wurde allmählich älter, sein dunkles Haar war mit grauen Strähnen durchzogen und auf seinem Gesicht zeigten sich mehr Furchen als früher. Moa musste daran denken, wie lange es her war, dass sie wirklich Zeit miteinander verbracht hatten. Das flüchtige Kaffeetrinken nach der Beerdigung zählte kaum, dort war sie Gusten und Astrid tunlichst aus dem Weg gegangen. Jetzt wünschte sie sich, anders mit der Situation umgegangen zu sein.

Als sie die Einfahrt des Sommerhauses erreichten, überkam Moa ein altbekanntes Gefühl: Hier war sie zu Hause. In Sicherheit. Jetzt, da sie die Geschichte ihrer Großmutter kannte, vermutete sie, dass sich dieses Haus auch für sie wie eine Zuflucht angefühlt hatte.

Im Haus roch es muffig und auf der Kommode im Flur hatte sich eine dünne Staubschicht gebildet. Moa trat in die Küche und war erstaunt, wie leer sie war. Dem Haus fehlte ein Besitzer, jemand, der sich kümmerte. Doch auf einem der Regale entdeckte sie einen bemalten Hahn, ähnlich denen, die sie in ihrer Wohnung gefunden hatte. Moa nahm ihn in die Hand.

»Ich habe zwei Kisten mit solchen Holzfiguren in der Wohnung gefunden.«

»Ich wusste gar nicht, dass sie die aufbewahrt hat.« Gusten

gesellte sich zu Moa. »Ich erinnere mich daran, dass Oma und Opa diese Figuren hergestellt haben, als ich noch ganz klein war. Wahrscheinlich wollten sie die in der Gärtnerei verkaufen, aber es ist wohl irgendetwas dazwischengekommen und die ganze Idee ist eingeschlafen.«

»Sie sind wunderschön.« Moa stellte den Hahn zurück. »Ich habe einige von ihnen bemalt.« Sie rief den Instagram-Account auf, den Sofia erstellt hatte, und zeigte ihn ihrem Vater.

»Dafür hast du wirklich ein Händchen«, bemerkte er, als er durch die Bilder gescrollt hatte.

»Glaubst du, Oma und Opa hätten etwas dagegen, dass ich ihre Idee aufgreife und weiterentwickele?«

»Ich denke, sie wären sehr stolz, wenn sie wüssten, dass du ihre Arbeit fortführst. Mindestens so stolz wie ich.«

Moa spürte einen Kloß im Hals. »Ich wünschte, ihr müsstet das Haus nicht verkaufen.«

»Ich weiß.«

»Wusstest du, dass Oma damals nach Mölle gekommen ist, weil sie auf der Flucht war?« Moa öffnete die Verandatür und griff nach zwei Decken, bevor sie nach draußen trat. Die Holzbretter ächzten unter ihrem Gewicht, als sie zur Hollywoodschaukel hinüberging und sich hineinsetzte. Gusten ließ sich neben ihr nieder, und gemeinsam schaukelten sie gemächlich vor und zurück.

»Das klingt, als hättest du herausgefunden, was Oma zugestoßen ist?«

Moa nickte und schaute aufs Meer hinaus. »Sie ist aus Stockholm geflohen, um nicht zu einer Abtreibung gezwungen zu werden.«

»Merkwürdig.« Gusten kratzte sich am Kopf. »Ich bin doch

ihr einziges Kind und erst zur Welt gekommen, als sie schon länger in Mölle war.«

»Es gab auch noch ein Mädchen, das die Geburt nicht überlebt hat«, antwortete Moa und erzählte ihm von all dem, was sie in den letzten Tagen erfahren hatte.

Während sie sprach, krochen ein paar warme Sonnenstrahlen über die Veranda, bis sie die Schaukel erreichten, als schickte Moas Großmutter ihr ein Zeichen. Als wollte sie ihr sagen, dass es in Ordnung war, wenn ihr Geheimnis gelüftet wurde.

*

Moa und Gusten verbrachten einige Stunden in Elsas Sommerhaus. Irgendwann zogen sie in die Küche um und setzten sich, jeder mit einer Tasse Tee, an den Tisch, während die Holzscheite im Ofen knisterten und der Wind am Fenster vorbei pfiff. Bunte Blätter segelten von den Bäumen und wirbelten über die Felder davon.

»Glaubst du, dass Astrid schon zurück ist?«, fragte Moa.

»Ich habe ihr gesimst, dass wir zum Abendessen wieder da sind.« Gusten räusperte sich. »Ich weiß, dass euer Verhältnis … ähm, nicht immer ganz entspannt war, aber ich würde mich trotzdem freuen, wenn du noch ein paar Tage länger hierbleiben würdest.«

»Über das Wochenende hinaus?«

»Ja.«

»Ich weiß nicht.« Moa schaute aus dem Fenster. War es jetzt so weit? »Vielleicht sollten wir mal darüber sprechen, was damals nach Mamas Tod passiert ist«, sagte sie schließlich leise.

Gusten wurde augenblicklich ernst. »Nach dem Unfall?«

»Ja. Es ist so viel auf einmal passiert – und dann warst du plötzlich mit Astrid zusammen.«

»Ich weiß, dass du denkst, dass alles viel zu schnell ging«, antwortete Gusten und seufzte tief. »Ich muss gestehen, dass ich nicht ganz ehrlich zu dir war. Eigentlich hatten deine Mutter und ich schon vor ihrem Autounfall beschlossen, uns zu trennen.«

»Was?«

»Wir wollten es dir am Ende des Sommers sagen. Zuerst solltest du aber noch ganz normale Ferien haben. Als dann der Unfall passiert ist, wollte ich dir nicht noch mehr wehtun …«

»Aber … Warum wolltet ihr euch trennen?«

»Wir waren gute Freunde, aber nicht ineinander verliebt.« Gustens Stimme klang ganz rau. »Deine Mutter war immer meine allerbeste Freundin. Wir sind zusammen aufgewachsen, miteinander gegangen, als wir auf dem Gymnasium waren, und irgendwann haben wir dann dich bekommen. Aber wir waren eigentlich immer eher Freunde als ein Liebespaar.«

Moa versuchte, zu verarbeiten, was ihr Vater ihr soeben offenbart hatte. »Kanntest du Astrid schon, bevor Mama gestorben ist?«

»Ja, ich kannte sie, aber ich schwöre, dass ich deiner Mutter niemals untreu war«, antwortete Gusten. »Weißt du, obwohl unsere Trennung beschlossene Sache war, habe ich sehr um deine Mutter getrauert.«

»Ich weiß nicht, was ich dazu sagen soll.« Moa zog die Nase hoch. »Als du damals so schnell weitergemacht hast, war ich wahnsinnig wütend und verletzt. Ich hatte das Gefühl, als wäre Mama dir nicht wichtig gewesen. Als würdest du dein altes Leben einfach wegwerfen wie irgendetwas Wertloses.«

»Es tut mir leid, dass ich dir so ein Gefühl gegeben habe. Das war nie meine Absicht. Astrid hat damals vorgeschlagen, dir noch nicht gleich von uns zu erzählen, damit ein wenig Ruhe einkehren konnte, aber ich habe nicht auf sie gehört. Und dir habe ich auch nicht zugehört.«

»Astrid wollte, dass ihr euch noch Zeit lasst?« Moa versuchte, sich einen Reim auf all diese neuen Informationen zu machen. Jahrelang hatte sie geglaubt, dass es Astrid gewesen war, die darauf gedrängt hatte, die Beziehung öffentlich zu machen.

»Ihr seid oft aneinandergeraten, aber ihr liegt viel an dir, und es tut ihr leid, wie sich die Dinge zwischen euch entwickelt haben.«

»Mir tut es auch leid.«

Gusten griff nach Moas Hand. »Meinst du, du könntest … hm … demnächst vielleicht häufiger zu Besuch kommen? Vielleicht mal zu Weihnachten?«

»Das wäre schön«, antwortete Moa und spürte, dass sie es ernst meinte. Sie hatte ihren Vater schmerzlich vermisst. Ihn und ihre Heimat.

»Da fällt mir etwas ein. Oma hatte noch etwas für dich.« Moas Vater öffnete eine der Küchenschubladen und zog einen Umschlag heraus. »Sie hat gesagt, ich solle dir den hier geben, wenn du das nächste Mal nach Mölle kommst.«

»Wie …?«

»Ich schätze, es ist wichtig.«

Moa nahm den Brief entgegen und erkannte die zittrige Handschrift ihrer Großmutter auf dem Umschlag.

»Wahrscheinlich willst du deine Ruhe, wenn du ihn liest. Komm einfach rüber, wenn du so weit bist.«

Gusten machte Anstalten zu gehen, aber bevor er den Raum verlassen konnte, sprang Moa auf, ging auf ihren Vater zu und nahm ihn fest in den Arm.

»Ich habe dich lieb.«

KAPITEL 46

Liebste Moa!

Jetzt hältst du meinen letzten Brief in den Händen. Ich bin so glücklich darüber, dass du ihn lesen kannst, denn das kann nur bedeuten, dass du mit deinem Vater gesprochen hast. Natürlich wird sich nicht alles Knall auf Fall zum Guten wenden, aber es war wichtig, dass einer den ersten Schritt macht.

Bei meiner Flucht aus Stockholm musste ich alles zurücklassen, den Mann, den ich liebte, und die Freunde, die mir am Herzen lagen. Deinem Opa Frans habe ich es zu verdanken, dass ich nach dem Tod meiner Tochter wieder ins Leben zurückfand. Er ließ mich in die Handelsgärtnerei zurückkehren und war immer an meiner Seite. Frans war ein wunderbarer Mann, und im Laufe der Zeit habe ich ihn lieben gelernt. Nach sechs gemeinsamen Jahren bekamen wir deinen Vater. Nie war ich glücklicher als in dem Moment, als ich ihn in den Armen hielt. Da war sie, die Familie, die ich mir immer erträumt hatte.

Zwei Jahre später hat Frans mich mit einer Reise nach Stockholm überrascht. Erst habe ich mich gesträubt. Warum sollten wir dorthin, und was wollte er dort unternehmen? Aber Frans war hellauf begeistert von seinem Vorhaben, und ich sagte mir, dass die Wahrscheinlichkeit

gering war, auf jemanden zu treffen, den ich kannte.
Aber ich hatte das Schicksal unterschätzt. An unserem
letzten Urlaubstag stand ich mit Gusten am Bahnhof und
wartete auf Frans. Ich weiß noch, dass ich gerade darüber
nachdachte, wie sehr sich mein Leben doch verändert
hatte, seit ich Stockholm den Rücken gekehrt hatte, und
dass mir alles, was ich während des Krieges erlebt hatte,
so unwirklich wie ein Traum erschien. Plötzlich stand Bill
vor mir. Nur wenige Meter entfernt. Er sah so gut aus,
wie ich ihn in Erinnerung hatte, und ich dachte, mein
Herz bliebe stehen. Als er mich erkannte, breitete sich ein
Strahlen auf seinem Gesicht aus. Er kam zu mir herüber,
nahm meine Hände in seine und sagte mir, wie glücklich er
sei, mich zu sehen. All die Jahre habe er mich vermisst
und nach mir gesucht. Ich weiß bis heute nicht, wer mir
diese Worte in den Mund gelegt hat, aber ich sagte zu ihm,
er müsse sich irren. Ich sei nicht die Person, nach der er
suchte. Als er versuchte, mir zu widersprechen, nahm ich
Gusten in den Arm, und in diesem Moment schien Bill
mich zu verstehen.
Das war das letzte Mal, dass ich ihn gesehen habe. So
schwer es mir gefallen war, ihn zurückzulassen, so sehr
hing ich an meiner Familie und wollte das, was ich mir
aufgebaut hatte, nicht aufs Spiel setzen. Obwohl ich immer
noch Gefühle für Bill hegte, war Frans nun der Mann in
meinem Leben. Er gab mir Freude und Geborgenheit, und
ich liebte ihn innig.
Wenn man verletzt wird, sollte man es wagen, sein Herz
wieder zu öffnen. Ich habe Frans in meines hereingelas-
sen und bekam dadurch ein glückliches Leben geschenkt.

Vielleicht ist es endlich an der Zeit, dass du deinem Vater und Astrid einen Platz in deinem Leben zugestehst. Zwei letzte Wünsche habe ich noch. In dem kleinen Schränkchen im Schlafzimmer des Sommerhauses, gleich links neben dem Fenster, findest du eine Schatulle aus Ahornholz. Unter dem Deckel verbirgt sich ein Geheimfach, in dem ich einige Briefe aufbewahrt habe, die ich im Laufe der Jahre an Bill geschrieben habe und die er nie bekommen hat. Nachdem dein Opa gestorben war, hätte ich Bill aufsuchen sollen, aber ich hatte furchtbare Angst davor, was er von mir denken würde. Bitte sorge dafür, dass er die Briefe erhält. Ich will nicht, dass er glaubt, ich hätte ihn vergessen. Seine Adresse habe ich dir am Ende dieses Briefes aufgeschrieben.

Mein zweiter Wunsch hat mit Iris zu tun. Sie hat mir so unglaublich viel bedeutet, und ich möchte, dass du sie behältst. Sie braucht dich, und ich glaube, wenn du in dich hineinhorchst, wirst du merken, dass du sie ebenfalls brauchst.

Oma

KAPITEL 47

Moa und Iris spazierten die Landstraße zwischen den Feldern entlang und bogen dann am Buchenwald in den nächstbesten Weg ein. Hier lag das Laub wie ein weicher Teppich auf dem Boden, und es raschelte um ihre Füße und Pfoten, als sie weiter zwischen den Bäumen hindurchschritten.

Das Gespräch mit ihrem Vater hatte Moa aufgewühlt, aber gleichzeitig war es gut, dass sie es geschafft hatten, offen miteinander über alles zu reden, was passiert war, und dass ihr Vater ihr zugehört hatte, als sie ihm ihr Herz ausschüttete. *Warum haben wir nicht schon viel früher über all das gesprochen? Wie viele Jahre wir dadurch verloren haben ...*

Moas Gedanken schweiften zu den Briefen ihrer Großmutter. Ob sie irgendwann auf ihren Vater zugegangen wäre, wenn Elsa sich nicht dazu entschieden hätte, Schicksal zu spielen? Moa war sich nicht sicher, aber sie wusste, dass ihre Großmutter sie in die richtige Richtung geschubst hatte und dass die Briefe sie verändert hatten. »Hätte ich doch nur zugehört, als du im Frühjahr versucht hast, mit mir zu reden«, flüsterte sie. »Hätte ich dich doch nur ausreden lassen. Schließlich wolltest du nur mein Bestes.«

Aber sie hatte ihre Großmutter nicht an sich herangelassen. Damals. Moa dachte über die Briefe an Bill nach. Sie hatten genau am beschriebenen Ort gelegen, und nach einem Gespräch mit Gusten hatten sie sich darauf geeinigt, dass Moa Bill aufsuchen sollte. Sie hoffte nur, dass er bereit war, sie und Elsas Briefe in Empfang zu nehmen.

Moa ließ Iris von der Leine, und die Hündin schoss sofort den Waldweg entlang. Manchmal drehte sie sich um, als wollte sie sich vergewissern, dass Moa noch zu sehen war. Ein warmes Gefühl breitete sich in Moas Brust aus. Iris war wieder so voller Lebensfreude. Moa beschloss, auch den letzten Wunsch ihrer Großmutter zu erfüllen – ein Wunsch, den sie selbst schon seit Langem hegte. Sie würde Iris behalten. Und vor allem würde sie in Zukunft aufmerksamer in sich hineinhören.

KAPITEL 48

Moa klopfte an die schlichte, unpersönliche Tür im Senioren-
wohnheim. Bevor sie aus Mölle abgereist war, hatte sie angerufen und mit Bill gesprochen; er wusste also, dass sie kam. Sie
drückte die Briefe ihrer Großmutter an die Brust und wartete.
Kurz darauf rasselte das Schloss und ein älterer Herr öffnete
ihr die Tür. Obwohl er schmaler war, das Gesicht faltiger und
der Rücken gekrümmter als auf den alten Fotos, war er an seinem Blick, der geraden Nase und dem breiten Mund deutlich
zu erkennen.

Er sah sie neugierig an. »Sie sind also Moa?«

»Ja, ich bin Elsas Enkelin.«

»Sie sind ihr wie aus dem Gesicht geschnitten«, murmelte
Bill mit belegter Stimme. »Kommen Sie herein.«

Moa folgte Bill in die Wohnung. Seine Möbel ähnelten denen von ihrer Großmutter, und auf einer Kommode standen
Fotos, die Bill mit einer blonden Frau zeigten.

»Meine Frau. Wir haben erst spät geheiratet. Hatten keine
Kinder.« Bill bat Moa mit einer Handbewegung, sich zu ihm
zu setzen. »Sie sagten, Sie hätten mir etwas mitgebracht.«

»Meine Großmutter hat uns nie erzählt, was ihr während
des Krieges zugestoßen ist. Die Wahrheit haben wir erst nach
ihrem Tod erfahren. Ich weiß jetzt, was wirklich passiert ist,
wie sehr sie Sie geliebt hat und wie Sie beide auseinandergegangen sind.«

»Sie war einfach verschwunden …« Bill schaute aus dem Fenster. »Ich wurde einberufen und auf einen Militäreinsatz geschickt, und als ich zurückkam, war Elsa fort. Niemand wusste, wo sie steckte.«

»Sie musste fliehen, aber sie hat Sie nie vergessen. Und sie hat Sie erkannt, als sie Sie Jahre später in Stockholm am Bahnhof getroffen hat.«

Bill seufzte aus tiefstem Herzen. »Ich habe meinen Augen nicht getraut, als sie plötzlich vor mir stand. Aber dann hob sie den kleinen Jungen hoch, und da wusste ich, dass es zu spät war. Ich hatte keine Wahl und musste sie gehen lassen.« Er wischte sich eine Träne aus dem Augenwinkel.

»Es tut mir so leid, was Ihnen passiert ist.«

»Das muss es nicht. Das Leben hatte andere Pläne.«

»Oma hat Ihnen viele Briefe geschrieben. Einige kamen zurück, andere hat sie nie abgeschickt.« Moa reichte den Stapel Briefe weiter an Bill. »Sie hat oft versucht, Sie zu erreichen, bevor sie gezwungen wurde, Stockholm zu verlassen.«

Mit zitternden Händen nahm Bill die Briefe entgegen. »Haben Sie vielen Dank.« Er betrachtete das dicke Bündel.

»Ich hoffe, dass Sie darin die Antworten finden, nach denen Sie suchen.« Moa stand auf. »Wenn ich darf, würde ich gern wiederkommen.«

Bill lächelte. »Das würde mich sehr freuen.«

Auf dem Weg zur Tür hielt Moa noch einmal inne. »Oh, das hätte ich beinahe vergessen.« Sie zog das Medaillon aus der Tasche. »Ich glaube, das hat meine Oma von Ihnen bekommen.«

Bill nahm das Medaillon entgegen und fuhr mit dem Daumen über die gemusterte Oberfläche. »Das gehörte einmal meiner Mutter. Sie sagte, ich solle es jemandem schenken, der mir viel bedeutet.« Mit einer beinahe lässigen Bewegung ließ er das Schloss aufschnappen, und als er sah, was sich darin befand, lächelte er und gab es Moa zurück.

Moa schaute sich die Bilder an, die ihre Großmutter hineingelegt hatte. Auf der rechten Seite steckte ein Bild von Frans, Gusten und Moa. Von der linken Seite schaute ihr Bill entgegen. In diesem einen Schmuckstück hatte Elsa alle Menschen aufbewahrt, die sie liebte.

*

Die Terrasse lag wie ausgestorben vor ihr, und Moa spürte einen Anflug von Enttäuschung. Aber was hatte sie denn erwartet? Dass Lukas hier draußen in der Kälte herumlungerte? Sie trat ans Geländer und ließ den Blick schweifen. Gerade erst war sie von ihrem Besuch bei Bill nach Hause gekommen und, einer plötzlichen Eingebung folgend, gleich aufs Dach hinaufgestiegen. Sie schaute zu den Sternen, die am nachtschwarzen Himmel funkelten, und dachte an ihren ersten Besuch hier oben auf der Terrasse. An ihre Begegnung mit Lukas und was er schon damals in ihr ausgelöst hatte, auch wenn sie es sich noch nicht hatte eingestehen wollen. *Vielleicht sollte ich mich einfach damit abfinden, dass aus uns nichts wird?*

Im selben Moment ertönte ein leises Klicken, und die Tür zur Dachterrasse schwang auf. Konnte das etwa …? Moa drehte sich langsam um, und ihr Magen schlug einen Salto, als sie sich Lukas gegenübersah. Ob er sich auf der Stelle wieder umdrehen würde? Oder würde er ihr die Gelegenheit geben, alles zu erklären?

»Hallo.«

»Hallo.« Lukas sah sie mit undurchschaubarem Blick an. »Mir war aufgefallen, dass das Licht hier oben brannte.«

Moa nagte unsicher auf ihrer Unterlippe herum. »Ich …«, setzte sie an, begann aber noch einmal von Neuem. »Es ist Sonntag.«

»Die Sonntage auf der Dachterrasse.« Lukas lächelte zwar nicht, aber die Wärme in seiner Stimme war nicht zu überhören.

»Es tut mir so leid. Beim letzten Mal ist alles schiefgelaufen. Ruben und ich hatten uns gestritten, und es war eigentlich klar, dass es zwischen uns vorbei war. Aber so richtig darüber geredet hatten wir auch noch nicht, und es war falsch von mir, einfach …«

»Ich hätte dir wenigstens die Chance geben müssen, alles zu erklären.« Lukas trat einen Schritt an sie heran, und Moa hüpfte das Herz in die Kehle. Sanft legte sie die Hand an seine Brust. Sein Herz schlug genauso stark wie ihres. Vielleicht war es ja doch noch nicht zu spät?

»Ich habe unsere Treffen hier oben vermisst«, murmelte sie.

»Ich auch.«

»Was hältst du von einem Neubeginn? Ich meine … ganz von Anfang an?«

»Von Anfang an?«

»Ja«, antwortete Moa, und als er lächelte, streckte sie ihm die Hand entgegen. »Hallo, ich bin Moa.«

»Lukas.« Er griff nach ihrer Hand, und Moas Gefühle fuhren Achterbahn, als sie seinen liebevollen Blick erwiderte. Gott, wie sehr sie ihn vermisst hatte!

»Denkst du, es ist angebracht, sich zu küssen, obwohl man sich gerade erst kennengelernt hat?«

»Wenn du mich so fragst ... Ich halte das für ausgesprochen angebracht«, murmelte Lukas und zog sie in seine Arme.

DANK

Zuerst möchte ich mich bei meinen Lesern bedanken. Es macht mich so glücklich zu wissen, dass ihr mich auf meiner Reise als Schriftstellerin begleitet!

Herzlichen Dank an meine wunderbare Verlegerin Jennifer Lindström, die immer an mich und meine Geschichten glaubt und mir stets mit gutem Input, Unterstützung und aufmunternden Worten beiseitesteht.

Lena Sanfridsson, es war mir eine Freude, mit dir zusammenzuarbeiten, und ich bin so dankbar für dein Feedback und die Ermutigungen, mit denen du mir die Arbeit erleichtert hast.

Vielen Dank auch an Sara Dobareh, Edith Enberg, Maria Enberg, Emma Graves, Lena von Sydow und alle anderen, ohne die es meine Bücher nicht gäbe. Ich bin so froh, dass es euch gibt!

Einen unglaublich wichtigen Beitrag zu diesem Buch haben alle geleistet, die mir bei meinen Recherchen geholfen haben, und besonderer Dank gebührt Monika Dygve von Stockholms Auktionsverk, die geduldig auf jede meiner Fragen geantwortet und ihr Wissen mit mir geteilt hat.

Patrik und meine wunderbaren Kinder Alexander, Isabelle, Vilhelm und Maximilian: Danke, dass ihr mich immer anspornt und an mich glaubt. Was würde ich nur ohne euch tun?

Mama und Papa, vielen Dank, dass ihr immer einspringt, euch um die Kinder kümmert, mich unterstützt und für uns da seid, wenn nicht alles perfekt läuft.

Und schließlich möchte ich mich bei Oma bedanken, für deinen Mut, deine Stärke und die Willenskraft, mit der du deinen eigenen Weg gegangen bist. Du warst immer mein großes Vorbild, und du fehlst mir jeden Tag. Dieses Buch widme ich dir!

P. S.: *Briefe an Moa* ist eine fiktive Erzählung, und ich habe einige Ortsbeschreibungen an die Geschichte angepasst. Eventuelle Fehler nehme ich auf meine Kappe.

»Eine liebenswürdig erzählte Geschichte, die mit
einem Dutzend verstreuter, kleiner Happyends zum
Schluss leuchtet.«

NDR KULTUR

336 Seiten / Auch als eBook

Seit Niklas, Emmas große Liebe, bei einem Autounfall ums Leben kam,
vergräbt sie sich in ihrer Trauer. Doch als sie merkt, wie gut es tut,
anderen zu helfen, fasst sie den Plan für einen ganz eigenen Advents-
kalender: Jeden Tag eine gute Tat! Ein Projekt, durch das sie sich selbst
wieder findet – und vielleicht auch eine neue Liebe ...

www.dumont-buchverlag.de

DUMONT